日夜书

韩少功
长篇小说
系列

Han Shaogong
Changpian Xiaoshuo
Xilie

人民文学出版社

图书在版编目（CIP）数据

日夜书/韩少功著. —北京：人民文学出版社，2018（2020.4重印）
（韩少功长篇小说系列）
ISBN 978-7-02-014271-2

Ⅰ.①日… Ⅱ.①韩… Ⅲ.①长篇小说—中国—当代 Ⅳ.①I247.5

中国版本图书馆 CIP 数据核字（2018）第 094179 号

策划编辑　杨　柳
责任编辑　刘　稚
装帧设计　刘　远
责任印制　王重艺

出版发行　人民文学出版社
社　　址　北京市朝内大街 166 号
邮政编码　100705
网　　址　http://www.rw-cn.com

印　　刷　三河市鑫金马印装有限公司
经　　销　全国新华书店等

字　　数　253 千字
开　　本　880 毫米×1230 毫米　1/32
印　　张　10.5　插页 2
印　　数　5001—8000
版　　次　2019 年 6 月北京第 1 版
印　　次　2020 年 4 月第 2 次印刷

书　　号　978-7-02-014271-2
定　　价　37.00 元

如有印装质量问题，请与本社图书销售中心调换。电话:010-65233595

目　录

01　远方　1
02　赌徒　6
03　公用鳖　13
04　亚利玛　21
05　更高的东西　30
06　妖精们　36
07　小军帽　42
08　美声歌剧　48
09　抹尸　55
10　日新月异之志　63
11　都是天价　69
12　懂懂　76
13　国际歌　84
14　影子人物　91
15　告密信　97
16　三卦全凶　103
17　永远的空框　111
18　政治犯　113
19　寂静山谷　120
20　初夜　127

21	红月亮	133
22	酒鬼	136
23	两根指头	145
24	小人们	151
25	大是大非	159
26	遗言	165
27	女权教授	170
28	万水千山总是情	174
29	陆大宝贝	185
30	孩子五彩梦	193
31	出局	199
32	团圆家宴	204
33	纪念衫	211
34	漫长的失眠症	218
35	白马湖	221
36	毛主席万岁	224
37	扯谎歌	232
38	欠下一个笑	237
39	高高大山的那边	242
40	老照片	246
41	臭疤子	253
42	江湖之王	258
43	身体之谜	262
44	姐夫	286
45	二流子的隐私	294
46	高墙下	300
47	你找不到	308
48	种太阳	316

49　天堂　　　　　　　　　　　　　　　　　　　　317

附录:几个五〇后的中国故事
　　——关于《日夜书》的对话(韩少功　刘复生)　　319

01　远　方

那一天的情形至今历历在目。我去学校查看升学名单的公告，然后在双杠上闲坐了一会儿，准备回家做煤球。我知道，政策规定不满十六周岁的可继续升学，父母身边也可留下一名子女，我是两条都合得上，不必下乡当知青，被不少同学羡慕。

我似乎还能继续坐双杠，投射纸飞机，在上学的路上盘带小石块，去学校后门外的小店里吃米粉，把酸辣汤喝得一如既往。

下雨了，我一时回不去，便在大楼里闲逛。这时候的学校都成了旅客散尽的站台，一本本没有字迹的白页书。全国大乱结束了，中学生几乎都被赶下乡去。到处空空荡荡，在走廊里咳嗽一声竟然回声四起，让人禁不住心里发毛。白墙上到处是红卫兵的标语残痕。窗户玻璃在武斗的石块和枪弹下所剩无几。楼梯上的一个大窟窿标记出这里曾为战场——不久前的那一次，一个冒失鬼出于派争之恨，觉得自己没骂赢，打架也没占上风，居然把一个手榴弹扔上教学楼。幸亏当时周围没人，只是把几块楼板炸塌了，吓出了楼板下一窝逃命的老鼠。

我推开 202 房，我们不久前的红卫兵司令部，但这里已没有大旗横挑在窗外，没有我熟悉的钢板、蜡纸、油印机、糨糊桶，只剩下几张蒙尘的桌椅，完全是匪军溃逃后的一片狼藉。"为有牺牲多壮志，敢教日月换新天"——不知是谁临走前在墙上涂抹下这样的笔墨悲壮。忍不住，我又习惯性地走进 208、209、

311……门吱吱呀呀地开了,但这些地方更冷清,一张床是空的,另一张床是空的,另一张床还是空的。所有的床都只剩下裸露的床板,用木板结束一切。破窗纸在风中叭叭响。

我踢到了一个空纸盒,呼吸到伙伴们的气息,包括女孩子们身上似香若甜的气息——那些喜欢做鬼脸和发尖声的姐们。

亲爱的,我被你们抛弃了。

我有一种充满了风声和雨声的痛感,于是回家写诗,写下了一些夸张的句子,决定放弃自己的升学。

> 是那山谷的风,
> 吹动了我们的红旗;
> 是那狂暴的雨,
> 洗刷了我们的帐篷……

这是当时一首流行歌。一代少年对远方的想象,几乎就是由这一类作品逐渐打造成形。远方是什么?远方是手风琴声中飘忽的草原,是油画框中的垦荒者夕阳下归来,是篝火与帐篷的镜头特写,是雕塑般的人体侧影,是慢镜头摇出的地平线,是高位旋转拍摄下的两只白鸥滑飞,是沉默男人斜靠一台拖拉机时的忧伤远望……哦,忧伤,忧伤太好了,太揪心了,男人的忧伤简直就是青铜色的辉煌。

出校门时,雨还在下,仍在忧伤不已的我遇到了郭又军,比我高五届的红卫兵头。像我一样,他有一位工伤卧床的父亲,也有条件和理由不下乡,但他还是去了,这一次是回城来接收和指导另一批同学。他忙得满头大汗,受人之托代购了诸多新毛巾、新面盆、新球鞋,装了满满的两个大网袋,清一色的光鲜亮眼,给我一种出门旅游的气氛。一对新羽毛球拍也挂在他肩头。

"我跟你一起走。"我兴冲冲地报名旅游。

"你在那里有女朋友？"

"没有呵。"

"家里没出事吧？"

"没有。"

"那你发什么神经？"

"你们都走了，我一个人太没意思。"

"该升学就升学，别乱来。下乡不是下棋，户口一转就不能悔棋的。"他瞪大眼，"再说办事还得讲究个组织纪律。"

又军似乎不明白，此时的学校过于凄冷和陌生，让人没法待。还能上什么课呢？Long Live Chairman Mao，英语课只会教这一类政治口号，笑死人了。代数课呢，不是算粮食就是算肥料，今天是牛粪一元方程，明天是猪粪二元方程，已经算得教室里粪味弥漫。学生们都惊呼人民公社的畜生也太能拉了。

"我已经向军代表报名了。"我兴奋地告诉军哥。

像后来有些人说的，我就这样自投罗网青春失足，揣上介绍信和户口材料，跟随军哥一同乘火车，再转汽车，再转马车，在路上昏昏沉沉颠了两天多，在哗哗急退的风景里心潮起伏。我们一路上同县招待所里的厨师吵过架，同另一伙知青下过馆子和看过电影，直到那个傍晚才抵达白马湖——山坡上的两排土平房。

我把一口木箱和一个被包砸在这里，未见欢迎仪式（几天前已经开过了），未见朋友们前来激情地跳跃和拥抱（他们早来十几天，已累得无精打采），更没见到旅游营地的手风琴和篝火，倒是被一钵冷饭堵得胸口冰凉。也许是淘米时太马虎，饭里夹了一些沙粒。更重要的是没有菜，只有盖在饭上的几颗咸黄豆，让我目瞪口呆，东张西望，无法下咽。更严重的情况还在后面。睡觉的土房里油灯如豆，地面高低不平，新泥墙还潮乎乎的透水。木栏窗只蒙了一块塑料布，被风鼓成了风帆状，吧啦吧啦地随风拍打。外面呼呼下大雪，瓦缝里就零星飘入小雪，以至帐顶上挡雪的一块油布不堪其重，半夜里被积雪压垮了，吓得同床的姚大甲跳起来大叫，把同室人都叫起来紧急救灾。

还不到第二天挑湖泥，我就已经后悔不迭了，就明白农村户口是怎么回事了。我其实不是没有奋斗的准备，甚至在日记里写下过豪言壮语，写过"你应该""你必须""你一定""你将要"一类。但挑湖泥算什么？呱唧呱唧的臭泥水算怎么回事？牺牲，也得身姿矫健一点吧？也得顶天立地或排山倒海一点吧？一屁股坐在泥浆里算什么？疑似半身不遂，我以为自己站直了，走稳了，但到头来发现一只脚早已出了套鞋踩在污泥里，踩出了脚趾间泥浆的冒溅，自己还浑然不觉——这算什么？

身子一晃，像被谁重重地推了一把，我四脚朝天倒下去，引来几个本地农民的哈哈大笑。

"有牛肉吃啰！"

"有牛肉吃啰！"

…………

我听不懂这些话。正像他们刚才冲着我说"三个脑袋"，叫喊"补锅的快来"，都不知是什么意思。

我差一点哭了起来。我是最后一个完成定额的，天黑时分还孤零零踉跄于工地，在冷冷的小雨中喊天不应，叫地不灵。幸好，路上出现了一个黑点，逐渐变成了一个人影，变成了一个更大的人影，变成了眼镜片和头发上全是泥点的军哥。我没听清他说什么，只注意到他从我肩上接过担子时，一线鼻涕晃悠悠落在我手上。

我已经没有力气说一声谢谢。

多少年后，我差不多忘了白马湖。多少年后，我却从手机里突然接到军哥上吊自杀的消息，顿觉全身发软。当时我正乘坐长途大巴,脑子里轰的一声,怎么也不相信自己的耳朵。军哥,军哥,是叫郭又军么?就是那个喜欢下棋、喜欢篮球、唱歌时走音跑调的郭长子?两年前的一次聚会上,你还同我下过棋,还嘿嘿嘿地说过笑话,还不由分说地给我加酒和灌酒,扭得我的胳膊很痛……你怎么就这样冷不防捅我胸口一刀,用一个电话把我的全身抽空?不,你还是个有体温有动作的活人,还有中年大把大把的日子,不能这样急匆匆风化而去,在我的身边空去一块。我要掐自己,要揪自己,要抽自己的耳光,要用烟头烧自己的手,千万不能让自己忘记你,就像不让自己在极度疲乏中入睡。对不起,如果我对你后来的事知之甚少,差不多相忘于江湖,但我至少应该记住多年前的那一线鼻涕,滑腻腻的,清亮亮的,曾飘落在我的手背——

泪水夺眶而出。

我失声痛哭起来,全然不顾司机和乘客们的惊疑,直到后排座上有人拍拍我的肩,递来两张纸巾。

02 赌 徒

当时白马湖茶场有八千多亩旱土,分别划给了四个工区共八个队。在缺少金属机械和柴油的情况下,两头不见天,摸黑出工和摸黑收工是这里的常态。垦荒、耕耘、除草、下肥、收割、排渍、焚烧秸秆等,都靠肢体完成,都意味一个体力透支的过程。烈日当空之际,人们都是烧烤状态,半灼伤状态,汗流滚滚越过眉毛直刺眼球,很快就淹没黑溜溜的全身,在裤脚和衣角那些地方下泄如注,在风吹和日晒之下凝成一层层盐粉,给衣服绘出里三圈外三圈的各种白色图案。

驮一身沉甸甸的盐业收入回家,人们晃晃悠悠,找不到轻重,都像一管挤空了的牙膏皮,肚皮紧贴背脊,喉管里早已伸出手来。男人们吃饭简直不是吃,差不多是搬掉脑袋,把饭菜往里面哗啦一倒,再把脑袋装上,互相看一下,什么也没发生。没把瓦钵和筷子一并倒进肚子里去,就已经是很不错了。

人们的鼻子比狗还灵,空气中的任何一丝气味,哪怕是数里路以外顺风飘来的一点猪油花子香,也能嗖嗖嗖地被准确捕获,激发大家的震惊和嫉妒。

当时粮食平均亩产也就三四百斤,将其乘以全县或全省的耕地数就能知道,肯定不够吃,只能计划分配。男人每顿五两,女人每顿四两,如此定量显然只能填塞肚子的小小角落。如果没有家里的补贴,又找不到芋头、蚕豆一类杂粮,地木耳、马齿苋一类野食，就只能盼望红薯了。场部给每张饭票扣一两米，但红薯管饱。唯一的问题，是红薯生气，于是肠胃运动很多，红薯收获季节里总是屁声四起，类似偷偷摸摸的宣叙调或急急风，不时搅乱大家的表情。一场严肃的政治批判会上，应该如期出现的愤怒或深刻，常被一些弧线音或断续音瓦解成哄堂大笑。有经验的主持人从此明白，在红薯收获季节里不宜聚众（比如开会），不宜激动（比如喊口号），阶级斗争还是少搞点好。

这就不难理解，人们在工地上经常谈到吃。吃的对象、方法、场景、过程、体会一次次进入众人七嘴八舌的记忆总复习。不，应该说在刚吃过饭的一段，比如上午十点以前，肠胃还有所着落和依附，人们还是可以谈一些高雅话题，照顾一下上层建筑，比如知青们背记全世界的国名，背记圆周率或平方表，背记一些电影里的经典台词……来自《列宁在十月》《南征北战》《卖花姑娘》《广阔的地平线》什么的。但到了腹中渐空之时，"看在党国的分上"一类不好笑了，"让列宁同志先走"一类也不好玩了，肠胃开始主宰思维。从北京汤包到陕西泡馍，从广州河粉到北京烤鸭……知青们谈得最多的是以往的味觉经验，包括红卫兵大串联时见识过的各地美食。关于"什么时候最幸福"的心得共识，肯定不是什么大雪天躲在被窝里，不是什么内急时抢到了厕位，而是饿得眼珠子发绿时一口咬个猪肘子。

操！吃了那一口，挨枪毙也值呵。

这一天，我没留意时间已经越过危险的上午十点，仍在吹嘘自己的腹肌。但大甲把我的肚皮仔细审查，决不容许我用四个肉块冒充八个肉块，也不容许肥肉冒充肌肉。

"你也肯定没有一百一。"他说。

"怎么没有？我前几天还称过。"

"你称的时候，肯定喝足了水。"

"还憋了三天屎尿吧?"

旁人开始起哄。赌!赌!一定要赌!……这使我奇怪,体重这事有什么好争的?争赢了如何?没争赢又如何?直到大甲高高兴兴在地上拍出几张饭票,我才恍然大悟:阴谋原来在这里。

关于要不要刮去鞋底的泥块,关于要不要摘下帽子和脱下棉衣,关于要不要撒完尿再上秤……我们争议了好久。争到最无聊时,大甲居然说我头发太多,蓄意欺骗党和人民,因此必须减除毛重半斤。看看,半斤毛重,心思够狠毒吧?总之,在他们花样百出恶意昭昭的联手陷害下,我从秤钩上跳下来,听到他们一阵欢呼,眼睁睁地看着八张饭票被大甲夺走,然后给帮凶们一一分发。

这是不是下流无耻,我不想控诉。我只是第二天上工时再下战表:"公用鳖,我们比一比认繁体字。赌十张饭票,一张票三个字。"

"那不行。要比就比俯卧撑。"

"比投篮?标准距离,一人十个球。"

"你想反攻倒算?好,老子同情你,给你这个机会。这样吧,你当大家的面吃一块死人骨头。"他指了指身边一堆白花花的碎片,是大家开荒时刨出来的。

我掂了掂一片碎骨,觉得阴气袭人,污浊发霉,有一种咸鱼味,但我嘴上还得硬。"十张饭票太少了。"

"你不敢吃就是不敢吃。"

"我脑膜炎?你要我吃我就吃?"

"我赌二十张!"

"我今天没兴趣……"

"二十五!"

其他人觉得有戏可看了,围上前来,七嘴八舌,手舞足蹈,大加评点或挑唆，使大甲更为得意地把赌注一再加码。三十，三十五，四十，四十五，最后涨停在五十——如此惊心动魄的豪赌已让我呼吸粗重。

五十是什么意思？五十就是五十钵白花花米饭，意味着你狼吞虎咽时的晕眩，你大快朵颐时的陶醉，还有抚摸肚皮时的脑子一片空白。想一想吧，至少在很多日子里，你活得出人头地，光彩照人，活脱脱就是当今皇上，不必再对食堂里的曹麻子谄笑，让他的铁勺给你多抖落几颗黄豆；也不必捶打邻居的房门，对屋内的猪油味贼心不死抓肝挠肺；更不必为了争抢一个生萝卜，与这个或那个斗出一身汗。

生死抉择，成王败寇，翻身农奴得解放，不就在此一拼吗？我抹了一把脸，大声说："有什么了不起？饭票拿来！"

他们被镇住了，好一阵沉默。

我清点饭票，确认赌资无误，然后旋旋腰，压压腿，捏一捏喉咙，咧一咧牙口，把自己当作出场前的运动员。我闭上眼，想一想舍身炸碉堡的英雄，想一想舍身堵枪眼的英雄，过一遍电影里诸多动人形象，在精神上也做好准备。最后，我用衣角细细拭去一块片骨上的霉污泥迹，两眼紧闭，大喊了一声：

"毛主席万岁——"

一次深呼吸之后，我咔哧咔哧地大嚼猛咬，没觉出"就义"是什么味，也不敢去想"就义"是什么味，直到胃里突然一阵恶涌，眼看就要涌上口腔，像高压水枪一样把嘴里的骨渣喷射出去，这才拔腿狂奔，蹿到附近的小溪旁一头扑下去，在那里拼命呕吐和洗漱——逃窜前当然没忘记一把抓走地上所有的饭票。

从这一刻起，皇上的幸福令人陶醉，攥紧在手中的一沓饭票简直是镇国玉玺。晚上，队长买猪娃回来了。队长姓梁，绰号"秀佬"和"秀鸭婆"，不知有什么来历。他听说此事，觉得问题严重而且形势危急，立即把全队人召集在地坪，没顾得点上一盏油灯，就在黑乎乎的一圈人影里开骂："连先人都不放过呵？什么人呢，就不怕遭雷打？也不怕吃得嘴巴里生疔？就不怕烂肠子烂肚？就不怕你婆娘以后生个娃仔没屁眼？"

黑暗中的责骂声在继续："陶小布，你看你，长得十七八九二十一二三四岁了，还像只三脚猫，不上正版！"

这也太夸张了吧？一口气滑出七八个数，铆足了劲给我拔苗助长，怎么不一口气把我拔成一个老前辈？

"你锄死了花生苗，我还没说你。你一锄头下去，就少了半斤花生，明白不？你是个枯脑心，打牛——是你那样打的？你爹妈是那样打牛的？你爹妈是那样教你打牛的？你吃饭，它吃草。你睡床，它睡地。你跟它有仇呵？"

这话不但离题，还有点费解——他似乎不知道城里没有牛。

其他农民兴高采烈，会后一再点头哈腰笑脸逢迎，争相找我借饭票，又忍不住好奇地打听：那骨头到底是什么味？是不是有点酸？是不是有点咸或者涩？年纪稍长的几个，问过以后还心重，还嘟囔，看我的目光不无异样。我喝过水的杯子，他们决不再沾。我用过的脸盆，他们决不再碰。到了深夜，同房的一个老头从噩梦中惊醒，大喊大叫，满头大汗，找到梁队长强烈要求换房，说他情愿睡牛栏，也不同啃尸鬼同住一窝。只有食堂里的曹麻子好像很欣赏我："小子，你胆大。以后吃烂肉算你的。"

他没解释"烂肉"是什么。

作为一种惩罚，我和大甲都被梁队长勒令去山里买竹。这是一种重活，得挑担子行走七十多里山路，不死也要脱层皮的。由于没拿到竹木砍伐指标，虽是给集体办事，但也算违规违法，只能贼一样昼伏夜行以求躲过沿途检查站那些关卡。我们这次去又遇上大雨，还没赶到产竹地，便在路边一位木匠家避雨，吃光了随身所带的几斤米,不知道接下来两顿饭的着落在哪里。

木匠是做棺材的。工房里摆了几口刚上过漆的胖大家伙,有木料味和油漆味,黑幽幽的阴气袭人。有时棺材板会无端发出炸裂之声,大概是板材干燥后变形所致,足令我们心惊肉跳。大甲喜欢这种阴森的布景和声效,一定要在这里睡觉,一定要在这里掌灯打牌,而且老是眉飞色舞。"喂,你后面的棺材里怎么伸出了一只手?"

一个绰号"光洋"的说:"大甲,你自己后面有一张女人的脸!"

"哈,是你的相好吧?来偷看我的牌?"

"真的,你回头看看,看看么。真的有一张大白脸,抹了口红,眼角流血,舌头尺把长,牙齿绿幽幽,哎呀呀我怕……"

我用一根食指封嘴,"别闹。好像有动静。"

我们屏住呼吸,确实听到了什么。但竖起耳朵再往深里听,能听到窗外下雨,树梢在摇摆,溪流轰鸣声膨胀,主人在隔壁的咳嗽有一下没一下……但这些都不关棺材什么事。直到一张木门突然咣当震响,打了我们一个措手不及,才吓出一片齐声惊叫。

原来是一阵风吹开了门。

灯火飘忽更加微弱,我们虚虚的不再敢回看身后,更不敢探身门外,出门撒尿也相约一起行动,你盯上我,我看住你,撒尿时不再有兴趣比谁射得更远或射得更高。突然,我们都感觉到赤裸的脚心一阵发麻,两腿不由自主地弹向空中——事后才明白电光与雷鸣同时抵达的恐怖意义:我们被击中了?

重新点亮油灯后,更多的雷击接踵而至,一次次把窗外的夜晚照亮如昼。大水狂泼,地动山摇,整个世界黑白相续暴放暴收忽有忽无,似乎正万劫不复地向某个方向倾斜和滑落。又一道响亮的钢鞭抽下。一个火球嗞嗞嗞地从大门外跳入,吓得我们叫的叫，倒的倒，蹿的蹿，无不灵魂出窍。待回过神来，发现火球没有了，但门边一堆碎瓦散泥，是从屋顶垮落下来的。空气中有刺鼻的焦煳气味。室内情况发生了很多变化。大概是火球经过之处，有些地块久久地发烫。一个扫帚变成了灰烬，只剩下秃秃的一根棍。一个空油漆桶竟成了废铁皮，收缩成瘪瘪的一个铁瓢。

我们刚才若不是蹿得快，躲过了雷公爷这一"火轮车"（木匠的说法），眼下也会成为几团黑乎乎的烤肉吧？

我们整顿表情，心有余悸，陷入了激烈的互相指责。我一口咬定是他们刚才胡言乱语，对棺材不敬，触怒了阎王爷，才遭受如此严厉的警告。大甲当然更愿意相信是我吃了死人骨头，发了死人财，几十张不仁不义的饭票被雷公爷紧紧盯上了，害得大家差一点受连累，一把扑克也玩不好……最后，他们一齐起哄，把我当成扫帚星、祸根子、危险万分的轰炸目标，决不容许我同他们挤睡在一起。我只好夹了一捆稻草，在愤怒的指责声中去厨房那边另打地铺。

03　公　用　鳖

　　与大甲同居一室，同挤一床，实在不是太爽的事。他从无叠被子的习惯，甚至没洗脚就钻被窝，弄得床上泥沙哗啦啦地丰富。这都不说了。早上被队长的哨音惊醒，忙乱之下，同室者的农具总是被他顺手牵羊，帽子、裤子、衬衣也说不定到了他的身上。用蚊帐擦脸，在裤裆里掏袜子，此类举动也在所难免。好在那时候大家都没什么像样的行头，穿乱了也就乱了，抓错了也就错了，不都是几件破东西么，像大家平常开玩笑说的，共产主义就是不分你我的乱来。

　　我穿上一件红背心，发现衣角有"公用"二字。其实不是"公用"，是"大甲"的艺术体和圆章形："大"字一圆就像"公"，"甲"字一圆就像"用"。这种醒目的联署双章，几乎盖满他的一切用品，显然是一位老母的良苦用心所在——怕他丢三落四，也怕他错认了人家的衣物，所以才到处下针，标注物主，主张物权。

　　这位老母肯定没想到，再多的盖章加封在白马湖茶场依然无效，字体艺术纯属弄巧成拙，倒使物权保护成了物权开放：大家一致认定那两个字就是"公用"，只能这样认，必须这么认，怎么看也应该这样认。大家从此心安理得。

　　大甲看见我身上的红背心，觉得"公用"二字颇为眼熟，但看看自己身上不知来处的衣物，也没法吭声了。

他只是讨厌别人叫他"公用哥"或"公用佬"或"公用鳖",似乎"公用"只能与公共厕所一类相联系,充其量只能派给虾兵蟹将一类角色。用他的话来说,他是艺术家,即便眼下公子落难,将来拨云见日,见到总统都可以眼睛向上翻的。你不信吗?你怎么不承认事实呢?你脑子里进了臭大粪吧?他眼下就可以用小提琴拉出柴可夫斯基,可以拉扯脖子跳出维吾尔族舞蹈,还可以憋住嗓门在浴室里唱出鼻窦共鸣,放在哪个艺术院团都是前途无量。何况他吃奶时就开始创作,夹尿布时就有灵感,油画、水彩画、钢笔画、雕塑等等都是无师自通和出手不凡,就算用臭烘烘的脚丫子来画,也比那些学院派老家伙不知要强多少。这样的大人物,怎么能被你们"公用"?

每个土砖房都住五六个人,每间房里都是农民与知青混搭。农民们不相信他的天才,从他的蓬头垢面也看不出贵人面相,于是他的说服工作变得十分艰难。他得启发,得比画,得举例,得找证人,得赌咒发誓,得一次次耐心地从头再来,从而让那些农民明白"下巴琴(小提琴)"是怎么回事。更重要的,他得让大家明白,为什么艺术比猪仔和红薯更重要、更伟大、更珍贵,为什么画册上拉(斐尔)家的、达(芬奇)家的、米(开朗基罗)家的,比县上的王主任要有用得多。

实在说不通时,他不得不辅以拳头:有个农家后生冲着他做鬼脸,一直坚信王主任能批来化肥和救灾款,相比之下你那些画算个屁呵。这个"屁"字让大甲一时无话可说,上前去一个"大背包",把对方狠狠摔在地上,哎哟哎哟直叫唤。

"真是没文化。"大甲抹一抹头发,大概有黄钟毁弃的悲愤,眼睁睁地看着对方找干部告状去了。

"你不吹牛会病吗?"

"你不吹牛会死吗?"

"你自己不好好干活,还妨碍人家,存心破坏呵?"

"姚大甲,你还敢打人,街痞子、暴脑壳、日本鬼子、地主恶霸呵?"

....

这就是吴场长后来常有的责骂。场长一气之下还扇来耳光,没料到大甲居然还手,闹出一场恶拼。

场领导后来议了几次,最后决定单独划一块地给大甲,算是画地为牢,隔离防疫,把他当成了大肠杆菌。

出工的队伍里少了他,真是少了油盐,日子过得平淡乏味。工地上没人唱歌,没人跳舞,没人摔跤,没人吹牛皮,没人闹哄哄地赌饭票,于是锄头和粪桶似乎都沉重了不少,日影也移动得特别慢。"那个呆伙计呢?"有人会冷不防脱口而出,于是大家同生一丝遗憾,四处张望,放目寻找,直到投注对面山上一粒小小的人影。嘿,那肯定是他。那单干户也太舒服了吧?要改造也得在群众监督下改造,怎么能一个人享清福?就是,我们要声讨他,他也听不到;我们要揭发他,他耳朵不在这里呵。

大家谴责干部们的荒唐,对那家伙的特殊待遇深为不满。快看,他又走了。快看,他又坐下了。快看,他又睡下了,今天一上午就歇过好几回……那家伙大概也在张望这一边,不时送来几嗓子快意的长啸,声音飘飘忽忽地滑过山谷,落在小木桥的溪水边。大家眼睁睁地看着他独来独往和自由自在,享受一份特许的轻松。至于他的单干任务,基本上交给了附近一伙农家娃,让他们热火朝天地代工。他的回报不过是在纸片上涂鸦,给孩子们画画坦克、飞机、老虎、古代将军什么的,给孩子的妈妈们画画牡丹、荷莲、嫦娥、观音菩萨什么的。他设计的刺绣图案,还赢得了大嫂们满心崇拜,换来了糯米粑。

他很快画名远播,连附近一些村干部也来茶场交涉,以换工的方式,换他去村里制作墙上的领袖画像和语录牌,把他奉为宣传大师、完成政治任务的救星,总是用好鱼好肉加以款待。县里文化馆还下乡求贤,让他去参与什么县城的庆典筹备,一去就两三个月。关于剧团女演员们争相给他洗鞋袜的事,关于县招待所食堂里的肉汤任他大碗喝的事,都是他这时候吹上的。

肯定是发现他这一段脸上见肉了,额头上见油了,吴场长咬牙切齿地说:"他能把蒋介石的毛鸟鸟割下来?"

旁人吓了一跳,"恐怕不行吧?"

"就是么,一个盗窃犯,只要第三次世界大战开打,还是要把他关起来!"

旁人又吓了一跳,"他偷东西了?"

场长不回答。

"是不是偷……人?"

场长走了,扔回来一句:"迟偷早偷都是偷。"

我们没等到第三次世界大战,没法印证场长的高瞻远瞩。我们也没等到共产主义,同样没法印证场长有关吃饭不收饭票、餐餐有酱油、人人当地主、家家有套鞋的美好预言。我们只是等来了日复一日的困乏,等来了脚上的伤口、眼里的红丝、蚊虫的狂咬、大清早令人心惊肉跳的哨音。

不过,疲惫岁月里仍有激情涌动。坊间的传说是:有一位知青从不用左手干活,哪怕这位独臂人的工分少了一大截。他私下的解释是:如果他的左手伤了,指头不敏感了,国际小提琴帕格尼尼大奖就拿不到了呵。这种疯话足以让人吓一跳。另一则传说是,一位知青听到中国第一颗人造卫星上天,不去参加庆祝,反而跑到屋后的竹林里大哭一场。他后来的解释也神经兮兮:人家抢在他前面把这件事做了呵,占了先机,夺了头功,他的科研计划就全打乱啦。

大甲只是个初中留级生，不至于牛成这样。他的科学知识够得上冲天炮，够不上人造卫星。但这并不妨碍他也是美梦翩翩，曾谱写一部《伟大的姚大甲畅想曲》，咣咣咣咣，嘣嘣嘣嘣，总谱配器十分复杂，铿锵铜管和清脆竖琴一起上阵，又有快板又有慢板，又有三拍又有四拍，又有独唱又有齐唱，把自己的未来百般讴歌了一番。

当时他已离开茶场，去了附近一个生产大队——那里的书记姓胡，是个软心肠，见这一个城里娃老是被隔离，觉得他既没偷猪也没偷牛，既没有偷米也没有偷棉，凭什么把他当大肠杆菌严防死守？既然对上了眼，这位老汉二话不说，要他把行李打成包，扛上肩，跟着走，大有庇护政治难民的一腔正义。这样，大甲从此成了胡家一口子，不明不白的家庭成员，干什么都有老劳模罩着。后来，他玩到哪里就吃住在哪里，又成了梁家一口子、华家一口子，被更多的大叔大伯罩着。农忙时节，我们忙得两头不见天。他倒好，鞋袜齐整，歪戴一顶纸帽，在田野里拉一路小提琴来慰问我们，如同英国王子亲临印度难民营。"呵，在那西去列车的窗口，在那九曲黄河的上游……"他的激情朗诵分明是要气死我们。

我们躺在小溪边，遥望血色夕阳，顺着他的提琴声梦入未来。我们争相立下大誓，将来一定要狠狠地一口气吃上十个肉馅包子，要狠狠地一口气连看五场电影，要在最繁华的中山路或五一路狠狠走上八个来回……未来的好事太多，我们用各种幻想来给青春岁月镇痛。

多少年后，我再次经过这条小溪，踏上当年的小木桥，听河水仍在哗哗流淌，看纷乱的茅草封掩路面，不能不想起当年。大甲早已回到城市，进过剧团，办过画展，打过群架，开过小工厂，差一点投资煤矿，又移居国外多年……但到底干了些什么，不是特别地清楚。凭一点道听途说，我知道他最终还是在艺术圈出没，在北京著名的798或宋庄这些地方混过，折腾一些"装置"和"行为"，包括什么老门系列、拓片系列、幼婴系列，以及不久前那个又有窗又有门，还安装了复杂电光装置的青花大瓷罐……据他说，这是准备一举收拾威尼斯国际双年展的原子弹。

看来世界已经大变，我在日新月异的艺术之下已是一个老土，在青花大瓷罐面前只有可疑的兴奋，差不多就是装模作样。我左瞧右看，咳了七八声，把下巴毫无意义地揉了又揉，说眼下的艺术越来越像技术，画家都成了工程师了。

"对，说对了，这正是我追求的方向。"他指定我的鼻子。

"你的意思是，艺术就应当成为技术？"

"对，你真是个聪明人。你彻底忘掉画笔，多想想切割机和龙门吊，就可以到美术学院当教授了。"

他这一说，我就明白了，当然也更不明白了。

如果我没有记错的话，他不就是三岁扎小辫、五岁穿花裤、九岁还吃奶的那个留级生么？当年邻居的大婶奶汁高产，憋得自己难受，常招手叫他过去，让他扑入温暖怀抱咕嘟咕嘟吮上一番。想想看，一个家伙有了漫长的哺乳史，还能走出自己的童年？他后来走南闯北东奔西窜，但他的喉结、胡须、皱纹、宽肩膀，差不多是一个孩子的伪装，是他混迹于成人堆里的生理夸张。只有从这一点出发，你才可能理解他为何追捕盗贼时一马当先，翻山越岭，穷追不舍，直到自己被毒蜂蜇得大叫——其实他不是珍爱集体林木，只是觉得抓贼好玩。你也才可能理解他为何一转眼就去偷窃队上的橘子，为了对付守园人，又是潜伏，又是迂回，又是佯攻，又是学猫叫，直到自己失足在粪坑里——其实他对橘子并无兴趣，只是觉得做贼好玩。一切都是玩，如此而已。

对于他来说，抓贼与做贼都可能 high（兴奋），也都可能不 high。只有 high 才是硬道理。艺术不过是可以偶尔 high 一下的把戏。拜托，千万不要同他谈什么思想内涵、艺术风格、技法革新以及各种主义，更不要听他有口无心地胡扯这个斯基或那个列夫。他要扯，让他扯吧。他做的那个大瓷罐，可以装酸菜也可以装饲料，雇工数人耗时一年的大制作，在我看来不过是他咕嘟咕嘟喝足奶水以后，再次趴在地上，撅起屁股，倒腾一堆河沙，准备做一个魔宫。

他肯定把今天的家庭作业给忘记了，把回家吃饭给忘了。

他有家吗？我曾要来他的电子邮箱，但那信箱如同黑洞，从未出现过回复；也曾要来他的手机号，但每次打过去都遭遇关机。我只知道他大概还活在人世，偶尔在我面前冷不防地冒出来，挠挠头皮，眨眨眼睛，找点剩饭充塞自己的肚皮，然后东扯西拉一通，然后落下他的手机，揣走我的电视遥控器，再次消失在永无定准的旅途。最近的一段吹嘘是有关他如何解救小安子——我们共同认识的一位熟人。他说他在美国开上越野车，挎上了美式 M16，带上一位黑哥们，去毒贩子们那里嘎嘎嘎（他的冲锋枪总是在叙述中发出唐老鸭的叫声）——他朝天一个点射，"Fuck——Shit——"那些来自墨西哥的小杂种便统统抱着头，面向墙壁，矮下了。

"你这不是拍电影？"我说。

"你不信？那你去问小安子，你现在就打电话！"

"她怎么会在那里？"

"刚到美国，乱走乱跑，不听我的教导呵。"

"她不是在新西兰么？"

"新西兰的黑社会哪够她玩？"

一个警匪大片就这样丢下了，一段人们不必全信也不必深究的闲扯。他就是这样的一缕风,一个卡通化的公共传说,一个多动和快速的流浪汉,一个没法问候也没法告别的隐形人。他不仅没有恒定住址,从本质上说,大概还难以承担任何成年人的身份:丈夫、父亲、同事、公民、教师、纳税者、合同甲方、意见领袖、法人代表、股权所有人等。也许,这样的伪成年人,不过是把每一个城市都当积木,把每一节列车都当浪桥,把每一个窗口都当哈哈镜,要把这一辈子当成逛乐园。

在将来的某一天,他可能勋业辉煌名震全球,像他自己吹嘘的那样;也可能一贫如洗流落街头,像他前妻和儿子说的那样。但不管落入哪种境地,他都可能挂一支破吉他,到处弹奏自己的伟大畅想。

"公用鳖!"

"公用鳖!"

……………

我从街头孩子们的叫喊中猛醒了过来。

04　亚利玛

我们一起喝酒。对面的这个喝酒人牙齿稀疏，扶一根拐杖，不时咳出大段的静默，需要我从一大堆皱纹中细辨往日的容颜，然后犹犹豫豫地"呵"上一声，再次确认自己没有认错：对了，他应该是吴天保。

应该是老场长。

这位陌生的熟人完全忘了当年对大甲的厌恶，似乎自己早就慧眼识珠了。你想呵，那个小犊子哪是个种田的料？去打禾，撒得稻谷满田都是。去栽菜，踩得秧子七歪八倒——身上的每根骨头都长歪了么，没对上榫头么。你再想想，人家借了他的钱，他不记得。他借了人家的钱，也是不记得的。更重要的是歹毒，你晓得的，好多人都看见的。有一次，他用一个木桶，提来一颗人头，一脸的大胡子，说是无名野尸的头，然后借来一口锅，热气腾腾地煮出一锅肉汤，要制作什么骷髅标本。娘哎娘，那是人干的事吗？又剔肉，又刮骨，又拔须，掏了鼻孔还挑耳毛，忙得满头大汗，如同曹麻子杀猪办年饭，戳心不戳心？害人不害人……

吴天保时隔二十年后差一点再呕一口。

但他的意思不是遣责，恰恰相反，语气里更像是透出赞叹，似乎非凡之人必有非凡之举，要成大事不就得这样疯疯癫癫吗？不就得这样狼心狗肺吗？

他临别时交代，等秋收以后，他要攒一筐鸡蛋，托我去带给大甲。

"好的,好的……"我含糊其词。

"你把志佗也带去,他喜欢画菩萨。"他是指自己的孙子。

"好的……"

其实吴天保应该记得,当年大甲和小安子剔刮出的那个骷髅,那几个四处探照的黑窟窿,几乎气得他把桌子拍垮,在脚下跺出一个坑。那也叫艺术?艺你娘的尸呵。他当时就是这样开骂的。怎么不天天睡到坟地上去艺术?怎么不把自己的脑袋割下来艺术?怎么不把你们爹妈的肠子肚子挂在墙上去艺什么鬼术?……把一个茶场搞得乌烟瘴气,屎臭尿臊,牛鬼蛇神闹场来了,是国民党派来的别动队吧?

他当即在职工大会上宣布:扣掉姚大甲一个月饭票,剐他十几斤肉,看他还抽什么风!

大甲气呼呼地同他交涉,怎么也谈不通。吴场长读书少,只是在扫盲班识了几个字,别说素描和人体结构,据说以前接到县里来的电话,还不知该如何对付话筒。"我听不清。我这就去穿草鞋,就到你那里来。"——他居然不知道,县城远在一百多里之外,那个听起来很近的声音,并不在隔壁房间也不在对门山上,一双草鞋根本帮不上忙。他甚至连火车也不明白。好不容易在县城看到火车了,回来后大表惊讶:"那家伙一身黑皮,还冒烟,跑得比贼还快,大得吓死人,一天要吃多少草料呵。"不难理解,这样一块从泥土里刨出来的老菜帮子,如何能与姚大师达成艺术共识?

大甲在工地上赌输了饭票,又被场长罚扣,雪上加霜,几近饥寒交迫,虽有哥们姐们一点接济,还是咽不下一口恶气。场长去食堂打饭时,他突然插上前,把对方手里的一钵饭菜抢了就跑。

"嘿——你土匪呵？你你你鬼爪子往哪里抓？"吴天保总算明白了自己的两手空空，气得额上直暴青筋。

大甲已跳到远处，"你要饿死我，那你也别想吃。"

"崽呵崽，崽呵崽，老子要一拳砸得你脑壳从屁眼里出来！"

"老鳖，你来呵。上次我们还没玩够吧？告诉你，你要是打死我，我爹妈还有两个儿子，没关系。我要是打死你，你婆娘就是寡妇，你那三个儿子就要随母下堂，不能再姓你的吴！"

"老子要把你捆到公安局去！"

"反正我没饭吃，吃牢饭去更好。"

吴天保肯定没见过这种煮不烂嚼不碎吞不下的活爷。不知是大甲的威胁起了作用，还是他的抢饭防不胜防——他不但抢场长的饭，后来还抢过客人的饭，茶场请来的木匠、篾匠、泥瓦匠频遭袭击，待客的鱼肉一次次被他无耻地分享——场长后来只得睁一只眼闭一只眼，听任会计发还大甲的饭票，罚扣一事不了了之。

县文化馆来函借调大甲，场长气得把来函拍了一把。"他不是有个鬼脑壳么？无产阶级铁打的江山，他往哪里跑？他跑到蒋介石的胯裆里，老子也要把他剜出来蘸点酱油下酒！"骂虽这么骂，他还是在借调函上速批"同意报销"，一刻也不耽误。

"同意报销"就是"同意"的意思，算是他的万能圣旨。不知是谁教会他这四个字，使他从那以后把一切问题都处理成财务。在他乱糟糟的办公桌上，入党申请上是"同意报销"，举报材料上是"同意报销"，防虫防病紧急通知上是"同意报销"，各种上级红头文件上还是"同意报销"和"同意报销"。梁队长说过，他不久前递上结婚报告，对方打了个哈欠，抽燃一根对方递上的喜烟，捉笔如捉泥鳅，搓搓笔杆好一阵，在空中哆嗦好一阵，描过来又画过去，最后才往纸上落下欣欣然的四字箴言，其中的"销"照例错成了"肖"。

秀鸭婆不肯走。

"还有事？"

"场长……"

"怎么啦？"

"我买猪娃你是这几个字，我买鱼苗你也是这几个字，我买几个尿桶箍你还是这几个字。今天是我搞对象……"

"晓得你今天是要搞男女关系。"

"场长，这是一辈子的大事，你是不是要写得客气一点？"

场长看了对方一眼，再看看批示，一拍桌子，"怎么不客气？就你啰唆，不都一样么？你说说，不这样批又如何批？"

新郎总觉得自己的喜事与猪娃鱼苗还是有所区别。"我娶亲又不是进一头猪，这报销不报销的……"

"报销就是好事，报销就是领导支持，报销就是生产发展，工作顺利，形势大好。你懂不懂？你还要我批一句毛主席万岁么？想偏你的脑壳。你去告诉国矮子，是我批的！"

他是指公社管理民政事务的一位干部，似乎他拍了桌子，就有了文件防伪的保证，就有了无可争议的权威性，国矮子没理由不开具结婚证。

他后来不明白为什么大家说起这事都笑。为了回击笑声，他抽一张椅子，端端地坐在门前，面对人来人往的地坪，大张旗鼓地看报纸，看文件，翻出哗哗声响，用一支笔在这里画两条杠，在那里画个圈，张扬自己的领导素质和文明水准。看到兴奋处，他大声说："写得好！""写得真是好！""县上的同志就是水平高，十个国矮子捆在一起也比不上。"诸如此类。他指头蘸上口水翻纸页，翻出了好多爆炸性的知识，比如苏联人吃黑面包，脏死了，可怜！美国有无人飞机，恐怕是人都死绝了，要断后了。

天安门广场大得可以让全县人民去晒谷，工程伟大得真是了不起呵了不起。共产主义呢，日子好得没法过，成天不用做事，吃出了一身肥膘就去轧床，舒服得只能死……这些都是他后来常说的。

当然，也有说乱的时候。"革命就是要苦干加 23 干"，这话怎么也让人听不懂。其实，"23"是"巧"，一到他的眼里就掰两半，还是阿拉伯数字。"海内存知己，天涯五比零"，这后半句得让人琢磨片刻，才可明白不过是唐诗里的"天涯若比邻"，被他一不小心改成了球赛报分。有一天晚上开大会，他在台上说得激动了，屁股下装了弹簧一般，身子一次次往上跳跃。"同志们，伟大领袖毛主席教导我们：世上无难事，只要肯爬山！"

不知哪个知青提醒："不是爬山，是登攀。"

"登攀？什么意思？"

"登攀……就是往上爬。"

"还不是，"场长横了大家一眼，"还不是爬山？我哪里说错了？你们说说，我哪里说错了？"

提醒者还真是理亏。

场长再次听到了笑声。也许是在意这一点，他走出会场时怒气冲冲，差点摔了一跤，后来发现是一只木桶绊脚，忍不住把木桶猛踢一脚，"真不是个桶脔出来的！"

有趣的是，他说这一类下流话却从不出错，总是信手拈来，行云流水，不断创新，花样百出，让大家的耳朵忙不过来。

——夹卵（算了）！

——搞卵呵（搞什么）？

——不要算卵毛细（不要太小气）。

——你咬我的卵（你痴心妄想）。

——你搓卵去了（你干什么去了）？

日夜书　　　　　　　　　　　　　　　　　　　　25

——我看你就是个尿胀卵（我看你就是个冒牌货）。
——你屙尿还没干胯（毛头小子你知道什么）？
——你们把屁眼夹紧点（你们把精神提起来）。
——那妈B自行车还真跑得快（自行车真是好东西）。
——大卵子一甩，天下太平呵（形势会越来越好呵）。
…………

女知青极为反感这种语言强暴，一听就皱眉，就脸红，如果见身边有人哄笑，更有当众受辱之感，很可能低声啐一句"臭痞子"。我毫不怀疑，从某种意义上说，她们的青春理想就是由此破灭的，人生信仰就是从这里开始动摇的，后来一个个不择手段惊惶不已地逃离乡村，与这种听觉伤害一定大有关系。也许，这些花骨朵同我差不多，以为革命充满了诗歌、礼花、小帆船以及飞奔的骏马。一个革命者如果不是身穿红军制服的亨利·方达或克拉克·盖博，如果不是布尔什维克的白马王子，至少也得有点雄姿英发的范儿，有点刚正不阿的劲头，断不可像吴天保这样小眼珠、小尖嘴、小矮个，更不能像他这样污言秽语，一张嘴随地大小便。这种烂人放到任何一部电影里，充其量也只能是一个匪军甲或流氓乙。一代新人类能在他这里接受什么"再教育"？

我当然也讨厌吴天保这个活阎王。我痛恨他下达任务时心狠手辣，简直把我们当牲口使，对下雨和下雪视而不见，天塌了也不忘吹出工哨。我还恨得牙痒痒地想到他上工时不见人，说不定是躲在哪里睡觉，到我们刚要休息时却及时出现在工地，吓得队长不敢下令歇工。他早不来，晚不来，打蛇打在七寸，操一根两米长的竹竿作为随身量具，更相当于行凶暗器，在工地上这里量一量，那里丈一丈。两米竿在手上翻一筋斗，配上他故意疾行的步伐，实际上一竿翻出两米多甚至三米的距离——这样量出来的土方，谁担得完？这样丈出来的荒草，谁锄得完？

"不怕阎王要你命,就怕猴子一根棍。"连本地农友都这样说。

"猴子"是他的绰号。

但我还是好奇他的裤裆语,觉得那些话虽不文雅,但很好笑,特敞亮,是典型的就近取喻,有通俗、形象、强烈、便于传播的好处,一炸开就爆破力十足。对不起,我也大体上赞同他对厕所的反感,特别是拒绝当时臭烘烘的各种茅坑。哪怕是离茅坑近,他也愿意舍近求远,去地上的树丛后解裤头,搂屁股,差一点就要加上猫仔刨土和狗仔跷脚的动作:美丽的大自然呵——

这样做的好处,照他的说法,一是不闻厕所里的剧臭;二是省了运送粪肥的手脚;三是可以看看风景,说不定还能顺手扯一把草药……这些求真务实的理由真让我无话可说,甚至令我跃跃欲试。

我的暗自惶恐是,自己是否也是个当匪军甲或流氓乙的料?我的沉沦是不是就从污言秽语开始?当然,我万万没想到,其实没过多少年,他那一大堆"卵"啊"鳖"的在特定情形下倒是奇货可居,在有些人眼里甚至成了文明的前卫款和高深款——这事不大容易让人看懂了。大甲后来在美国开了一个画展,一大堆潦草变形的男女裸体画,使参观者如同走进一个冻肉库,在一挂挂粉色肉体前穿行。画题分别是《夹卵》《搓卵》《咬卵》《木卵》《尿胀卵》《算卵毛细》《叶(瘪萎义)卵》等,分明就是吴天保当初那一嘴下流,是粗痞话集大成的图解。配画的文字说明,无非是解释这些话各自的引申义和常用法。画展总题则为《亚利玛:人民的修辞》,其前半句既是基督圣母名谓的倒装,也是白马湖人骂娘的谐音。

大甲就不觉得这一恶搞是在毒害小朋友?

有意思的是,他在那里开过好几个画展,每次都惨到了门可罗雀的程度。玩抽象玩具象都不灵，拉（斐尔）家的、达（芬奇）家的、米（开朗基罗）家的那些经典大师全帮不上忙，但唯独这一次重口味石破天惊，最狗血的灵感赚了个盆满钵满。市长和主编的宴会请帖送来了。记者的采访让他烦不胜烦。一些洋同行拉他去喝酒，白肤或黑肤的、长发或光头的，在酒吧里同他大谈"解构"或"当下"或"反抗"，听他答非所问胡言乱语也依然开心，依然攀肩搭臂众志成城，闹得他有点受宠若惊。

"不就是个冻肉库吗？"我翻看画册和照片，不明白这种画展的伟大在何处，不知观众们为何热血。

他乐得在床上翻了一个筋斗，笑得上气不接下气，憋出了连翻白眼的可怜样，"亚利玛，你真是土得……"

"我土？骂人就不土？"

"太对了。"他再次拍大腿，"就是要骂人，就是要用屎团子把资产阶级统统砸晕。你知道那些摇的死（太太）煎特焖（先生）吗？你知道他们扭着小屁股吃香喝辣，然后 ni——（我提示他，nice？）对，nice，就是这个 nice！你知道他们 nice（优雅、有教养的）得多么痛苦吗？成天都端着，张嘴就谢谢，不是皮笑肉不笑，就是肉笑皮不笑，没日没夜地教养来教养去，水深火热呵，暗无天日呵。"

"你的意思是……"

"猪脑子，还没明白？那些阉货 too nice 都不会骂娘了，肾上腺素都断档缺货了，所以我们革命人民就得教他们骂娘，代他们骂娘，骂出他们的心花怒放……"

我怀疑他胡扯，对那些观众并不理解，至少是不充分理解。事情肯定比他说的要复杂得多。但他一甩长发，径直去我家厨房找吃的，没耐心与我讨论。"我反正是成功了。"他在冷猪蹄上咬出了扬扬自得，"不瞒你说，我眼下放个屁，在艺术界那也是香的。不得了哇，没办法，门板都挡不住。"

第二天早上，他迟迟没起床。我去拉窗帘时，发现他睡得平静，眼角流出一滴泪，正缓缓地滑下耳根，想必是坠入梦中什么伤心处。我暗自一怔。这家伙还有泪？我差一点笑出声来，忽然想起他昨天曾凝视过墙上一幅画，是他以前送给我的，土红色调的夕阳图。他面对那些可能早已陌生的色块和线条，那种老掉牙的架上绘画，好一阵发呆。

眼下他梦中的一颗泪，与那样的发呆没关系吧？

我很想摇醒他问一问。

05　更高的东西

吴天保丢了官帽，就地劳动改造并接受审查，事因是破坏计划生育。他已有三个儿子，其中老大叫"公粮"，老二叫"余粮"，老三叫"粮库"，全都是与吃饭有关的好东西，但他居然还想生一胎"粮票"或"杂粮"，对抗节制生育的官方新政策。他不但不让老婆去卫生院上环，还一张嘴巴不干净，说共产党管天管地，还管到裤裆里来了，肖书记的鬼爪子也伸得太长了吧？

这就把自己的官帽给骂掉了。

他在会上挂了牌子，戴了高帽，站过台子，一些陈年老账也被翻出来重新清算。他给一位阵亡的解放军将领挖过坟，算是以前的非凡事迹，但现在的说法是：那是什么挖坟？保不准就是盗墓。将军是埋下了，但衣袋里四块光洋不见了，是不是这家伙做了手脚？他曾给一个大财主帮厨，见一锅肉迟迟未煮烂，客人们又到齐入座，便跳上灶台朝锅里偷偷射出一泡尿，算是以人尿代硝土，用土办法催熟。以前的说辞是，他那是深入虎穴刺探敌情，一泡尿大长了革命人民的威风，大灭了剥削阶级的志气，而且让一位反动军官吃坏了肚子。但他一旦在批斗台上低下头，一位姓杨的民兵营长就愤怒揭发：姓吴的当时为什么不下毒药？为什么不冲过去投下手榴弹？为什么还怕反动派把一锅炖肉吃得不够烂和不够鲜？他的阶级立场到底在哪一边不是昭然若揭吗？事后，那个狗军官还赏给他一块白绸子，夸奖他把肉炖得香，不就是他暗通敌人的铁证?

吴天保辩解:"什么绸子呵,一不暖身,二不吸汗,顶多只能拿去做祭幛,做孝带,屁用都没有。"

杨营长拍打桌子质问:"为什么不给张三,不给李四,偏偏只给你?你同那家伙是不是共裤连裆的汉流?"

"汉流"据说就是洪门会党,曾是革命英雄,后来不知何时又成了反革命的罪人。这些来历和批判都不大容易听懂,与节制生育似乎也没多大关系。但不管怎么说,落毛的凤凰不如鸡,看到场长大人挂着鼻涕两腿发抖,很多人还是兴奋不已。

他和我们一起挑土,同样嘴歪鼻斜,灰头土脸,大喘粗气,让我好好地幸灾乐祸了一把。我故意往他的箢箕里多多压土,看他两条脚杆摇摇晃晃憋出了吃奶的气力。

他明白这是报复,但只能谄媚地笑笑,递来烟丝和纸片,请我享受一种叫"喇叭筒"的自制烟卷。

我不抽烟。

"一个男人家,不抽烟,不喝酒,只吃几粒谷,不像个麻雀子?"他把卷好的烟塞过来,殷勤地划火柴。

我被一口烟呛得大声咳嗽。

他嘿嘿一笑,"搞卵呵,我家公粮五岁就抽水烟筒。"

他捶打自己的腰和背,捶出哎哟哎哟的呻吟,然后告诉我偷懒的窍门。出工要走在前,知道么?让人一眼就看见。装土呢,却要装得松,让土块架起来,这样担子好看又不咬肩。他还悄悄传授吃的艺术,比如去食堂要晚,等大菜盆里浅下去了,窗口那边的厨师才能舀到下面的汤。知道么?好油水都在汤里呵……听到这些,我觉得这家伙确实可疑,将军的那四块光洋说不定真被他窝藏了。

我为他代写检讨书,趁机用墨如泼让他对自己大加挞伐。他不知道我写些什么,只是大为惊讶,"你写字怎么同拈泡一样?"

这是说我写得快。

当他发现检讨书上很多字难认,还顺便得知数字有多种写法,有大写、小写、阿拉伯字等,禁不住睁大眼,"了不得,了不得,你的学问真是大。"

"这算什么?我以前参加数学竞赛,都是第一个交卷。"

"竞赛?赛赢了怎么样?"

"不怎么样。"

"不奖谷?"

"不奖。"

"不奖肉?"

"不奖。"

"那有什么味?"

我给他解释数学,解释少年科学宫和人造卫星……突然发现他半张着嘴,头一歪,呼呼睡过去了。直到复工哨吹响,他揉揉眼睛,不忘记续上前面的话题,"你的学问真是大,放个屁都是文章,将来牢饭是有得吃的。"

我差点吓出一身冷汗,不明白他何出此言——学问与坐牢居然煮成了一锅。这正像后来我用收音机偷听台湾广播,被小人举报了,他找我严肃谈话也是圣意难测莫名其妙。"你这个贼养的,收听敌台是不是错?"这一句还好理解。"你听就听了,还说出来,还承认,是不是错上加错?"这一句只能让我发愣。他该不是恼怒于我如实坦白,害得他不得不来谈话,耽误了他的大好瞌睡吧?

猴子——我现在也习惯这样叫他了,这一天与我去榨房里打油,一打就是昏天黑地的几天几夜。柴火用完时,没法炒籽和蒸粉,不得不停工。他缩在草窝里翻来覆去,大概是吃多了刚出榨的新油，有了火烧火燎的活力，不容易入睡。他一次次坐起来抽烟，在暗中亮起一星火光。"知道么？今年收了晚禾以后，就要解放台湾了。"他兴冲冲地说。见我没什么反应，又郑重其事通知我："下个月有一架北京来的飞机，会从北坡上过，到时候你要喊应你们队的人，不准拿棒棒打飞机，更不准扔石头。听到没有？"——天知道他从哪里得知这些国家机密。

他该不是做了一个自己仍在当场长的梦吧？一个仍在拜将入相操劳国家大事的梦吧？

他说完北京的飞机，找来一个瓦钵，装了一钵新油出门，好一阵才回来。我怀疑他是去了附近的村子，给哪个老相好送油去了。果然，他回来后眉飞色舞，坐起来又睡下，睡下去又坐起，捅一捅我，"嘿嘿，你睡过妹子没有？"

"说什么呢。"

"一条骚牯子，还给老子装老实？"

"向毛主席保证，只拉过手。"

"你憋得住？"

"没什么呵。"

"不打个手铳？"

我不明白他的意思。后来才知"手铳"是指自慰，立刻感到脸上发烧，心头咚咚大跳。

"不打手铳，我就早犯错误了。嘿，只有打手铳不犯法，又快活，还不费钱，想睡哪个就睡哪个。白马湖的妖精你都可以睡。"

"老不正经的家伙！"

"小子，你屙尿没干胯，卵毛没长齐，晓得什么？等你牙齿落了，蚊子都拍不中了，就会明白人生一世，没多大意思的。我告诉你一句大实话：锅里有煮的，胯里有杵的，就这么两条。"

"你以前怎么说的？荒山变粮山，解放全人类，向党和人民献礼，誓把革命进行到底……好话都被你说完了。"

"那也没错。解放全人类，不就是要让大家都好过？没有煮的，没有杵的，能好到哪里去？好，让你当个县长，但你卵子没有了，有意思吗？"

窗外有远近高低的蛙鸣，有春天的温润，有一种生活重新开始的蓬蓬勃勃。这样一个美丽的春江花月夜，这样一个应该遥想远方和未来的时刻，下流话题实在不合时宜。"不，生活中还有别的什么……"我也卷上了烟草，"一定有更高的东西。"

"更高的？哪里？"

我说不上来。

"你们这些喜欢刷牙的家伙就是啰唆，就是心大了碍肺，架起梯子想上天。你上呵。你小子，陶小布，是一个。还有你们那一伙，偷偷摸摸搞什么，以为我不晓得？尽搞些没用的东西，不着肉不粘骨的东西。一朝当皇帝，还想做神仙；坐了神仙位，还想蟠桃会。人家几句戏文，你听听就好，莫当真。我看你一顿饭吃得下两三钵，工分没少赚，早点找个对象把肚子搞大，还算一回事。"

他熄灭了黑暗中的星火，一翻身缩到草窝里，顶过来一条弯曲的背，又补上两句："我是对你好，才说几句实话。小子，你听我的没错，搞对象就是要骚，就是要蹿。我老婆就是我蹿来的。"

然后不再说话了，放出呼呼的鼾声。

在后来的日子，我经常回想这一个深夜，回想那浓烈的菜油味，那干稻草暖烘烘的气息，那一束月光投照在碾台上如霜如雪。我静听窗外的蛙鸣，静听草窝里的呼呼鼾声，不能不大为惊讶地想到，几十年后我也会是这样子？也会鼾声粗野，磨牙声狰狞，偶尔还在乱糟糟的裤头里放出一两个闷屁？生活正在眼前展开，正嘀嘀嗒嗒扑面而来。如果我不愿像他那样活，不愿像他那样挣吃挣喝然后生下一窝"公粮""余粮""粮库"，那我又能怎样活？如果这个世界上还有另一种活法，有更高的东西，那更高的在哪里？

小时候暗暗猜想：多年以后的人，回看我的一生也许像看一部电影。我眼下的每一天，每一月，每一年……在观众眼里不过都是电影情节。因此，与其说我眼下正在走向未来，不如说一卷长长的电影胶片正抵达于我，让我一格一格地严格就范，出演各种已知的结果。我可以违反剧本吗？当然可以。我可以自选动作和自创台词吗？当然可以。但这种片中人偶然的自行其是，其实也是已知情节的一部分，早被胶片制作者们预测、设计以及掌控——包括我眼下这种胡思乱想。于是，人生就是一部对于当事人来说延时开播的电影。我们在银幕前关上窗子，熄掉灯光，对准时钟，确保自己的现场感和首映权，但在另一个地方，在后人或上帝那里，同一部电影其实早已播完，甚至早已入库。我们的一切未来都在他们预知之中，仅供他们一边嚼着玉米花一边表示同情的微笑或摇头的叹息。

谁能早一点告诉我结果？

我能不能从时间里脱身而出，向前跳跃哪怕数年，哪怕数月，哪怕数日，跳到上帝的那个影片库里看一下自己的未来，一种没法更改的未来？

眼下这一刻，我已站在未来了，已把自己这部电影看了个够，也许正面临片尾音乐和演职员表的呼之欲出。我不知在演职员表里能看到哪些名字，能否看到自己的名字。更重要的，剧情已明朗，未来已成过去，我凭什么说这一堆烂胶片就是"更高"的什么？

06 妖精们

吴天保降职为副场长，变得有点消沉，不再操一根竹竿在地上吆喝，也很少去开会，不是借故自己头痛，就说脚痛或腰痛。若有人私下里问起来，他气呼呼地说："开什么开？老子上次去开，一块肉皮都没吃到。厨房师傅本事大，做出了哪吒闹海。"

他是指干部会的伙食越来越差，美其名曰四个菜，其中三碗是汤，尽是一些水，没什么意思。

"怕是住在湖边上，肖书记他挑水挑上了瘾呵。"这是谴责公社领导拿清汤寡水来糊弄与会者。

他更愿意带上几个人去抓鱼、捕鸟、挖洞打蛇，甚至烧野蜂窝，看能不能在那里掏一点野蜂糖（本地方言中的蜂蜜）。有一天夜里，他不知从哪里找来两杆民兵用的老式79，带我们去打野猪。但我们在一个山谷里守了大半夜，连一根野猪毛也没看见，回到工区时已快天亮。大概觉得这一晚无功而返，什么也没做，有点说不过去，他就在山坡上教我们一点"牛皮鳞"的拳法——据说是向一个牛贩子学来的。我们即学即用，互相比试，结果"牛皮鳞"夹杂蛤蟆拳和王八拳，一直打得好几个鼻青脸肿。大家面向鲜润的东方红日一阵叫喊，觉得这个晚上还算过得充实。

采茶的季节到来了。这是女人的季节，附近各村的妇女们，即吴天保嘴里的"妖精们"，挎着篮子来采茶，算是季节性临时工以弥补茶场的人手不足。一枝两叶是一级茶，四分钱一斤；一枝三叶是二级茶，三分钱一斤……鲜叶价格分出档次，多采多得，过秤付钱。但妇女们结成团伙以后就难免有些疯野，三个蛤蟆闹一塘，妇女解放运动张牙舞爪。"毛主席说妇女是半边天。你算哪根毛，比毛主席还大？"这是她们经常抗议男人的话。她们突然一阵哄笑，不知有何原因。又一阵哄笑，仍不知是何意思。再横蛮的男人面对满山满坡的女人，在这种来历不明的大笑前也有点不知所措。

看准了这一点，她们就笑得更开心，更夸张，更猖狂，然后乘人不备，把已经过秤的茶叶再称一次（赚两份钱），往茶叶里偷偷塞两块石头（虚增重量），不管有关两叶、三叶、四叶的技术规定，把一根根茶枝呼啦啦捋成光杆（茶叶质量可想而知，茶树存活也凶吉难料）……她们投入一场捣乱大比赛，包括毫不在乎吴天保这个家伙，不久前还在挂牌挨斗的货。

"猴子！"

"老猴子！"

"不给老姐送点茶水来？"

"我住在你三姨妈的对门，你也不给我一张饭票？"

她们总是这样叫叫嚷嚷。一个叫梅艳的少妇，大概仗着自己丈夫是现役军官，胆气特别壮，多次成为闹事带头人。她带头偷吃黄瓜和菜瓜，带头在茶园里烧火烤米粑，还扣过茶场的一个秤砣，说你们再不提价，老娘就把秤砣丢到河里去。吴天保来找秤砣时，她还无耻放刁："铁秤砣没有，肉秤砣倒有两个，就怕你不敢要！"一句话臊得对方成了个猴屁股，在女人们的哄笑中狼狈而逃。

这一天，不知用了什么高招，猴子竟然整得她放声大哭，披头散发，两眼通红，死了爹娘一般，要不是两个女人拉住，立马就要朝水泥电线杆一头撞过去,留下一摊浓浓的血迹和身边哭号的娃仔——谁都觉得事情的下一步就是这样。我来到现场时,发现她涕泪横飞,隔了两三个规劝者,指定猴子的一张脸。"老贼,你凭什么血口喷人?凭什么造谣?"

猴子眨眨眼,"你没被强奸呵?那就好,那就好。"

"你装什么蒜?就是你说的!今天当面锣,对面鼓,你不把证据摆出来,老娘非割你的舌头不可!"

"是我说的吗?"

"就是你!"

"我什么时候说了?"

"就是你,就是你,三妹子都告诉我了……"

"我什么地方说的?"

"就在供销社门口。我至少有两个人做证……"

猴子叹了口气,"好吧,就算我说了,那也是没办法,真的没办法。"他伸出两个指头朝前点了点,"艳妹子,我不这样说,如何把你搞臭?我不把你搞臭,你会还秤砣?"

"你去死吧你——"梅艳绝望地一闭眼,一头撞上前,把对方冲了个趔趄。刹那间茶园泥沙飞溅,竹篮、泥块、木凳在尖叫声中都成了武器,在空中飞来飞去。尽管有很多人大加劝阻,猴子下坡时,脖子上还是有两道鲜红的抓痕,衣襟被扯破一块,头上的痰液被他一抹再抹。

但他很得意。"这叫什么?这叫恶狗服粗棍,蛇精怕雷打。茶场的秤砣是好扣的?不来点邪的,她就不晓得厉害。"

梅艳气病了,一连几天没来茶场。吴天保发现这一结果后更为得意,成天在女人国里窜来窜去,脸上刮得发青,一个铜哨挂在胸前,鸭公嗓漏风跑气地到处叫唤,还经常透出一股辣辣的酒气。他管得太宽,不但检查采茶的质量,还要这个戴好草帽,要那个擦净鼻涕，命令另一个扣好腰身一侧的裤扣，不得露出内裤坏了社会风气。为了加强权威性，他不时假造圣旨，宣布各种最新的中央精神："四十六号文件怎么说的？生产时不准打架！""根据中央军委的最新规定，妇女不能随便插嘴，踩死了花生苗的要交罚款，一根苗一块钱！"……如此条款似真似假，镇得女人们不敢吱声。

当然，混迹于一个乳房密集区、肥臀密集区、花头巾密集区、发油气味的密集区，陌生的体味似有似无，撩来撩去，一个酒鬼难免更晕。这一天的情况正是这样：他出门时踩塌了一脚，差点摔了一跤。朝一口大水缸笑了笑，后来才发现那不是一个人。把挑水的曹麻子喊成王会计，也搞得对方十分疑惑。接下来，深一脚浅一脚，走到茶场的烘房前，见一个叫胖婶的妇人弯腰忙碌什么，在晒垫前撅起一个肥大屁股，十分触目和碍事。一定是酒力乱性，他见屁股不见人，心花怒放情不自禁地把扁担一丢，上前一把搂住大圆臀，顶上自己的下半身，隔着裤子又撞又蹭，乐呵呵地大笑："好热乎呵，好软和呵，好心痛的家伙呵……"

在场的人都惊呆了，空气死一般的寂静。

事后连他自己也有些吃惊，即便对方是老熟人，无皮无血的一块老抹布，但光天化日之下，玩笑还是太过分了吧？

胖婶吓了一跳，回过头来，炸红一张脸："你这个猪——肏的猪肏的猪肏的猪肏的猪肏的——"

一道声音的弧线由高到低，直抵气绝之处。

一口气灌下了多少个"猪肏的"，谁也数不清。在场者只记得那声音剧尖，是吸髓的、抽筋的、揭头皮式的，揭得大家都觉得脑袋凉飕飕。这以后，大家还能听到猴子的声音，至少能听到零碎的呼叫，但已不见他的人影，只见胖婶全身发动，扩张成一辆肉坦克，在墙根那里轰隆隆地又冲又撞，好像与墙壁过不去。

"我看你臭，我看你骚！"

肉坦克全方位遮盖的缝隙里，"住手"飘了一下，"救命"闪了一下，"玩笑"蹦了一下，基本上不成句子。

"你还嘴硬！"胖婶觉得不解气，又一屁股骑上去，恨恨地解怀露胸，掏出大奶头，挤得奶汁喷射。可惜打斗之际不易定位，她只是把胯下人胡乱射了一通。"臭猴子，你吃了老娘的奶，就是老娘的崽。看你以后还敢没大没小！"她哈哈大笑，"你说，是不是我的崽？是不是我的崽？你老实说……"

围观人笑得前栽后仰的，捂的捂嘴，跺的跺地。

"翻天……"坦克下还有零碎的声音挤出，"老子"飘了一下，"哎呀"闪了一下，"裤子"的声音更瘪也更弱。

妇人们立即七嘴八舌：

"他要脱裤子？吓白菜呵？好呵，让他脱！"

"今天他不脱还不行！"

"正好阉了他！"

"把他那四两臭肉割了！"

…………

一些小媳妇和小姑娘看不下去了，红着脸跑开。几个老娘们看得过瘾，倒是叫叫嚷嚷地加入恶搞，不但三下五除二剥了副场长的裤子，而且找的找柴刀，找的找绳子，要为民除害，替人民政府执法斩草除根。特别是那个梅艳，终于找到报仇雪恨的机会，抓来一团牛粪，不光是朝仇人的胯下砸，还一个劲往他嘴里塞。

她们不至于真阉，但下手还是够狠，把一个尖屁股的猴子绑在一张椅子上。一条麻绳缠紧胯下的那四两肉，绳子的另一头从木凳下通过，系住身后不远处一块立砖，相当于装了一拉线开关。闲人们好容易才看明白,她们是要看看猴子的厉害,拿他的命根子做一次惩罚性的试验——什么时候那根肉棍举起来了,把绳子拉动了,拉紧了,把后面那块砖扳倒,她们就来还裤子。这是她们宣布的规则。

"臭猪婆——"猴子发出杀猪一般的号叫,脑袋左一撞,右一甩,无奈自己被绑成个粽子样,头部大回旋也不解决问题。

大概是有人同情副场长,或是同情普天下男人,不一会儿,把天保的老娘请来了。老娘平时不来茶场的,这一天刚好也是赚几个小钱,没想到来得太不是时候。远远一见儿子这模样,哇的一声大哭。她一头白发,一双小脚,一个牙齿零落的口腔,眼角处积有暗黄色的眼泥,黑斑密布的一张豹子皮松松地披挂在颈根和手臂,吓得妇人们吐吐舌头,哄的一下作鸟兽散。

"我怎么还不死呵?"老人越走近儿子越走不动,最后颓然坐倒在地,抽打自己的脸,"我吴家一根独苗,我养了四十年的儿呵,遭这些狗婆欺侮呵。这些丧天良的,欺我一个老寡妇。老天在上,老天有眼,你们的鸡要发瘟,你们的菜要烂根,你们的房子要起火,你们以后只能叉开胯裆生蛇蛋呵。你们拿刀来呀,拿斧子来呀,杀了我这个老不死的,就是你们行善积德呵。我还有什么活头?我不是赖着不走……"

"娘……"老儿子鼓出一个鼻涕泡也哭起来,"我又犯错误了……"

07 小军帽

大家说，走了一只猴，来了一只羊。新任场长是个姓杨的年轻人，其实只是谐音"羊"。他在外当过兵，篮球打得不错，也有刷牙的习惯，当民兵营长那一阵喜欢与知青们混，讲半吊子的普通话，暗地里经常撇一撇嘴，把本地农民叫作"土皮虫"，似乎把自己的身份撇在城里人这边。

他曾拍打这个或那个的肩膀，吹嘘民兵马上就要改编成预备役，拉到中苏边境去打仗。为此，上级将给每人发一条真枪，让大家半天劳动半天练兵，每个星期日就放假打球，食堂里保证供应回锅肉，晚上放电影的话还有面条加餐……这一前景让我们十分向往，浮想联翩了好长一段时间。

没料到，接替场长一职后，他立刻变了一张脸，不仅回锅肉和电影没有下文，而且动不动就抽检知青的书信和日记，看里面有没有反动话；夜里还常到知青住房外偷听，看是否有人收听敌台。他最快乐的事就是找女知青谈话，东敲一句，西打一下，时不时翻动自己的笔记本，抖落一点有关当事人的告密材料，享受对方恐惧万分的等待。在这种时候，他有一种老猫戏鼠的兴趣，慢条斯理，拖腔拉调，讲话留半句，笑声掐半截，后半截压在舌根下的某个位置，挤揉出一丝奇怪的尖声。

他把好几个女知青都吓哭过。

这家伙不会扶犁掌耙，但头戴最小号的军帽，一颗小脑袋里能琢磨出很多批斗会的新花样，对付敌人的招式不断改进，比如罪人罚站要站在高凳上，罚跪要跪在碎石上，挂的黑牌越挂越大，最后大成了整个一张门板，几乎把罪人的脖子当成起重机吊臂……他不知从哪里还引入一些奇怪的刑讯手段。把罪人绑在木梯，再将整个木梯翻转倒挂，这叫"翻身探海"。把罪人的两个拇指捆在木桩，然后从桩顶的缝隙钉下木楔，随着打手挥锤钉楔，随着木楔一分分往下挤，绷紧的绳子几乎勒断罪人的拇指，这叫"猴子献桃"。总之，自他官升一级，批斗会多出了很多鬼哭狼嚎。

有一次，是三工区一个新来的农民往家里偷运了三根木头，被他派人一绳子捆上了台，跪在一层碎石上。

"你老实交代，家里到底是什么成分？"杨场长这样大声喝问。

"成分？"那个盗木贼满头大汗，"哪有什么陈粪（成分）？队上每个月上门收几轮，粪池都被他们刮塌了。"

"胡说！'成分'你不懂？成分就是阶级！"

"阶级？我家就两间茅房子，连门槛都没有，哪有什么阶级？"

"你小子装疯卖傻？'阶级'就是……"

"我懂呵。"

"你懂个屁。这样说吧，你和刘老四走得那样近，就是他们一伙的。你们到底想干什么？有什么纲领？"

"纲领？"

"对，你们的政治纲领。"

"纲领？缸（纲）倒是有一个吧？"

"谁搞的？是你，还是刘老四？"

"当然是刘老四。我劝他不要搞，他硬要搞，说这家伙比木桶好,还借了我五角钱。结果有什么用呢?他家的娃仔太调皮,上房揭瓦的货,一个石头就把它打烂了。"

"打烂了也要交出来。你们想隐瞒罪证?"

"就在他家后院里,已经不能装酒了。你们去看一下么。"

"你说什么?你是说瓦缸吧?我们问的是纲领,你同我们哩咯啷,东扯葫芦西扯叶。告诉你,你是个不见棺材不落泪的货,今天不挤出你的屎,你不晓得东南西北是吧?"

"你们刚才不是说缸么?我是交代缸呵。"

"纲领不是水缸,不是酒缸,你猪耳朵打蚊子去了?"

这里简直是鸡同鸭讲,折腾得双方都满头大汗。很多人忍不住笑,大甲一笑就大嘴哈哈欢天喜地,又拍手,又跺脚,一不留神往后翻,只能到板凳后面去找人了。这让杨场长脸色很不好看。

不久后的一天,大甲就为他的这一笑付出代价,更是为他多次缺席逃会付出代价,为他在篮球场上一再把杨场长撞翻并且装傻卖呆付出代价。杨场长发现他拿一张旧报纸擦画笔,刚好污损了报纸上伟大领袖的照片,立刻激动不已,两手搓个不停,摘下小军帽,往桌上狠狠一掼,当晚就把他五花大绑,押上批斗台。"好小子,好小子,总算暴露了吧?你胆敢在毛主席他老人家脸上打叉叉?毛主席领导我们推倒了三座大山,建立了新中国,你一家人都暗地里恨得咬牙切齿是吧?"

事涉毛主席,问题比较严重了。一些本地农民不知详情,一听也大吃一惊,怒气冲冲地在台下大喊:

"绚起来!"

"绚起来!"

"绚起来——"

意思是吊上梁去,吓得大甲张皇无措,一对大眼睛眨来眨去的，大概以为这一次自己死定了。

"你不是喜欢笑吗？你笑呵，怎么不笑了？"杨场长更得意，"告诉你，我不是吴天保，不怕你抢饭，不怕你放刁。你是一只老虎，我今天也敲掉你满口牙。你是一条毒蛇，我今天也要让你脱层皮。像你这样的资产阶级狗崽子，我一口气毙上七八个也只是踩死一只蚂蚁！蒋介石的八百万军队都被我们打垮了，你三根筋挑一个脑壳也想翻天？"

没料到大甲就是命大，瞎眼鸡仔天照应，哪怕走错路也能遇贵人。不知什么时候，眼看着几个人七手八脚往梁上挂绳子，台下突然冒出一个女人的声音："杨场长，你讲得太好了，但你那个脸盆的事是不是也要说一说？"

大家回过头来，发现说话的是小安子，正在梳理自己一头湿发，说话没头没脑。"没听懂呵？你那个脸盆把我吓出汗来了，心脏病都吓出来了，明天就要住医院了。"她拍拍胸口，其实没出汗也没闭眼晕倒，倒是大摇大摆地起身了，移步了，挤出人群了，走到门口，径直飘向了门外。有人以为她有什么事，发现她好一阵没回转，才明白她真走了——这家伙今天活出了几个胆？

她刚才不是冒出了几句梦话吧？

场上的静如死水变成一片哗然。怎么回事？怎么回事？脸盆不脸盆的怎么啦？……人们面面相觑，议论纷纷，抓耳挠腮，争相在记忆中打捞有关脸盆的细节。若有所悟之际，一双双目光开始投向台上。对呵，杨场长不是有一个脸盆么？就是，那个从部队里带回的搪瓷脸盆，里面不是有一圈"毛泽东思想万岁"的红漆字？不想不是事，一想还真是事。天哪，大甲反对毛主席诚然可恶，你堂堂的场长也不含糊，一直用神圣无比的毛泽东思想洗脸、洗脚、洗短裤、洗臭袜子，算什么？更加难以启齿的是，你家娃仔上次吃坏了肚子，哇的一声，一口秽物不就恰恰喷在脸盆里？你婆娘来场里过夜，不是还用那东西洗过屁股？洗过女人的那种带子……

小军帽显然感受到四周目光的压迫，脸上红一块白一块，情急之下振臂高呼："革命群众一定要擦亮眼睛——"

台下的跟进呼号却寥寥无几。

批斗会再一次虎头蛇尾。接下来的几天，没见场长人影，直到他后来再次出现在大会上，传达什么文件，大家发现他瘦了不少，连连抽烟和咳嗽，目光躲闪，很少抬头。不知讲到哪一段，他突然卡住了，咳一声，再咳一声，然后再无言语。台下很多人发现不对劲，抬头一看，才发现他半张嘴，茫然的目光投向前方，似乎同一根房梁较上了劲。一分钟过去了，他没说话。两分钟过去了，他还没说话。三分钟、四分钟也过去了，他还是凝固成直愣愣眺望远方的形象……身边的会计又是给他的杯子加水，又是扯他的衣袖，还是未能把他从不屈不挠的远望中拉回来。

最后，他被别人请下台，脸上毫无表情，只是全身汗湿，像从水里捞出来的，连头发梢都在真真切切地滴水。

他去了医院，在食堂里熬出浓重的中药味，慢慢恢复了正常，包括恢复了领导工作，只是落下两个小毛病：一、一见小安子就嘴角开始抽搐。二、半夜里不由自主地尖叫。这后一条当然不是什么大事，在医生们眼里，虽说闻所未闻，却也无足轻重。他在白天可以吃饭如常，洗漱如常，查工如常，打电话如常……只是一到深夜便几无例外地遭遇噩梦，或者说也不一定有噩梦，只是喉头无端地搞搞怪，闹点小动静。

据说有一次，他住进县招待所，一个同房的后生被夜空中一道尖声惊醒，面色惨白地求饶："这位叔，你不让我睡不要紧，留我一条命吧。"然后夹上枕头和被子去走廊里睡了。又一次，他住在邻县一家旅店，店主带上警察半夜里敲门，一进门就床下、门后、被子里到处搜查，似乎不相信这里没有血迹——否则怎么会有那样的惨叫？怎么把全旅店的人都吓了个半死？

他尝试过很多办法，比如睡前用毛巾塞嘴，但到时候自己扯出毛巾还是叫，完全是下意识的非叫不可。无奈之下，他只好采取提前道歉的办法，特别是出差在外，总是及早向同房旅客献上笑脸，递上一根根烟，"对不起，很对不起。今天晚上可能有点那个……到时候你们莫慌，莫怕，不会有事的。"他连连鞠躬。

"对不起，我有个小毛病，今天晚上可能会……你们把窗子都关紧点就好。"他对住地附近的陌生人也一一关照。

值得一提的是，我在茶场里听多了这种深夜呐喊，倒也习以为常。如同靠近海关的人听惯了钟楼报时，靠近铁路的人听惯了火车鸣笛，如果一夜下来寂静如凝，反觉得少了点什么。有一段，我被派去守夜，一个人在山谷看守庄稼防范野物，发现自己开始两天总是半夜里醒来很难再入睡。我思来想去，确信自己不是怕鬼，不是怕野物，倒是山谷里的深更半夜太安静，成了一种难耐的惊扰。

这时候，真希望能听到往日那一声声凄厉的催眠。

08 美声歌剧

如果大甲没吹牛,那么他多年后从毒贩子那里解救小安子,地点应该在美国的露易丝安娜州。

小安子本名安燕,以前最喜欢查看地图册,常在地图里神游远方。佛冷翠、枫丹白露、爱琴海、米兰、萨拉曼卡……当然还有这个露易丝安娜。这些地名最令她神往(应感谢中文译者吧),一看就是充满爱情和诗意的地方。

她以前还喜欢游泳,冰天雪地时也敢下湖,把最牛的男人都比下去一头。一身泳装回到宿舍,招来各个门窗里的伸头探脑,对于本地农民来说,无异于伤风败俗的色情表演,真是要看瞎一双眼的。她裸露光光的两只大腿,提一个水桶去食堂里打热水洗澡,吓得主厨的曹麻子丢下锅铲就跑,在外面躲了好一阵,结果把一锅菜烧煳了。

曹麻子更恼火的是,这个贼婆子不要脸也就算了,洗澡用热水太多也就算了,一张嘴还足够无聊。连猫也吃,连老鼠也吃,还曾把一条血污污的长蛇提进了厨房,不但污了菜刀和砧板,费了公家的柴火,更重要的是折腾得太闹心,让大家这一碗饭怎么往下咽?

"它咬我一口,我就要咬它十口。"她是这样解释的。原来她在茶园里被蛇咬了一口,气愤之下一口气追出几十步,没顾得上操锄头,便用石块砸,用树枝打,最后干脆用脚跟一顿乱踹,连跟上去的大甲也看得目瞪口呆倒抽一口冷气。这条蛇已血肉模糊夹泥带砂的不方便吃了，但她仍要吃，非吃不可，要把蛇咬去的给咬回来。

有关她的段子还包括杀猪。那是过年前，梁队长掌刀杀猪，见她在一旁好奇地观看，便要她递个手，拉一拉绳子。但她生性多事，不知何时一把揪住了猪耳朵——这一抓就是木已成舟，依照本地人"谁抓耳朵谁动手"的规矩，队长只好把一柄尖刀塞给她，"戳，归你戳。"到了这一步，她才知道自己抓错了地方，不上也得上了，只能闭上眼操刀突进。她第一刀没刺准，第二刀没扎透，第三下刺准了也扎透了却又戳斜了⋯⋯不过她从不服输，咬紧牙关之后痛下毒手，一连十几刀捣蒜似的，活生生戳出一片血糊糊的肉瓢，才把血放出来。不用说，这事办得很难看，那畜生惨叫好一阵，猪血喷溅了她一身。

一个血人哼哼唱唱地走回宿舍，吓得旁人四处躲闪大惊失色，她却得意扬扬地找来一面镜子端详，索性把自己抹成一个大红脸。

从此，不管她走到哪里，都有本地农民对她指指点点，更为她的男友郭又军担心。"你一不瘸，二不瞎，什么人不能找？"他们的意思是，崽呵崽，怎么偏找一个杀猪婆？

或是说："你们两个以后过日子，你就不怕她一不高兴就摸刀，把你的脑袋当西瓜？"

更多的人是这样说："军哥，佩服你，你好猛呵。"

军哥笑眯眯地回答："没办法，娶鸡随鸡，娶狗随狗，只能这样了。"然后继续在棋盘上对照棋书打谱。

照理说，小安子与大甲在中学同班，又都比较文艺，那才是郎才女貌狼狈为奸祸国殃民的天生一对。两人收工后在湖边拉小提琴，在防空洞里练美声，架起一口锅热气腾腾制作什么骷髅标本，确实经常疯在一起，没军哥什么事。但近距离也是危险距离，大甲与小安子倒是吵架最多，动不动就泼菜汤，动不动就掀桌子，需要军哥来居中调解。军哥是个笑脸哥，给小安子打饭时也想给大甲打一份，但女友坚决不同意，说那家伙是吃了不认账的白眼狼。军哥给小安子洗衣和补衣，也准备给大甲搭一手，还是女友从中作梗，说那家伙一身油腻，灶眼里蹦出来的一样，一件衣还不洗掉我们半块肥皂？……这一次大甲在杨场长那里挨整，军哥与小安子合计解围之法，小安子开始还不大乐意出手。

"他那个家伙就是活该整一整！我警告了不知多少次，要他小心一点，再小心一点，再小心一点，别踩雷。他还骂人。"

"他骂你什么了？"

"他骂我白骨精。"

"那我不成了牛魔王？"

"还骂我寡妇。"

"那不是咒我死？你等着，看我去削了他！"

两人准备隔岸观火甚至落井下石，只是事到临头，见大甲真要被吊上梁，小安子才忍不住把脸盆一事捅了出去，算是围魏救赵了。不过，见大甲挠头抓脑地获释归队，白骨精余恨未消，还是罚对方代工锄草三百米，刷半个小时的牙，洗一个小时的头，洗三大盆脏衣臭鞋。

多少年后，大甲与小安子都去了国外，有人在军哥耳边嘀咕，说那两个家伙不怎么义道，据说在江湖上传有绯闻，军哥不以为然地一笑，"伙计，你要是说小安子同门前那个雪菩萨好上了，我还会相信一点。"

郭又军对婚姻其实不像有太多自信。原因是小安子脸盘子靓，靓得有一种尖叫感和寒冷感，长长睫毛到哪里都刮得男人们眼热，岂是军哥那一张驴脸打得住的？当红卫兵那一段，他家境较差，常穿不合身的衣，本是一个扫地、打水、装电灯的长工角色，论口水论打架都不算出众。大家后来推举他当司令，军代表让他进学校革委会，看重的就是他的工人家庭背景和学生党员身份，头上有红帽子，是权力合法性和组织正统性的合适标签。凭借这一条，他去不少单位怀揣小红书宣讲过毛主席著作，收获了不少女生的眉来眼去，也被小安子她妈一眼看中。

不过挎上美女也是一种负担，比如他本可以依据政策留城照顾父亲，但送小安子来白马湖的那天，小安子一哭，他就不能不英雄救美了。小安子倒不是怕苦，刀马旦的豪气有时比农家女还足，对付犁耙或扁担并不怯场。她只是受不了蛆虫、毛虫、线虫、虱子、蚊子、苍蝇、瓢虫、蚂蟥、蜘蛛、蠓子（小得几乎看不见的袭击者）这一类小动物，受不了身上的一片片红包，更没法忍受恶心的臭大粪——她下乡后的第一哭就是被茅坑吓坏了，在轰然爆开的苍蝇齐鸣中找不到北，当下好一阵翻肠倒胃，眼珠子发绿，差一点没接上气来，回到宿舍后怎么也咽不下饭。

那一天她既不吃也不喝，似乎只要牢牢把住入口关，就不用再去那恐怖茅坑。她恨不得从今以后靠喝空气过日子。

后来，凡是涉粪的任务多是由军哥去代工完成，或是由她戴上两三层口鼻罩去完成。有时遇到什么清洁工种，队长首先想到的就是这位"口鼻罩"（她的另一绰号），照顾她去锄草、脱粒、洗茶叶、上地赶鸟什么的。

> 霎时间天昏地又黑，
> 爹爹，爹爹，你死得惨。
> 乡亲们呀，乡亲们，
> 欠钱不还打死我爹爹……

她最喜欢赶鸟。她唱上这样的现代歌剧，唱了《起义者》

或《鸽子》,唱了《流浪者之歌》或《莫斯科郊外的晚上》……手摇一根长长的竹竿,竿头挂一束飘动的红布条,活脱脱就是一个摇幡舞旗的招魂女巫,在刚下过种的花生地和绿豆地里四处巡游,果然有赶鸟的好效果。据说任何人干这个活都不如她,大概鸟雀都不习惯她的歌唱,惊诧于她的口琴或小提琴,也被她的奇形怪状吓了一跳:头上插了野花,腰间挂几片荷叶,背上披了块大红布,有时还有红色或黑色的自绘脸谱。

本地农民不知她唱了些什么,还以为她是念唱一种咒语。"鬼喊鬼叫的,哭爹哭娘一样,你以为好容易?不是对集体生产高度负责,哪个打得起这个精神?哪个学得来这样的猫公咒?"武队长后来在大会上提出表扬。

"你才鬼喊鬼叫呢,你才猫公咒呢。"小安子眼一横。

"不是猫公咒,那些鸟怎么吓得没影了?"

"我那是歌剧,美声,花腔,《地狱中的奥菲欧》!"

队长不知她说什么。

这一天下雨了。军哥打好了饭,打好了热水,还没见小安子回来,到绿豆地里一看,只见赶鸟的挂彩长竿插在地头,还是不见人影。他差点急出了一身汗,满工区到处找,一直找到白马湖水闸,才发现小安子正在雨中漫步,披头散发形如落水鬼,明明手里有一顶草帽,却偏要享受雨水淋浴。

"你没事吧?"他以为对方受了什么委屈,或接到了什么让人揪心的家中来信,一时想不开。

小安子朝满天雨雾展开双臂好一阵大笑,吓了他一跳。"当感情征服了我的时候,我的眼泪呵,会像阿拉伯的橡胶树——"

这似乎是哪个洋剧本里的一句台词,军哥有点印象。

"你不是生气呵?"

"生什么气?我散散步。"

"散步？……你什么时候不能散步？"

"雨中散步别有滋味，你不懂。"

"你看你这两脚泥。"

"平时哪有这沙沙沙的雨声？"

"那你……打把伞吧。"

"打伞？有点傻吧？"她把军哥塞过去的破纸伞扔了回来，拒绝这种丑陋的道具。

"你会淋出病的。"

"讨厌！你这样跟着我，我还怎么散步？"

"你走你的，我不妨碍你。"

"郭大傻，一个人散步，两个人散步，感受根本不是一回事，你知不知道？你是不是还要拉一支队伍来游行？"

"那……我到那边去等你。"

"那我成什么啦？是你放的牛？放的羊？"

"没关系，你就当我不存在么。"

"我又不是个木头，怎么能当你不存在？"

"那好，那好，你不是木头，你是姑奶奶……"

"你往前走。"

"我走。"

"你不准回头看……"

"我不看，不看。"

军哥只好先走了。但没过片刻，小安子也气冲冲地来了，大概雨中的孤独感被搅散，忧伤感、悲壮感、超然世外感也没法找回，她失去了阿拉伯橡胶树流泪的兴致，只能走向庸俗的宿舍房门。

她果然病了，发烧，呕吐，昏迷中胡言乱语。军哥给她烧姜汤，灌热水袋，连夜提上马灯去请医生，翻了两个岭，在路上不小心一脚踏空,摔到陡坡下的茅草丛里,砸在一块石头上,脑门上砸开一道血口子,去医院里缝了五针。我得知这一消息时,对小安子的雨中情怀又敬又怕:谁受得了那血淋淋的五针?

09　抹　尸

郭又军依仗自己的根正苗红，下乡仅一年多就招工去了县城，常被外贸公司派遣去香港，随火车押运活猪。失去了这个忠诚的骑士和勤奋的黑奴，安公主阁下的日子过得有些乱，常常忘了打开水，只能喝冷水；忘了打饭，只能事后啃萝卜或红薯。若不是女友们帮忙，若不是军哥隔三岔五来探亲，小安子的床上差不多就是一狗窝，被子和衣服搅成一团，内裤什么的也不收捡。男性本地农民都不敢进她的房间。

她常常找朋友帮忙整理内务，洗衣或缝被套，但找马楠时推开了蔡海伦的门，喊蔡海伦时推开了顾雨佳的门，总是找错地方，然后说"对不起"，退出门来再找。

有一天半夜，她一翻身，翻得床铺咔嚓塌了一头。大概是天太冷，她不愿出被窝，懒得起来点灯和修理架床，只是探头四下里看了看，仍然缩在被窝里睡下去，哪怕脚高头低的高难度动作一直将就到天亮。"练倒立不也是要练么？这也是培养一种平衡感。"她后来向朋友这样解释。

洗衣也总是让她心烦。不知何时，她盯住溪水看了一阵，有了新的创意，用绳子系住一件件衣物，吊入哗哗水流中，接受水力冲击，省下搓洗工夫，算是自动冲洗法。不幸的是，别出心裁也有巨大风险。这一天早上，她去溪边兴冲冲地回收衣物，发现夜里一场雨太大，溪水突然膨胀，轰隆隆冲走了她的大部分衣物。她急得大喊大叫，在本地农民的指点下，沿着溪流往下游方向找了一两里路，虽找回了几件，但还是丢了一只袜子和一条裤子，手中那些糊满黄泥的秽物也需要重洗。一个放牛仔捡到她的乳罩，不知是何物，缠在头上如同戴了两只大耳机，让她哭不是笑也不是。

她在另一些事情上倒是永不疲倦，哪怕是夜里，哪怕没顾上吃饭，也可以去教别人游泳，教别人拉琴，或带上歌友去防空洞里练习腹腔和胸腔的共鸣。听说省歌舞团来县城演出，水平高得一票难求，她惊喜得两眼发直，尖叫一声，说走就走了，没搭上便车就徒步出行，一连几天不见人影。

身为队长的武妹子怒不可遏，"她是山上捉下来的么？也太没规矩了吧？把茶场当茅坑，想屙就屙，想走就走？"

其他发妹子、根妹子、飞妹子也不满，都说这种人跑了也好，留下来是个祸。

他们都成了"妹子"，是本地人觉得名号贱一点容易活人。

移栽老茶树的时候，女员工也有每天六十个坑的任务。她意兴阑珊，抡起一把过于沉重的铁耙，身子七歪八扭好一阵，差一点把自己扭成麻花，耙尖还是在硬土层上弹跳，就是扎不进去，顶多留几个齿痕，老鼠咬出的一般。眼看别人挖出一个个深坑，都走远了，她还满脸通红地落在后面，有一种要哭的表情。肯定是恨到了极处，她每挖下一耙就低声骂一句"妈妈的"或"奶奶的"，粗话滔滔不绝。"武妹子我挖你祖宗——"她对队长的一腔怒火也是冲天而起。

我禁不住好笑，上前去示意她让开，替她狠狠地钉下几十耙。这样，硬土层已经破开，她接下来刨取碎土和修整坑形就容易多了。

她站在旁边没说话，或是累得已经说不出话。

我也没说话。

傍晚,她拿一根针线来找我。"你那两件衣太破了,我帮你补一下吧。"

真是太阳从西边出来了,让我大吃一惊。"你也会补衣?你不是只会贴胶布么?"

"补衣有什么了不起?我只是觉得没意思,不想学。真要补,像我这样聪明的人,还有什么事不能无师自通?"

"你不会把两只袖子绞成一只吧?"

"讨厌!不识好人心呵?"

其实,补衣的女人更像女人,就像捣衣的女人,淘米的女人,蹲下来同邻家孩子说话的女人,在我这种老土的眼里是女人不可缺少的规定姿态。我更愿意给这样的女人打扇——她眼下不时跺脚,不时脖子扭动,显然正受到蚊子侵扰。

这个弥漫着烧草烟子味的橘红色黄昏,显得特别静也特别长。咬完最后一个线头,她得意于自己的补丁有模有样,斜看我一眼,笑了一下,不知什么意思。她得意扬扬地吹了一阵口哨,也不知是什么意思。

她邀我去吃肉,说是有福同享。我后来才知道,吃肉就是农民说的"吃烂肉"(丧家的招待)。附近一位妇人死了,丧家知道她胆子大,想必是阳气旺八字硬的角色,扛得住来自阴间的邪毒,前来请她去抹尸。这不是一个很好玩的机会么?不是同制作骷髅的刺激性有得一比?说不定还能看到传说中的巫师唱傩戏呢。

我很想油一油自己干枯的肠胃,打上一两个幸福的饱嗝,但一听抹尸还是心里打鼓。抹尸有什么好玩?谁知道那尸体是不是腐烂发臭,会不会屎尿横流,会不会有传染病?再好的山珍海味,摆在离地府阴间最近的地方,摆在死神的嘴边,恐怕也有几分难以下咽吧？更可疑的是，她连死人都不怕，居然不敢一个人夜行，要拉上我做个伴——这话明明有假。想必是大甲、军哥不在这里，她把我当代用品，身边不能没有卖命的小听差。

"我不去，我要睡觉。"

"胆子果然是小，我都替你臊。"

这话比较伤人。我只得狠狠心跟随她出了门。不料我们出行前就有关传染病的事争议太久，耽误了时间，丧家以为她不来了，便请人抹过了——这就是说，我们只能无功而返打道回府，喝过孝子敬上来的一杯茶，就算完事了。

小安子急得翻眼皮，"那不行，我还没抹。"

"确实抹过了，都入殓了呵……"孝子吃了一惊。

"重抹！"

"为什么？"

"抹尸这可是件大事，一定要保证质量。"小安子支支吾吾，"你说的那个三嫂什么人？用没用肥皂？用没用热水？该抹的地方都抹到了？……"

"实在对不起，你迟迟没来，不能再等了呵。不过三嫂是学裁缝的，做事最贴心，最细心，手该轻的时候轻，该重的时候重，肯定把我娘抹舒服了……"孝子突然"呵"了一声，大概从我们的磨蹭中领悟到什么，"这样吧，来的就是客，你们来了就不要走，留下来吃块豆腐。"

小安子冒出一个大红脸，"不用不用，你让他吃就行……"

"你们是城里人，是毛主席派来的知青，来了就是我娘的面子，是不是？不能走，说什么也不能走。我娘这一辈子连县城也没去过。要是知道你们来了，来得这么远，她死得有面子，这一路肯定走得高兴。"

后来才明白，"吃豆腐"是低调的说法。实际上，半夜这一顿肉鱼都有，让我忍不住热血沸腾神采飞扬，一顿饭下来吃得腿沉和气短。惭愧的是，我们什么也没做，小安子的一套化妆功夫也没用上。我们不会唱夜歌和演傩戏，进门时也没带香烛、鞭炮、祭幛什么的，几乎吃得不明不白。为了有所弥补，我们化悲痛为力量，决定做点什么以寄托哀思。我去抱一个奶娃，结果笨手笨脚，不知何时抱出一个上下颠倒，奶娃的头朝下，两只脚朝上，急得奶娃他妈在一旁哭笑不得。小安子去檐下帮丧家磨豆腐，却不习惯吊杆长柄的推磨，上推时卡住，下拉时也卡住，一旦用力过猛，又嘎啦一声，把长手柄的立杆别断了，简直是添乱。好在主人没见怪。"没关系，没关系，我再砍一根就是。"

回家的路上，小安子对自己的添乱忍不住大笑，惊得林子里的宿鸟扑扑飞逃。我们走上一个山坡，穿过一片竹林，走在一片深秋的虫声里。沙路有点滑，她向我伸出一只手，让我拉了一把——黑暗中的那只手有点冷，但坚硬有力像男人的铁掌，在我的意料之外。

"陶小布，我们这样子有点像深夜私奔吧？"她的手有一丝犹豫，终于放开了，突然冒出调戏之语。

"小安姐，你……你要让军哥掐死我呵？"

"你看看，怕了吧？声音都抖了。"

"我……"我一时没找到词，不无几分狼狈。

"小菜瓜，你知道私奔要如何装？"

"我哪知道？"

"想一想么。"

"我想不出。"

"要不要我告诉你？"

"我明白了。昂首挺胸，前弓后箭，面带微笑……"

"呸，我今天给你补了衣，还领你来吃了肉。你可真是忘恩负义，装一回私奔会死呵？下次不带你玩了。"

"装私奔……还不如盗墓吧。我们说不定还真能盗出一个财主墓，挖出一堆金元宝……"

"嘿！"她打断我，"你拉我一把呵。"

"这里又不滑，你上不来？"

"我刚才没吃东西，走不动了。"

我把拐杖的一头递给她。

她啪的一下打掉拐杖，在黑暗中再笑，"……你看你，吓得连手都没有了，是不是尿裤子了？是不是脚抽筋了？你干吗不撒开脚丫子抱头鼠窜？"

"你……你这不是已经上来了？"

"小菜瓜去死吧你！"

补记：

多年后，她的女儿丹丹送来一个布包，说里面有几本日记，是母亲去非洲之前交代过的：如果三个月内得不到她的消息，就把这一包交给小布叔叔——我不知这一托付与多年前的那个秋夜是否有关，不知这种托付为何指向我。

我与她之间有过什么吗？没有，甚至没说过多少话。那么她要向我托付什么？把自己一生中的心里话交出去，也许比交出身体更为严重，发生在一个女人远行之前，不能不让我一时慌乱。我觉得这一包日记就是秋夜里伸来的那只手。

我没有忘记什么？当然没有。我肯定没有忘记什么，当然肯定。她说过："知道我最想做的事情是什么吗？就是抱一支吉他，穿一条黑色长裙，在全世界到处流浪，去寻找高高大山那边我的爱人。"对不起，这话其实不说也罢。

你什么都不用说了。

如果我没理解错的话，这个世界里大凡读过一些洋书的女子，谁没几个关于爱情的梦，关于艺术的梦，关于英雄的梦，关于欧美式都市或田园的梦？……小资们一代又一代前仆后继，在高高云端中顽强梦游，差不多是下决心对现实视而不见的。"米"不是大米的米，首先是米开朗基罗的"米"；"柴"不是柴火的柴，首先是柴可夫斯基的"柴"；至于雨，万万不可扯上灌溉或涝渍，不可扯上水桶和沟渠，只能是雪莱或海涅那些诗境中的沙沙声响和霏霏水珠——她就是这样一路梦游而来。问题是，哪一个男人能伴飞这永无终点的梦游？

生活中得首先有米，首先有柴，首先有掏得出来的钢镚儿……在这一点上，比起小安子这样的超级梦女来说，再英雄的男人也会显得庸俗不堪。

她父亲就是这样的。从她的日记中得知，作为一位曾留学苏联的乐团指挥，她父亲好旅游，喜游泳，爱朗诵，热衷跑步，雨中散步一类的雅兴肯定也少不了。但这一切并不妨碍他的胆小怕事，一旦听到妻子戴上右派帽子，成了政治上的拖累，立即离婚而去，能躲多远就躲多远。女儿曾瞒着母亲和外婆，一个人偷偷远涉千里之外去寻找生父的面孔。但对方只是把她带到饭店，看她狼吞虎咽地吃下两碗面，给她一些钱，并无把她迎入家门的意思。"安志翔——"小安子最后直呼其名，"我一直保存了你的一张照片。我现在要告诉你的是，我回去一定把这张照片撕了。"

从她的日记中还可得知，她母亲是一位油画讲师，最多的周末活动是去郊外写生，给儿女捉蝴蝶或捡蘑菇，讲一讲《安徒生童话》什么的。但她的再婚对象是一个秃头官员，显得她落难后的新生活务实了许多。这一天，面对丈夫的急不可耐，家里唯一的小房子又太窄，她便把儿子哄到阳台上去睡。时值武斗时期，城里乱成一团，远处的枪声竟夜不息。冲锋枪的嗒嗒嗒，重机枪的咚咚咚，日本老式三八大盖的叭——咯，连邻家的老太太和小孩子都耳熟能详，能分辨出一二。不知什么时候，一颗呼啸流弹到访了这一家的阳台，正中孩子光洁的头部，却不为家人所知。于是这里的世界霎时断裂成两极：在枪声时断时续的这个晚上，在南方夏天星光繁密的这个夜晚，在很多秘密事件悄然发生的这个夜晚，墙那边是父母的鱼水尽欢，墙这边是儿子的奄奄一息；门那边是疯狂情欲，门这边是悄悄死亡。母亲用床上气喘吁吁的呻吟送别了儿子。血流出了一步，流出了两步，流出了三步，流得越来越远也越来越快，一条红色长蛇般蹿入竹椅下的排水管……直到第二天早上，母亲发现儿子全身的冰凉和僵硬，当场晕了过去。

　　小安子独自处理了弟弟入殓的一切事务，包括换衣和化妆。

　　她清洗一个七岁弟弟颌下和耳后的血渍，清洗一双小手和一双小脚，觉得自己正在面对一个洋娃娃，有一种带领玩具过家家的奇怪感觉。这就是她后来再也见不得洋娃娃的原因。她不怕摆弄骷髅，愿意给农妇抹尸，但一个憨墩墩胖乎乎的塑胶小脸足以吓得她面如纸白，大叫一声拔腿就跑。

　　显然，当一个女子连洋娃娃都不敢面对，如果不投入一种更为迷幻的梦游，又怎能把日子过下去？

10　日新月异之志

郭又军迁居回到省城时是"文革"结束以后。大学重新开始招生。他没考上大学，不是基础差（下乡前已读到高三），也不是没时间准备（已能扬扬得意地做出不少偏题和怪题），只是一听到数学监考老师大声宣布"开始"，便一时心慌，两眼发黑，脑子里一片空白，笔尖在考卷上笃笃笃啄个不停。全怪那家伙把"开始"喊得太吓人了——他事后这样埋怨。

他又怪小安子那天早上给他煮的咖啡，不但不提神，反而闹肚子。

第二年，他忙着办调动，打家具、粉刷房子，给女儿冲奶粉，去某厂篮球队打外援，给张家或李家修理自行车，还被厂里派去山西采购煤炭……结果根本没进考场。"考什么大学？以后给你提个科长不就得了？"领导这种空头支票，他居然也信了。对方拿党员的纪律来说事，他居然也就从了。何况采购员的日子确实不赖，能在客户那里喝喝小酒，在验货时稍稍通融一下，就能得到好烟好酒好烧鸡的回报，说不定还被对方请去钓鱼，请去打猎，甚至去北京或西安玩一趟。从那些大地方给工友们带回一些紧俏货品，被大家感恩戴德，也是很有面子的事。

厂长还真没说错：大学算什么呢？这样滋润的小日子，拿三张大学文凭捆在一起来换也不够吧？

一直忙到自己所在的国营工厂破产，他这才发现那个许愿的厂长不知去向，自己也突然一下变老，脸上多出了深深的皱纹。大批工友在下岗，他这张老脸不进入下岗人员名单是不大说得过去的。看来时代已经大变了，党龄不再吃香，家庭背景不再管用，"工人老大哥"的最新称呼是"打工仔"，他眼下被人们的目光跳过去，如同一块嚼过的口香糖，只配粘在鞋底。

茶叶得花钱买了，这变得很现实。小酒瓶已倒空了，这也变得很具体。他下岗后摆过摊，拉过货，做过装修，收过医疗垃圾，还在一家罐头厂破过鱼，都没赚到多少钱。有时是面子却不过，比如给熟人刷一下墙，收钱岂不是打他的脸？有时是自己贪玩，比如在路边看别人下棋，一看就大半天，把生意耽误了。这一天，他从公厕出来遇到一位老熟人，听对方随口搭讪一句："去哪里呵？"他似乎觉得这个问题很重要，顾不上自己正要赶活，也不管对方是否有急事，停下来耐心解释自己的去向，以及他今天为什么要去那里，以及他今天去那里以后还要去哪里，以及他今天早上为什么要带上卷尺、电钻、切割机以及一瓶凉开水……直到对方东张西望，吐长气，冒哈欠，一脸欲逃无计的苦恼，大概为刚才的搭讪后悔不迭。

他说错什么了吗？他不该诚心诚意把事情说清楚吗？不该让对方明白他眼下的工作与采购同样重要吗？但他事后发现，就因为说得太清楚，停在路边的自行车不翼而飞，大概是被哪个小偷撬走。

这是他丢失的第四辆自行车。一气之下，他恶向胆边生，用砌刀撬了路边另一辆自行车，骑上去逃之夭夭。

他得给这辆车改一下模样。但拆卸网篮时，他发现网篮里的两个纸团都是试卷，上面稚嫩的字迹一看就是出自女孩之手。车头一朵糖纸扎成的蝴蝶花，也暗示车主身份。

这个孩子丢了车，会不会迟到和缺课？会不会急得哭走街头？会不会被父母责骂甚至暴打然后躲在外面不敢回家？……想到这些，郭长子有些不安。以大欺小，好汉不为也，他把自行车送回原地。不巧的是，他刚刚来到那个停车棚，就听到身后有人大喊："抓小偷呵——就是这一辆——"原来是车主的父母正在这里找车。在一些路人的帮助下，他们一窝蜂冲上来，怒气冲冲地把他抓扯得衣领歪斜和扣子脱落，一举扭送派出所。新车锁当然是他盗车铁证。他一身脏兮兮的尘土也不无人渣之嫌。还算好，值班警察认识他，说自己老娘有一次在街头中风倒地，就是他护送去医院里的。靠这一点交情，对方从轻发落军哥，没让他写大字检讨贴到街上去。

小安子从派出所领回他，已没兴趣责怪这个呆货。论脾气，论人缘，论孝顺岳母，论他从前捞回来的各种实惠，这个丈夫也算是经济适用了。但小安子生气的恰恰是太没有理由生气，她那一颗说不清道不明的心是另一回事。

小安子有一些怪癖，比方与丈夫办事之前，要在卧房里悬挂巨幅的政治领袖照，似有一种渎神的变态心理；要不然，就在床边贴满各种人物头像，最好是熟人们的，最好是女性熟人们的，造成一种众目睽睽万人围观的效果，一种当众下流的疯狂感。有时候她还要大音量播放流行革命歌曲，最狂热、最激烈、最喧嚣的那种，几乎把某种红色恐怖的记忆当作诱发春情的最佳情境。

更不可思议的是，她后来还有受虐取向，一再要求丈夫强奸，好像只有在猛烈厮打、猛烈对抗、猛烈相骂的状态下（有一次她还真把丈夫的肩膀咬得出血），在自己还原成一个弱者乃至极弱者的感觉下，一种惨遭强制和迫害的感觉下……她才可能放松自己，慢慢地亢奋起来。否则，她就如同一个冷冷的橡胶人，通体冰霜没法解冻，公事公办地草草应付，粗糠代粮，吃了仍饿，让丈夫十分苦恼。

她是不是有点癫狂？是不是应该看心理医生？丈夫还真去找过医生，取回一些药片，谎称是维生素，但不幸被妻子一眼看穿，连瓶子带药一起扔到窗外去。没办法，他只好努力培养自己的勇敢和粗暴，喝下很多酒，吃下很多肉，全身运气再三，如同一个大猩猩猛烈捶打胸脯，豪气冲天地决死一战。但他还是没法强奸。

他要真打吗？要真掐吗？要真踢吗？要揪着对方的头发拖来拖去？要把她的手臂扭得咯咯响？要抹去她吐来的唾沫然后扇上一耳光？……他下不了这个手，哪怕想一下也满头大汗，胸口乱跳。

"你就不能把自己想象成一个日本鬼子？"妻子急了。

"我好好的，当什么日本鬼子？你这么说也太贱了吧？"

"我是贱，你才知道呵？"

"你真让人受不了。"

"你以为我就受得了？郭大傻呵郭大傻，你就是聂瞎子那样的白菜！"

这是指她一位聂姓的同队知青，回城后娶了个老婆，但对方多年不孕，最后到医院检查，医生发现她还是一个处女，既惊讶无比，又哭笑不得。夫妇俩也不知事情错在哪里，经医生暗示，才知结婚还需那样，做那种"道德败坏""见不得人"的下流事。两人为此都吓出一身冷汗。

"你不是人——"小安子接下来的话更加费解，"你不强奸我，就是真正地强奸我，道道地地的犯罪，明白吗？"

照这种说法，小安子在婚后的大部分情况下，是被微笑哥温柔地、耐心地、认真地、按部就班地谋害了，并且留下暴力的恶果，一个丑陋的女儿。那么她后来决意提一口皮箱远走高飞，看来不仅是要去赚钱闯世界，更重要的原因，是无法忍受遥遥无期的合法暴力，无法接受永无休止的心身折磨和千刀万剐。

她得给自己找一个解冻的办法。她的心需要动感，需要燃烧，需要日新月异，没法沉沦在灰暗的小日子，永远守住锅台和水龙头。生命不息，折腾不止。她后来有过另一个男人，一个同她在熄灯舞会上认识的流浪诗人，那家伙至少能注意她黑裙子和灰裙子的变换，不是丈夫这种瞎子；不久又有了另一个男人，一位很懂打领带、吃西餐、听爵士乐、扔保龄球的气质教授，那家伙至少能欣赏她翻墙偷花，不是丈夫这种守法守纪的可怜虫。她的心还在继续飞翔，飞向更多激动人心的非常旅途。有一次，她在外地遇到一中学同学，校园时代的舞蹈王子和羽毛球偶像。该出手时就出手，她大喜过望地把对方引诱上床，不料对方已是一位资深医生，特别讲究卫生，事前要求她洗澡、刷牙、剪指甲、刮腋毛、喷香水……用过了牙刷还得用牙线，用过了香皂还得用酒精，用了一遍还得用二遍，好几条毛巾拿出来各专其职。这还不算，严格程序走完了，双方好容易呼哧呼哧地体力劳动了，卫生专家还把地上废纸巾捡起来，收集于一个铝盆，用小钳子夹住一点点在火中烧掉。那些纸团在小安子记忆中烧出了世界上最恶心的气味，简直让她万箭穿心，冷汗直冒，差一点呕吐。她后来整整一个月痛经，据说就是深受刺激了。

天哪，王子和偶像怎么这样啰唆？"燕燕，你得用牙线。""燕燕，你的腋毛太多了。""燕燕，我给你说吧，双氧水的作用是……"对方既不傻，也不怎么逗，更不会狂野，以泰山压顶之势，突然把她顶在浴缸里或灶台上，恶狠狠地把她一口吞没。恰恰相反，对方香喷喷的，笑眯眯的，比女人还细心，比女人还温柔体贴，擅长指导和管理性生活，比她更有知识也更有责任感地掌控生殖系统，处理精子与卵子的一时冲动。同他上床差不多就是上课铃响时老师把学生带入数学课堂。这事当然很难办。俊若影星的数学老师仍是沉重的压迫,何况这一位出题还特别难,每一道题都是对细菌和病毒的精密想象,都是对双方身体健康的合理规划,都是必须如此的严格定律。由香皂、酒精、牙线、双氧水、剃须刀、避孕套等组成的复杂运算环节,也许能解除一位医生的内心紧张(开始气粗了和冒汗了),是他爱起来的条件(一连两次证明他酣畅淋漓),但对于小安子来说,无异于一大堆多元高次方程,只能令人崩溃。

她慌不择路地逃离对方的家门,不过是再一次逃离可恶的数学,再一次逃离自己的爱情幻灭。

"中国男人都死完了呵?"她在路口忍不住跳脚大骂。

"腋毛怎么啦?"她狠狠啐出一口,"本小姐偏偏喜欢腋毛,腋毛,腋毛——"吓得身边两位妇人快步逃窜。

也许是她曾把这一故事说给大甲,后来从大甲嘴里传出,便成了他与一位美女护士的故事。两个版本分别在女友圈和男友圈里悄悄流传,只是不知哪个版本为真,哪个版本才是剽窃和胡吹。有一段,这两人都喜欢在朋友面前吹嘘情史,有一种互不服输擂台比试的劲儿,哪怕吹到让人生疑的程度。

11 都 是 天 价

郭又军的女儿叫丹丹,高颧骨,一脸横肉,虎背熊腰的,一点也不像她妈,甚至不像她爸。这种父母的缺点集中,一加一等于负二,也许是一种婚姻错误的后果。但女儿再不像洋娃娃也是父亲的心尖尖,是一个百看不厌的吉祥物。尤其是母亲出国后,父亲觉得没娘的娃可怜,宁可自己一连三餐嚼冷馍,也必须倾囊而出,笑眯眯地坐在卡座对面,看女儿享受周末大犒劳,一口气吃下两个汉堡包、八个炸鸡腿以及三个彩色冰激凌。

"军哥,你别老守着我,眼睛直勾勾的,像个变态男。再去找个妈吧。我妈肯定是不要你了。"女儿说岔了辈分,在他的手背上拍一拍,说出的混账话照例是反季节的,也就是乱长幼和没上下的。

"胡说什么!"

"我妈在外面肯定有人了。"

"这是你该管的事吗?"

"别以为我不知道。别在我面前装正经。请吃饭呵,看手相呵,操练口头幽默呵,痛说革命家史呵,感叹无常人生呵……泡妞不就是这几招?你也太笨了,连这个都学不会?要不要民妇我教教你?"

"什么屁话?老子拍死你!"变态男高扬巴掌,吓得女儿头一低。

当然并不敢真打。女儿看透了这一点，继续拿他消遣，放出哈哈大笑。不过她笑得有点难，因为吃得越来越胖，胖得自己面部皮肉堆积，表情动作完成不易，只能靠手指头拉扯嘴角，算是帮助自己笑，正如手指头拉扯眼眶，帮助自己惊讶或愤怒。这些动作越做越熟练了。但这一张面容凝固化的超大娃娃，觉得自己还没吃够，回家后敲两下电子琴，觉得没意思，再翻翻一本卡通画，觉得更没有意思，一屁股蹲进厕所里大叹人生悲哀："……唉，今天没有吃荔枝，今天没有吃巧克力，今天没有吃香酥芋卷，今天没有喝野生蓝莓汁……"

　　父亲在门外听了一阵食谱，"丹丹，你在里面嘟囔什么？吃吃吃，只知道吃。吃成了一个肥猪婆，看以后怎么嫁人！"

　　女儿把什么东西砸在门上了，"讨厌！姓郭的你滚开！"

　　一阵沉寂。

　　不一会儿，厕所里又传来苦恼的自语："唉，今天也没吃玫瑰果冻……"

　　天哪，她的食谱怎么没完没了？以前的果冻，论斤卖也就几毛钱，现在变变花样和加点颜色，就价格翻上几倍。

　　显然，很多东西已开始变得昂贵，就像她妈出国前那些折腾，弹钢琴，养藏獒，学法语，沿长江旅行……没一件不是要放血，不是逼他军哥砸锅卖铁的。现在好，自己的好光景没了，女儿却偏偏犯上快乐这种毒瘾，中了快乐这种邪魔，其节目清单吓得父亲屁滚尿流。问题是，如果无力购买商家们开发出来的高价快乐，包括不断升级换代的流行美食，生活还有何意义？还算是生活么？在很多人看来，现代生活不就是一个快乐成本不断攀高的生活？因此也是快乐必然相对稀缺的生活。

　　郁闷哥好几次想告诉女儿，为什么一定要咬牙切齿地逼自己快乐？从何时开始这快乐成了每天必吃的饭？不疯疯癫癫地尖叫几声就是猪狗不如,这是哪一家的王法?

郁闷哥更想告诉女儿,其实呢,象棋也很好玩,篮球也很好玩,沙子里也有快乐……但他没勇气说出这些,自己也觉得理不直气不壮。可不是么,夏威夷或巴厘岛的沙子可说好玩,但家门前那堆王师傅砌墙剩下的沙子算什么?不能坐上豪华游轮和波音飞机去玩的沙子算什么沙子?

丹丹的学业当然好不到哪里去。上课时,她玩自己的布袋熊,画自己的动漫,不一会儿就睡着了。但她入睡前在一张纸上画出两个睁大的眼睛,贴在自己额头,代替自己振奋精神地听课。老师居然没理她,不知是真被一个面具骗了,还是根本就不想蹚她这一池浑水。

父亲被老师请到学校来谈话。女儿根本不在乎父亲来干什么,不在乎父亲接受谈话以后的满头大汗和面红耳赤。她确实上课睡觉了,确实考了个全年级倒数第三,那又怎么样?生活本来已乏味透顶,怎么还摊上可恶的考试?

她噘起嘴巴:"我本来是倒数第一,就是来了两个插班生,害得我进步了。"

"你给老子争名次了是吧?"父亲大吼。

"你来读一下试试。"

"我当年,怎么说也是班上前十。"

"谁信呢?你读得好,现在怎么这样窝囊废?"

"怎么窝囊废了?"

"连耐克都不给我买,还好意思说。"对方是指一种名牌。

父亲哑口无言。女儿踢了他一脚,把书包和旱冰鞋扔在地上,意思是要他老老实实地背上。正在这时,一些女同学围上来了。"见识一下外公吧。"她一边喝饮料,一边大大方方地吆喝她们,摸摸这个的头,拍拍那个的肩。"这个外公好凶的,最抠了,不给我买鞋子,但再抠也是你们的外公。"

外公!外公!外公!……女同学们立刻热情地叫成一片,吓得军哥脸红,一把拉住女儿就走。

"活祖宗,你就不怕他们的家长生气?"

"我要是不罩着她们,她们就会受欺的。"

"就你这样,还罩人家?"

"我有神门十三剑,还有树魔宝杖。"

这话父亲就不懂了。要听懂,可能就得多去电影院或酒吧,就得在时尚男女中混。现代社会里的话题其实也是有价格的。

丹丹读高二那年,跟着几个男同学喝酒,偷学开车,一次撞车竟欠下了三万赔款,吓得她一直躲在外面不回家。军哥急红了眼,急出了一嘴的火泡,没有孩她妈可以一起商量,也不好意思向亲友讨教——他近来悔棋和赖牌太多,在圈子里名声一落千丈,已不大好意思见人。思来想去,他破例喝下半瓶白酒,找来一块砖用报纸包好,提着出了门。他沿街搜索一家家夜总会,一直找到女儿正在那里唱卡拉OK的包厢,走到女儿前,什么话也不说,抡起手中砖块,一道弧线闪过,砸在自己脑门上。嘣的一声闷响,鲜血立刻迸涌而出,流过了鼻子和嘴唇,吓得包厢里的少男少女发出尖叫,是足球破门或飞车坠崖时才有的尖叫,三维电影中一支剑突然刺向观众眉心时才有的尖叫。

"反正要被你气死,不如我自己走——"他说出这句话时已两眼发黑,也看不清扑上来的是什么人。

"我不要你负责,只是你要去告诉你妈,告诉你爷爷,你爸是如何死的……"军哥挣扎着再来一砖,但混乱中砸在别人身上。

"爸,我再也不敢了,再也不敢了……"女儿扑上来抱住父亲的双腿,一阵哇哇大哭。

她回了家,哆嗦了整整一夜,再也不敢翻白眼吐唾沫,再也不敢捂住耳朵喊出"我没听见"或"我没耳朵",而且第二天一大早就开始晨跑,还主动买早点和烧开水,当天就拿回了一个英语作业的好成绩。

但她不知道,父亲的日子已剩下不多了。就像人们后来说的,父亲其实早就发现自己的一张脸越来越窄,几根肋骨变得突出和尖锐。父亲没对她说过自己的痛,好像是在胃部,好像又是在肝部,不时折腾得他冒汗。到最后,女儿陪他去了医院,只说肝炎,只说肝部结节,但他并不呆,很快就从女儿的红眼圈里看出端倪——去护士工作间偷看病历只是进一步印证:果然是癌,肝癌晚期。

怪不得老同事和老同学都来了,连一些消失多年的面孔也冒出来。大家排了班似的,今天来一拨,明天来一拨,送来各种慰问品,还陪他下棋、散步、说说笑笑。他当然没必要同大家说破,也顺着他们笑笑。"等老子病好了,再来给你们烧一次鱼,让你们晓得自己吃了半辈子狗屎。"

他预约日后的快乐。

老婆没赶回来,但汇来了美金,特快专递寄一种针剂,肯定是天价,闹得女儿每次都不准护士过早拔针,对吊瓶里剩下的几滴心疼不已。同室病友说漏了嘴:"可惜呀,一滴就是几十块钱呢。"这一句军哥算是听懂了,也听蒙了。老天,这是什么龙肝凤胆?一针就打掉了女儿一年的学费?就打掉了老婆的两个汽车轮子?就打掉了他自己几个月甚至几年的苦力活?莫非这个时代不仅快乐很昂贵(比如耐克鞋),不快乐也昂贵(比如高价药),无论哪一头都超出了他的支付能力?无论哪一头都同他过不去?

他把针剂的包装盒看了好久,好像要把洋字码一一研究,要研究出一个废物在这些字码里的活命之道。

那一天，他征得医生同意，回家休息几天。他说想吃蟹，让女儿去北门大市场买，去叫婶婶来做。等家里安静下来以后，他洗了个澡，换了一身衣，充分地大小便——想走得干净一些，不至于太难看。他算准了时间，因此女儿和老婶婶来家时，一切已经完结，包括他换下的衣服都已洗净，整齐地晾晒在阳台；包括他睡过的被子，叠得整整齐齐；包括他穿过的大尺码皮鞋，都擦得干干净净。他得给这个世界一个清洁的告别式，一个不麻烦任何人的结局。一台卡式录音机放出了最大音量的《运动员进行曲》，是球赛前经常播放的那一曲，也是他少年时代听得最熟悉的。雄壮的旋律跳跃而奔放，震天动地，斗志昂扬，再一次鼓舞他披挂球衣入场。

丹丹从这种近乎咆哮的乐曲中预感到什么，紧急丢下菜篮，门里门外四处寻找，最后发现只有厕所门紧闭，任她怎么捶打，里面也无动静。

"爸——"

"老爸——"女儿的声音透出撕裂的惊恐。

老婶婶叫来了邻居，总算踢破了门板。门下方两块生霉的板子最先破，从这个口子朝里看，两只悬空摇荡的大脚，赫然压在门后。

丹丹，冤枉钱不要再花了吧，我也累了。

这是他遗书中的一句，写在一个笔记本里。他歪歪扭扭的字迹还记录了一些小事，谁送来了钱，谁给他熬过药，谁来看过他，谁的咳嗽也得注意了，诸如此类。其中当然少不了对女儿的交代：

炒白菜要先炒秆，再加叶子一起炒。

宽汤煮面比较好吃，给锅里多放一点水。

做红烧肉略加一点糖，味道更好。

家里用煤火，一定要开窗。晚上把煤炉提到户外，千万记住！

最好剪一个短发，省得天天扎辫子，费时间。

天快冷了，电热毯和热水袋在床下的木箱里。

…………

12　懂　懂

当年小安子说过,一定要把马楠培养成一个狐狸精,不然这丫头今后怎么过?一辈子喝奶粉、玩指头、听外婆讲故事吗?一个女人不能这样对自己不负责任,难道就准备让臭男人们来欺侮呵?

大概是不堪教化,马楠与她同居一室,混了好长一段,还是活得十分迷糊,别说狐狸精,连毛虫精也不是。

她是一个活得提心吊胆的女孩,比如去食堂帮厨,量米、切菜、烧火,干什么都行,连挑水也能摇摇晃晃地对付,只是一见办招待,要剖鱼杀鸡了,就跑出去老远,躲在外面不敢回来。即便事后蹑手蹑脚地回来,若看到地上有血迹,还可能一脸惨白摇摇欲倒。曹麻子知道这一点,每次总是在她回来之前把血迹冲刷得一干二净。这也许就是她后来为曹麻子逝世哭得特别伤心的原因。

一位年轻的公社干部最喜欢教她骑自行车。但她说什么也不敢骑,在对方百般鼓励之下,闭上眼睛咬紧牙关,好容易跨上了车,一起步还是满头冒汗地大呼小叫。哪怕前方路上的人影还只有豆粒般大小,她也会觉得血案迫在眉睫,双手松把,狂叫一声:"前面有人——"然后连人带车扑向最近的树干或电杆,紧紧一把抱住救命的依靠。这时候的她,两只手僵硬得呈半握状,需要旁人事后又揉又搓,又捏又拍,才能手指慢慢伸展,恢复指关节活动的机能。

她居然为公家去供销社买过一次鞭炮，相当于吃了豹子胆，英勇顽强得连自己也无法相信。她开始倒没什么感觉，只是一搂住鞭炮就忍不住想象鞭炮受热后的爆炸，想象爆炸时自己的皮开肉绽，于是一路寻找树荫避开阳光不说，走一段就用草帽扇一阵不说，揣在怀里怕它受热，抓在手里也怕它受热，结果左手拿一下，右手拿一下，如同来回倒腾一颗吱吱冒烟的原子弹，回到家里时连毛衣都汗湿了。

她为什么认定人体的热气足以引爆鞭炮？就像她认定自己的左臂比右臂长一点（完全测不出来），认定山上的野草分公母（找不到任何观察依据），认定人的梦有黑白、彩色、橙黄色的三种（她不会是个催眠女巫吧），认定同一只木桶装满冷水时比装满热水时要重得多（温度计比台秤更能测出重量似的）……如此稀奇古怪的想法，经常没来由地冒出来。她似乎存心把大家的智商都统统整回草履虫的状态。

她是属兔的。这只总是能在生活中嗅出巨大危险的兔子，有时也不乏惊人之举，让人们啧啧奇怪。这一天，她在食堂里烧开水烫萝卜菜。一个不知哪里来的疯子，全身又脏又破的黑大汉，哇哇哇冲进这个厨房，手舞一把菜刀逢人便砍。曹麻子的手臂首先挨了一刀，鲜血立刻喷溅灶台。另一伙计用锅盖挡了一把，很快夺门而逃。还有一位是来打热水的，顿时吓得瘫软在地。倒是她迷迷瞪瞪迎头撞上，不知眼前发生了什么，见疯汉子杀气腾腾，指定她大喊"妖怪"，觉得这家伙也太可恨了，闹得这里乌烟瘴气，像什么话？"你才妖怪呢。"她顺手舀起一瓢开水泼过去，烫出对方一声惨叫，捂住一张脸，跑了。

她看看一把落在地上的菜刀，看到曹麻子一手的血，这才突然明白了什么，双膝一折，晕了过去。

人们掐人中，抹凉水，抽打嘴巴，好容易把她弄醒，告诉她疯子已被抓住了，不会有危险了。她不知对方说什么。

大家夸她勇敢，说要不是她一瓢开水，疯子说不定还要把更多的人当妖怪劈了。她看看这个，看看那个，同样不知大家在说什么——开什么玩笑？她怎么可能那样？给她十个胆也下不了那个手呵。

"我什么时候泼开水？"她冲着曹麻子瞪一眼，"你想把责任赖给我吧？"

"是你的功劳，你还谦虚什么？"

"你见鬼去吧。"

"马楠，你看你，这不是夸你吗？"

她还是很不高兴。

其实，她也并非小安子说的那样低幼，比如她有一个服役海军的男同学，与对方常有书信来往，已是一个成年的迹象。这样看来，她倒是下手很快，在大家印象中已属婚恋军需品，只能被我的目光跳过去，大概也被很多男生的目光跳过去。有一段，我们两人被公社抽调，跟随一位姓焦的宣传干部下村，巡回辅导农民编排文艺节目，由她指导表演，由我参与修改脚本，筹备全公社的文艺会演。那些天里，即便走得近，但她在我眼里仍是一个穿了衣服的影子，有些动静的木偶，处于性别之外的工作搭档。无论我们相互看了多少眼，目光也是毛毛糙糙的。

当然，也可能是我们这种小青豆还不上道，属于绝缘体或半绝缘体，体内的电量本就微弱。就像她后来愤愤所言：对天发誓，她下乡很久后还辨不出什么是女人的漂亮，什么是男人的英俊，总觉得这些话题过于深奥。即便发现自己的衣衫胸围收窄，看见种猪爬背，还会奇怪地参与围观，急急地向旁人打听："这家伙干什么呢？为什么打架？"又一个劲地催促梁队长，"怎么多出了一条腿？你得管一管呵，快喊兽医呵。"

不用说，队长被她问出了一个大红脸，事后只能摇头，"嗨，这些城里妹，还真是些懂懂。"

"懂懂"的意思是蠢货。

两个懂懂就这样走了十几个村。借居一个乡村小学时，我们自己做饭吃。她切菜，我烧火，她洗碗，我挑水，但吃了也就吃了，没什么好说的。这一天，她发现一条蛇从门外爬入，吓得魂飞魄散地大叫。我赶过去顺手一合门，靠门板与门框的挤压，刚好把一条蛇卡住，最终将其碾为血淋淋的两段。但叫也就叫了，碾也就碾了，还是没什么好说的。我们点上油灯去各自的房间，累得只想早一点睡觉。

如果不想睡得太早，我们或许在火塘边坐一坐，看房东老太婆纺纱什么的。一辆手摇纺车不时轻摇，发出低一声高一声的嗡嗡嗡和嗡嗡嗡，如一种催眠的哼唱，从屋檐下丝丝缕缕地外溢，在乡村的静夜里显得特别嘹亮，特别飘滑，也传得特别远。这种寒夜中的颤抖让人似乎想到什么，又想不起来。恍惚之际，我回头一看，她的座位不知何时已经空了。

如果早晨醒得太早，我们也许会在村里闲逛一下，比如看一个少年屠夫在地坪里杀猪。她不敢看，捂住耳朵跑得远远的，但事后一再好奇地问这问那，想知道那一位八岁娃是如何降服一座肉山，以至大哥或大叔都只配当下手，帮他煺一煺毛，理一理猪下水。她强烈关心的是少年如何下绳，如何出刀，如何喝令长辈，嘴里说了些什么话，小鼻子和小眉毛是否有些奇异……问得我烦了，没好气地回一句："你没眼睛呵？干吗不自己去看？"堵得她两眼往上一轮，呼了口气，闷闷地走了。

时间长了，出双入对的情形多了，事情还是会出现一些变化。女人大多是地下矿藏，是需要慢慢发掘的东西，特别是像她

日夜书

这样的懂懂,不那么奔放,相当于石头里的玉石(不是宝石),车灯里的近光灯(不是远光灯),丢在人群里不大抢眼。只有在足够长的时间之后,才会有一个浅笑,一个微偏的回头,一次轻盈的跳跃,一回生气时的噘嘴,一条腰身线条的妖娆,一种悄悄拉扯衣角的羞涩,一种下蹲时大腿挤压出来的丰满曲面……渐入男人的心头。这些来历不明的性别语法,含义模糊的身体邀请,不会一举惊艳,却可能形成某种缓慢的积累。

可能有那么一天,你突然感到一阵心痛,来自对方模糊身影的沉重一击——毫无疑问,那才是情感的不明飞行物真容毕现,并且已形成心理创伤。

很多事就是这样,形式反过来决定了内容。在龙庭上批过圣旨的,不是皇帝也是皇帝。用密电发过情报的,不是间谍也是间谍。没有身份的行为本身就是身份,没有内容的形式本身就是内容。一如现代的某些孤男寡女,一起泡过酒吧了,一起看过电影了,一起在海边畅谈过人生了,还相互关切过肚子痛和领带式样了……恋爱的一切形式都具备,他们不是恋爱又是什么?他们还能像路边小摊砍价双方那样随意地一拍两散?电影导演们肯定注意到这样的情节流程:我与马楠已合伙吃过饭,已联手打过蛇,已在村头一起洗衣,已在月光下多次一起夜行……这不是爱情片还能是什么?Camera!OK——事情还能退回到剧情以前?

尽管我还有点没心没肺,帕瓦罗蒂式的低音美声还是脱口而出:"对不起,借我一下针线……"

借一下针线都不失雄浑、深沉、悲怆以及孔武有力,问题就很大了吧?心怀鬼胎已无可遁形吧?

"别人都在说,你没听见?"我终于忍不住说出口。

"说什么?"

"说我们两人的事。"

"我们什么事？"

"我们……是有点那个了？"

"什么那个？"

"恋爱吧，是不是？"

"什么？这就是恋爱？恋爱就是这样子？"她似乎很吃惊。

"依我看，好像就是这样子了。你看这小日子，过得老夫老妻似的……"

她脸红了，"你放屁！"

"这可是别人说的……"

"别人说的也不行。就算全世界的人都说了，这话不能由你来说。"

但她的脸红其实已说了什么。她把洗净晒干的衣服叠好，默默地交给我，差不多更是一种自供——尽管她随后紧紧关上她的房门，响亮地插上木闩。

几天后，给一些青年男女改定小演唱脚本后，我下河游泳，没料到上游有人在放巴豆水毒鱼。我看到水面上漂来一两条翻出白肚皮的小鱼，还以为自己捡了便宜，待听到上游的人冲着我大喊，才知河水有毒，不能沾，更不能喝。但事情已来晚了。我上岸时头重脚轻，走上堤时下身已麻辣火烧，走到村头时肯定已面色惨白，嘴唇乌青，踉踉跄跄——否则不会栽倒在大树旁。一位老农急忙找来山蒜拌桐油，灌进我的嘴，让我好一阵呕吐，吐得死过了一轮似的。他还挖来茅坑土，臭烘烘的那种，放在锅里炒热，也是往我嘴里灌，这种解毒之法完全无视人体上下器官的重大区别。另一位汉子还拿来一碗热麻油，涂抹那些毒水浸过和红斑涌现的部位，包括裤裆里的私处。在这一过程中，马楠一直忙里忙外，包括把卫生院的医生请来给我打针。

我的阳具又红又肿，贴满了咬破的芝麻粒，差不多成了一根狼牙棒——据说这也是解毒的土法子。好了,到了这一步,走光如此,简直是黄色镜头,也算是最劲爆的电影情节了吧?如果马楠参与了这一情节,与我的交情尺度是否也大大破位?如果一部电影拍到这里,还能不轰然一声迸放出背景音乐?还能不呼啦啦抢上一堆玫瑰,草浪,明月,红头巾,海鸥双飞的蒙太奇?

她发现我醒来了,要吃稀饭了,显得很高兴。"我知道你死不了。吃吧,多吃一点。我也要去洗头了。"

这话真让人扫兴。什么洗头不洗头的,她就没有稍微精彩些的台词?虽只是一次有惊无险,好歹也是劫后余生。即便她不能扑来与我抱头痛哭,即便她没有"活着真好""天空真蓝""这是不是在梦中"一类感叹,在如此劲爆情节之后,她至少得多一点温柔吧?

她果真去洗头发了,果真去久久地烧水和涮锅了,让我无所事事,只能一个人呼噜呼噜大吃稀饭。空碗在桌上砸出闷闷的声音。

"再来一碗吧?这里还有咸菜。"她的台词依旧平庸烂俗。

"不要。"

"你说什么?"

"我说了不要就不要,我又不是一个饭桶。"

"你说什么?"

"没什么,没什么就是没什么!"

"那你就睡觉吧,不要说话了。"

事情过去很久后,我笑她不解风月而且嘴笨无比。她倒是承认自己嘴笨,而且一直痛恨这种无可救药的木头木脑。她说这张嘴岂止是不够甜,差不多一说就错,开口即祸,得罪过不少人,以至她很长一段时间内总是避开人,没事时情愿把自己关在房内睡觉。奇怪的是,她可以上台跳舞和演戏,甚至一抹上油彩就比谁都如鱼得水，昂首挺胸的胆子天大，但如果要她上台讲话，那无异于逼她杀人，只能让她浑身哆嗦。

一次言语事故据说是这样：她织了一条纱巾送给二姐，说出口的热情居然是："这东西我反正用不了，你拿去吧。"

二姐冷冷一笑，"小楠，你的剩余物资太多，搞扶贫是吧？"

马楠觉得不对味，不知该如何接话，想了一阵，忙追加一顶大高帽："我不是这个意思，真的不是。你哪是扶贫对象？我什么人都不佩服，只佩服你们这些当老师的。"

刚说完又捂住嘴，恨不得找个地缝钻进去。她怎么能这样说？这算是讨好二姐了，但在座的还有一位邻居，一位响当当的革委会副主任。如果她只佩服老师，那副主任往哪里摆？

她瞟了一眼，发现邻居果然收起笑容，放下一份报纸要走。

"徐叔叔，你怎么能走？好不容易来一趟，哪能就走呢？你看，已经到饭时了，就在这里吃一碗吧。你反正也没地方吃饭。"

对方嘿嘿一声，"我没地方吃饭？"

"不是，不是这个意思，我是说……"

对方还是拉门而去。

是呀，什么叫"没地方吃饭"？人家好歹一个副主任，到哪里没人招待，还指望你这里一碗？她留人吃饭，什么猪嘴巴没事找事又多出一句，能不把人家气得七窍冒烟？

她见二姐没带走的围巾，又见徐叔叔远去的背影，顿觉天旋地转，一屁股坐在椅上，捂住脸呜呜地哭了。

13　国　际　歌

　　因为马楠的关系，我认识了她哥马涛，也是郭又军的一位朋友。这两位大哥在下乡前就混成了红卫兵的同一派，有点战友交情。马涛的父亲被对立派同学抓走和批斗，是军哥去交涉，把老人家要回来的。马涛说妹妹有关节炎，不合适下水田，也是军哥想办法把马楠从 W 县迁来白马湖。

　　与妹妹不同，马涛倒是特别能言善辩。据军哥说，当年中学生到处打派仗，他是他们这一派的王牌辩手，只要他一出马，要格言有格言，要论据有论据，要讽刺有讽刺，要诗情有诗情，口水总是淹得对方招架不住落花流水。战友们一高兴，齐声欢呼"马克涛"，就是小号马克思的意思。

　　他曾来白马湖看望妹妹。正值抢收早稻的季节，我们没法请假陪他，他便同我们一起出工，在水稻田里干得浑身泥水，在炎炎烈日下烤出一脸黑，腿上也有好几处蚂蟥叮出的血痕。军哥在掰手腕时赢了他，让他颇不服气，于是提议比酒量，把村里款待抢收支援者的谷酒一口气连喝五大碗，喝得对手自愧不如。接下来又提议比挑担，挑起满满四箩水淋淋的稻谷，跟跟跄跄，东偏西倒，在众人的惊呼声中一口气挑到晒谷场，吓得军哥倒抽一口冷气。二比一，涛哥脸上这才有了笑容。

　　但他在象棋盘上很少赢过又军，更下不了军哥擅长的盲棋，一直很不服气。

他这一次来茶场不打算下棋,但不能不洗澡。一到湖边,二比一的记录便出现动摇。军哥毕竟在湖边混得久,把堤坝当跳水台,一段助跑后飞身射出,或是飞燕式,或是鱼跃式,再不济也要来个屈体直下,倒插一根"冰棍",让马涛在一旁看得略有不安,笑纹下隐着一份黯淡。

"马涛,怎么不来一个?"军哥一张驴脸笑里藏刀。

马涛笑一笑,搓洗自己的衣,算是支吾过去了。

他留给对方一个背影。但这天夜里,他既不参与歇凉,也不上床早睡,一个人再次去了堤坝,在那里发出嗵一下又嗵一下的入水声,显然是咽不下胸中一口恶气,非要练出点跳台风采不可。子夜时分,北斗星在头上缓缓偏转。我们在星光下聊过了一个大蜂窝,聊过了一个关于岔路鬼的传说,聊过了美国最好的步枪"大八粒"……不知何时突然觉得有点不对劲。细想一下,原来堤坝那边好久没动静了。

我们没见马涛回来,忙去堤坝边寻找,用手电一照,不禁失声惊呼——他躺在岸边,半身还在水里,一手捂住额头,从指缝中流出的鲜血盖满全脸,只有两只眼睛偶尔翻一下,显示出那还是一个活物。

"天哪!"

"你受伤了?"

"快来人呵——"

他已无力回应我们的呼叫。

后来才知道,堤坝两端有涵管,还有堵漏的一些木桩。他不熟悉这里的水情,选择落差最大的地段跳水,没料到一头扎下去,砸中了隐伏水中的一根木桩,顿时失去了知觉。

第二天,他头上缠着白纱布离开茶场,登车时突然想起什么,交代送行的三两朋友,"你们去告诉又军,我的难度系数肯定超过了他。"

大家愣了一下,好一阵才恍然大悟:原来他还惦记跳水,原来他刚才应对左右谈天说地,实际上一直心不在焉。

他额上的那一块伤疤,好几年才慢慢平复。有意思的是,他后来一旦摸不到这个疤,就完全忘了那一段。在他的记忆里,他从来不喜欢跳水,也没跳过水。为这事拿自己的脑袋开瓢纯属无稽之谈。他的很多记忆可能确已删除。相比之下,他更乐意谈一谈打水漂,扎飞镖,打乒乓球,下围棋,打桥牌,解数学难题,背记化学元素周期表,西方哲学中的这一派那一派,还有在狱中坚持正义的抗暴斗争……他在这些更有意思的事情上何时屈居人后?连洗衣做饭也可以谈——当然是他偶尔把这些事做出了成就感和示范性的时候,能说出一大套相关理论的时候。别人若不谈这些,他便无精打采,抹一把脸,揉一揉指头,不是走开去就是拿一张报纸来看。当然,他有时可能突然冒出一句:"我说了我能吹的!"这话让旁人不知所云,看看他手中的箫,才可能想起好久以前他试箫时的漏气失音。或冒出一句:"你看看,你看看,题目本身错了么!"这话也让旁人听不明白,听他解释手中的一册数学,才知道不久前他被一道题目难倒,其实不是他不会做,是说题的军哥自己说漏了条件。总之,他几乎对自己所有的成败都刻骨铭心,都暗中牢记,不会轻易放下。

说实话,这些往事后来才浮现于我的记忆,挤占了最早的兴奋。说起来,他当时走到哪里都不缺乏我这样的仰慕者,不满现实又野心勃勃,一心闹出点动静的小反贼。想一想吧,在他的周围,一伙少年男女偷偷纠合成群,神色清纯而凝重,嚼过一点炒蚕豆或冷锅巴,一张嘴,一放言,就是面对中国和世界,就是今后三十年乃至百年。说一说东南亚应该怎么办,欧洲与非洲应该怎样变,伟大领袖"重上井冈山"一语到底是何意思,能不让人眼睛发亮？讨论一下第三国际的教训在哪里，北约和华约的各自隐患在何处，还有中国的政府和军队该怎么重起炉灶，包括工业、农业、教育、文艺该如何大破大立……这种把栏杆拍遍和拔剑四顾的英雄豪情，这种即将候任广场上伟大塑像的劲头，能不让人热血沸腾？

各种革命在这里串味。革命既然是流行色，地下革命便是愤怒青年的美酒——不管这种愤怒是来自贫困，还是来自失恋，还是来自家仇国恨，还是来自读书后的想入非非……革命的某种形式感，诸如紧紧握手，吟诗赠别，严肃论争，还有在惊涛拍岸前久久的沉思，已足以让人醉心于辉煌。何况这还是青年社交的一种有效媒介，就像马克思说过的，在广阔的大地上，任何人凭借一首《国际歌》，都可以在任何一个角落找到同志——对于我们来说，当然还意味着找到一顿充饥的饱饭，几支劣质香烟，他人慷慨相赠的旧胶鞋。这些《国际歌》的兑换品和增加值温暖旅途。

一个人进门时举起右拳："消灭法西斯！"

其他人举起右拳回应："自由属于人民！"

小太阳们还有这样一些礼仪。

坦白地说，如果没有这种豪情憧憬，我的青春会苦闷得多。人是很奇怪的动物，一旦有了候任铜像或石像的劲头，再苦的日子都会变得无足轻重，甚至还能放射出熠熠光辉——在日后某些观察者的眼里，宗教不就是这样吗？在缺少宗教的地方，革命不常常就是这样吗？在革命退场的地方，商业消费不常常也是这样吗？当今娱乐的、体育的、传销的、烧钱享受的诸多明星，引千万追星族要死要活，甚至闹到自贱、自废、自残的程度，其实也没什么新鲜。人类激情一次次失控性地自燃，拦也拦不住。

我开始重新看待脚上的镰刀伤痕。作为格瓦拉的崇拜者，我当然不再自怜，倒有一种把伤痕当作勋章的骄傲。走过那些衣冠楚楚的上等人身边，我甚至忍不住亮出身上的勋章，让寄生虫们统统一边去吧。

我开始重新打量前面的崎岖山道。作为甘地的崇拜者，我当然不再叹息，倒有一种把艰辛当作资历和业绩的兴奋。我相信一个人的体魄和意志，只能在这样的山道上，在身挑重担汗如雨下两腿哆嗦的长夜，才能真正百炼成钢。

我开始重新审度繁华街市。一个乡下人，心里装着马克思和巴黎公社，装着"重上井冈山"那种坊间流传的密旨，哪还有工夫嫉妒？哪还有工夫自卑？哪还有工夫婆婆妈妈地上街淘货？要忙的事都忙不过来呢。反动派肯定不会自动垮台，街垒战斗太有可能在这一片城区打响。红旗应该在这幢楼上飘扬。重机枪应该在那幢楼上布设。起义的硝烟和坦克的机油味废气味已隐约可闻，那么起义者该在何处阻击，从何处增援，去哪里割断电话线，在什么地方建立指挥所，加强政治攻势的高音喇叭该如何架设……岂能不预先有所规划？路上一个白发乞丐，应该好好接济。街旁一个呻吟的病妇，也应该出手搀扶。因为人民大众是革命的坚强后盾，这些大爷和大嫂，说不定就是将来可贵的向导，是最要紧的线人，到时候能帮助我方突出重围绝处逢生——人民万岁！

这一天夜里，我躺在拖拉机货厢上，怀揣一封来自马涛的信。信中关于国内革命形势的分析让我无法入眠。照信中的说法，湖北的情况很好，四川的情况也不错，广东方面已有朋友打入革委会，上海那边则有朋友进入了新闻界和哲学界，更重要的是，47军看来很有希望……总之，到处都在星火燎原，攻陷巴士底狱的伟大日子就在前面。我掐了自己一把，证实自己不是在梦中。

我眼望一座座向车后退去的暗色山峰，耳听满车竹竿颠簸的哗哗声，觉得很多事项也许还需进一步推敲。农民运动确实重要，但该从何处着手？秀鸭婆、武妹子、曹麻子那些家伙能听我吆喝？他们怨言再多，会舍下家里的老老少少和鸡婆鸭仔跟我犯上落草？不会把我一索子捆起来送官或当疯子按在地上灌药？再说，更让人觉得不放心的是，高层真的出现了裂痕吗？那几个老帅能起什么作用？很多人寄予厚望的那位大人物最终会是何种面目？……这些都是圈子里的热门议题，却又迷雾重重。

心事浩茫，神驰万里，我还没把中南海的纵横捭阖理出一个思路，忽听一片鞭炮般的炸响，感到了背部和屁股连遭痛击。我定下神来，翻过身来，看清了天上的星星，看清了路边黑色的树影，伸出两手摸索，才发现自己坐在水沟里，并不在货厢里的竹竿上。又过了片刻，我才大致明白，一定是厢板挂钩在颠簸中脱落，半车竹竿哗啦啦滚下车，躺在上面的我自由落体无法幸免。

"喂，停车——"

我把呼叫抛出去，扔入一大堆机器声、铁板撞击声以及竹竿颠簸声里，连自己也不大能听见。机手绝尘而去，一晃一晃的尾灯越来越远，最终被无边的黑暗淹没。

"喂——"我几乎欲哭无泪。

以一根树枝为杖，我一拐一瘸地上路，走到老井坊那里，向路边农户讨了一点草纸，烧灰给腿上一处伤口止血，然后才看见路上迎面而来的两道光柱。原来机手一直把拖拉机开到茶场，才发现车上空了一半，车上人也无踪影，才急忙开车回头来找。车上的两个人是他找来帮忙搬竹竿的，不是来参加起义的。

"你这个臭聋子——我要你慢点开，慢点开。那个破车厢不散架才怪呢。"我忍不住破口大骂。

"这能怪我吗？我要你坐到前面来，你偏要睡在上面，吹你那一身痱子。我又没长后眼睛,还能时时刻刻把你盯住?"机手也很冒火,压根儿没把我当作未来的起义领袖。

我很想启发一下对方,不要鼠目寸光,不要门缝里看人……但接过对方递来的两个煮红薯时,我已确认远水不解近渴,红薯比革命更能消除自己眼下的头晕目眩。

14 影子人物

　　红色中国向全世界输出革命，这个城市成为神秘的基地之一。离城市七八十公里的山坡上，一片树林子里，一座没有挂牌的楼房，架有铁塔天线并有军人守卫，是东南亚某国共产党的一个广播电台——这事多少年后才为公众所知，楼房成了一个游者出入的历史遗迹。来自几个东南亚国家的红色干部子弟，还有些烈士遗孤，安顿在远郊一个学校。我们曾去那里举行篮球友谊赛，向对方球友赠送毛主席像章。我的一位大龄同学，好像姓罗，记不太清楚了，还在那里交上一位女友，据说是菲共首脑的女儿。那女孩大眼睛，大酒窝，中国话学得很快，最喜欢打乒乓球。

　　罗同学带这位女孩来到学校，说他不久前偷渡出境去越南参战抗美，不巧被解放军的空防部队抓住，押解回国，惨透了。不过，他说他还要去的，等到东南亚全解放，哥们可能混成一个旅长或师长，到时候一定邀我去旅游，饱吃那里的香蕉和木瓜。

　　一位偷渡同行者已死在美国 B-52 的狂炸之下，也是他说的。

　　我下乡后还见过这位罗同学。他不知为何没去越南，红色公主似乎也没下文。但他同我说起了马涛，一个他无比崇拜却无缘得见的思想大侠，知青江湖中名声日盛的影子人物，曾任某红卫兵小报的主笔。

"你是说马涛？我认识呵。"

他圆睁双眼，把我当恐龙上下打量，"吹吧，骗谁呢？"

"吹什么？他妹妹将来说不定还是我的……那口子。"

他差一点眼球掉出了眼眶。

"你看你，至于吗？我有什么必要骗你？"

"你真的……认识他？"

"真的。"

"你是不是耍我？"

"懒得同你说了。"

"亲爱的，那你一定要带我去认识一下。"他立刻拍打我身上的灰，买来一支冰棍递给我。

他从抽屉里搬出一本剪报，里面有不少马涛的文章，化名"新共工""潜伏哨""小人物"一类，都是红卫兵小报上的时论。他又掏出一个笔记本，里面密密麻麻有各种他抄录和珍藏的格言：

革命就是看似凶手的外科医生。

胜利的最大秘密，在于等待对手犯错。

青春——与年龄无关的热情。

…………

"你听听，说得太好了，太深刻了！也就是一个中学生，你说他脑子是怎么长的？听说他的数学，初中时就自学到高中，觉得物理课本没意思，索性自己重新编写了一套。有这事吗？听说他很多的文章都不打草稿，直接往蜡纸上刻……"他兴冲冲向我打听各种细节，又翻动纸页，温习下一句格言。

我无法证实传说，也无法确定那些格言都出自马涛。我略感吃惊的是，涛哥什么时候已如此深入人心了？也许是时间长了，接触多了，见多不怪，加上马楠这一层关系，我倒也没觉得他神奇到哪里去。他没叼烟斗，没披风衣，没戴花呢贝雷帽，没敲击打字机并且在壁挂地图前踱来踱去，不像个来自巴黎或彼得堡的革命党魁。"托洛次基同志……"他没这样嘟囔过。"阿芙乐尔巡洋舰在哪里？……"他没这样打过电话。虽说鼻梁高挺，眉骨峻突，隐有几分凌厉之气，但他那虎背熊腰拿去扛包还合适，戳在哪里打铁或夯地也合适，说到底也就是一普通人，在民办中学混过的高中毕业生吧——当时很多低下家庭背景的学生，地主或资本家的子弟，只能去这种学校，隐在小巷里的那种，连操场都不一定有。

这位涛哥似乎还有一点点笨，一点点痴。他对自己入迷的书过目不忘，能一字不漏地背出某一段，甚至能准确锁定哪一页，讲一个小说或电影里的故事，也能风生水起和精确无误。但他就是不大记人，是个"大字先生"——农民们对粗心人的另一种说法。据说他下乡后，把村里的姓王的叫成姓刘的，把杀猪的叫成弹棉花的，把人家的三大姨叫成四姑娘，一再搞乱村里人的辈分和姓氏，被旁人纠正了，下次还可能错。他在301国道边一个知青户住过两天又吃又喝，还拿走人家几毛钱搭乘汽车，但那位债权人后来见到他，他根本不记得，理都没理，只看了一眼便倒在床上继续读书，把对方气得脸红脖子粗。"什么人呢！怎么这样白眼狼？他去我们那里流窜，谁不是把他当祖宗供着？他担过一次水么？劈过一根柴么？摆过一次筷子么？"

有人把这些悲愤万分的话转述给马涛。

马涛很奇怪："有这事？我怎么一点印象都没有？"

天地良心，他可能真忘了。他身边的人都知道，扫帚倒在地上，他路过好几次也不扶；饭烧焦了，他路过好几次也不熄火。这都是他的常态。也就是说，很多时候他的世界里完全没有扫帚、饭锅这一类婆婆妈妈的小事。

　　回城过春节了,他与同行的知青们想省钱,贼头贼脑地"打溜票"上火车。碰到乘务员巡车查票,有的人钻厕所,有的人藏椅下,有的人抓住停站一刻前车厢下后车厢上,还有的嗷嗷直叫装聋哑人,拿一条围巾蒙面装麻风病人,或是联手演一出失主追打小偷的苦肉计……总之是花样百出各显神通,让查票的顾此失彼,防不胜防。结果大家都纷纷过关了,唯有他当大爷呆呆地坐等奇迹发生,最终在座位上束手就擒,一开口就承认自己没买票,承认自己也没钱买票,气得伙伴们一个个痛不欲生大加埋怨。"天下还有这样的猪脑袋?他就不会说车票被小偷偷走了?不会说车票不小心丢了?"

　　"像他这样的木瓜,抓进鬼子的宪兵队,肯定第一个毙了!"有人对他的智能水准也大生怀疑。

　　他供认不讳,自证其罪,被乘警带走,在终点车站挂一个"流窜犯"的纸牌,与其他盗贼、骗子什么的一起,面对广场示众三日,算是折抵车资接受惩罚。几个伙伴去接他回家时,他不知在哪里睡过,与一些什么家伙亲密过,头发结成了块,身上冒出一股浓浓的馊味,脸上好几处红包大概是跳蚤的作品。但他似乎不大在意,见到伙伴的第一句话是:"告诉你们,我知道维特根斯坦错在哪里了。"

　　"你说什么?"大家如同听到火星语。

　　"何胖子根本没读懂,对怀特海的解释也纯属胡扯!"

　　他把提袋丢给伙伴,自己这就去找何胖子。他要与那位化工厂的锅炉工就欧洲现代哲学一决胜负,不杀个人仰马翻决不收兵。

　　"你先回家洗个澡吧?"他妹妹急得要哭了,"你看你身上臭成什么了,一身臭气也不怕熏了别人一家?"

他愣了一下，这才注意到自己的全身，发现自己确实成了一颗毒气弹，便没再说什么。

多年后，他已远在太平洋的那一边，音信渺茫，相见时难，但还是不时潜入我的恍惚，触动我内心中柔软的一角。我得感激他在我最阴暗的岁月，在我父母双双收监审查那一段，也是很多熟人避开我的那一段，经常与我散步在街头，兄长一样热情地解说和鼓动，填补了我身边的空白。我得感激他引我走入知识之途——尽管他的不少说法并非牢不可破（比如我一度跟着他确信当时的社会积弊是"资产阶级复辟"和"修正主义专政"），尽管他的某些兴趣话题不无可疑（比如我曾经跟着他热情关注那些八竿子打不到的47军或38军），尽管他对我的耐心渐少，刻薄之语让人难以忍受（你怎么连这个都不懂？你怎么还不去一头撞死？）……但我还是承认，他是第一个划火柴的人，点燃了茫茫暗夜里我窗口的油灯，照亮了我的整个少年时代。

书是一个好东西，至少能通向一个另外的世界，更大的世界，更多欢乐依据的世界，足以补偿物质的匮乏。当一个人在历史中隐身遨游，在哲学中亲历探险，在乡村一盏油灯下为作家们笔下的冉·阿让或玛丝洛娃伤心流泪，他就有了充实感，有了更多价值的收益，如同一个穷人另有隐秘的金矿，隐秘的提款权，隐秘的财产保险单，不会过于心慌。这样，从毛泽东的《实践论》，到马克思的《法兰西内战》，从左派烈士格瓦拉，到右派好汉吉拉斯，我就是在马涛的一根根火柴照亮下，一步步走过青春。借来的、抄来的、偷来的书塞了满脑子以后，我甚至像圈子里的各位哥们姐们，差不多长出了一张马涛的嘴，动不动就"我以为"或"倘如此"（鲁迅常用语），动不动就蹦一个"逻各斯"或摔一个"布尔乔亚"（"逻辑"或"资产阶级"的旧译），说话口气回到手摇留声机时代，回到繁体字和长布衫的时代,暗示自己的学养根底非常了得。

不好意思的那一次,就像大家嘲笑过的,一听到马涛推介《共产主义运动中的左派幼稚病》,我甚至立刻跑到书店,一进门就大喊:"买一本《幼稚病》"——显然是未能记住长长的书名。

一位老头营业员愣了,"你是要看病?这里不是医院呵。"

"不,我是要买书!"

"那你上二楼看看。治病的书在那里。"

"幼稚病不是病,是左派。"

"左派?我们都是左派。你从哪个螺蛳壳里拱出来,敢说我们有病?"

我可能真是记错了。那么到底是左派的幼稚病,还是幼稚的左派病?是青年近卫军的幼稚病,还是铁道游击队的左派病(我刚看过这几本有关战争的小说)?……我想了好一阵,越想脑子里越乱。老头取来的几本幼儿书,当然也是离题万里。我只得摸摸脑袋,悻悻地离去,让几位营业员在我身后面面相觑。

出门便遇到小安子。她听我说完忍不住大笑,伸出一个指头在我眼前晃了晃,"喂,几个指头?"

"一个么。"

她加上一个指头晃了晃,"这是几个?"

"你什么意思?"

"我要看你是不是脑积水了。"

"你才脑积水呢。"

"你不会说燕雀安知鸿鹄之志吧?小菜瓜,告诉你,马涛那种狂人纯粹是飞蛾扑火,充其量是一点飞蛾之志。你最好离他远一点。"

她翻一个白眼,扬长而去。

15 告密信

当时的乡都称"公社"。这个公社的知青散落在山南岭北,总是在赶集时才集中出现于小镇。操一口外地腔的,步态富有弹性的,领口缀有小花边但一脸晒得最黑的,或脚穿白球鞋但身上棉袄最破的,肯定就是知青崽了。他们坚守一种城市的高贵(小花边、白球鞋等),又极力夸张一种乡村的朴实(最黑的脸、最破的棉袄等),贵族与乞丐兼于一身,有一点自我矛盾的意味,似乎不知该把自己如何打扮。

每逢农历三、六、九,农民们来此赶集,交换一些土产品,以货易货,调剂余缺,大多聚集在猪市、牛市以及竹木市。知青们则大多是冲食物而来,见到甜酒、米粉、猪血汤、糍粑、包子、板栗、菱角、杨梅一类必兴奋不已。本地小贩都不大喜欢这些外地人。有人说,这些街痞子太没规矩,用磁铁块暗贴秤砣,一个钱买两个钱的货,太歹毒了。还有人说到更无聊的事:买一个包子,吃完半个后假装失手,把剩下的一半落在油锅里,气得女店主欲哭无泪:"祖宗,你吃包子就吃包子,这一下吸走我二两油呵。"

来自四乡八里的知青在这里混出了几分熟,日后不免有些走动,相聚下下棋或打打球,唱唱《三套车》或《山楂树》什么的,再讲一个福尔摩斯侦探故事,也算是超爽的文化大餐了。马涛所在的一伙来自茶盘峒,在集市上结识了另一伙,一些操纯正北京腔的知青——据说多是外交部子弟，不知出于什么原因，通过特殊关系落户这里。

天下知青是一家。两拨落难人隔河相望，一接上头便有一见如故相见恨晚之感，在小饭店里吃米粉时免不了互相谦让，争相埋单，闹出扭打的模样。"人生呵人生。""命运不过是一杯苦酒。""不在沉默中爆发，就在沉默中灭亡。"……这些话都很耳熟，很对味，也很伤感动人，如同江湖上的接头暗号，一听便可引为知己。

"你就是马涛那个点的？"

"你同阎小梅一个队？"

"我早就拜读过你们涛哥的文章。"

"我早就仰慕你们梅姐的诗名。"

"能认识你们，我太高兴了。"

"你的普通话说得真好听……"

一个少男和一个少女，就这样在邮政所前认识了，互相一阵打量，紧紧地握手，眼睛迸放光芒，立即解下背篓去溪边深谈。他们在柳树林那边会不会擦碰出感情火花，会不会眉来眼去进而谈婚论嫁，也尽在其他伙伴的想象中。不料大家才逛了半个集市，就发现他们怒气冲冲各自归队，情节急转直下。

少女回头大骂了一句："骗子！"

少男也回头大啐了一口："什么东西，冒牌货！"

伙伴们后来才发现，也许是相互期望值太高，亲密者其实最容易成为冤家仇寇。他们刚才不过是一个有关俄国电影的细节解读没谈拢，就无不痛感失望，怒不可遏，忍不住喷血相骂——知识的高风险由此可见。读书是好事吗？当然是。但读书人之间的相互认同，一不小心就在相互挑剔、相互质疑、相互教导之下土崩瓦解，甚至在知识重载之下情绪翻车，翻出一堆有关智商和品德的恶语。

不久后，一场读书人之间的口水仗再度爆发：

"你们读过《斯巴达克思》？"

"哎呀呀，通俗文学在这里就不必谈了吧？"

"那你们读过吉拉斯的《新阶级》？"

"也就看过两三遍吧，不是太熟。"

"说说《资本论》吧。"

"不好意思。请问是哪个版本？是人民版，还是三联版？还是中译局的内部译本？我们最好先约定一下范围，不要说乱了。"

"你们知道谁是索尔仁尼琴？"

"你是说《伊凡·杰尼索维奇的一天》还是《玛特辽娜的家》？你要是想听，我都可以给你讲一讲。"

"那……请问你们如何评价奥威尔的《1984》？"

"…………"

这种对话像打牌，各方都决心压对方一头，四连炸，同花顺，一个个都争相拍出大牌。对方读过的书，那就没什么好谈了，没读过的才应该成为话题，才是缺口、软肋以及决战机会，必须一举发现，狠狠抓住，穷追猛打，打得对方晕头转向。相比之下，关于辩证法、辉格党、汉代土地制度一类辩题，是一些难分高下的死局，说起来比较费事，聪明人最好不去那里纠缠。可以想象，如果他们还懂一点英文或法文，那么各种版本都抢上来秀一把和搅一把，正事就更没法谈了。

空气中已隐隐弥漫敌意。大概是在知识攻防上打平，擂台争雄难有结果，于是双方的比拼转向更加奇怪的科目：你犁过田？你做过瓦？你烧过砖？你炸过石头？你下过禾种？你阉过猪？你车过水？你会打连枷？你会打土车？你一天能插多少秧？你遭遇过雷击？你一次能挑多重的谷？你打死过银环蛇和猫头蛇？你知道"赶肉"与"炼山"是什么意思？你那棉袄上的补丁有我的多？……如此唇枪舌剑，相当于夸富和炫宝的颠倒版，同样是一种挑衅，一种进犯，一种排行榜竞争，一场争面子和抢风头的往死里打，一种革命和更革命之间的不共戴天，一种英雄和更英雄之间的水火不容。

"骂谁呢？"有人大拍桌子。

有谁开骂了吗？更多的人东张西望，寻找目标。

"道不同，不相与谋！"另一位站起来，气呼呼地拂袖而去，跨出了小饭店门槛，带动了另一些人纷纷起身，吓得几个和事佬左右为难。他们这一次不仅没有争相埋单，而且大多成了气包子，脸上挂不住，连"再见"也免了。只有阎小梅跑出来大喊："谁的草帽？是你们的草帽吧？草帽都不要了？"

后来，河这边有些人骂出了"臭权贵"，河那边有些人骂出了"狗崽子"，扯上各自的家庭背景，就更为意气用事了。其实双方的家长此时都是受到运动冲击的倒霉蛋，但这一方多是地主、资本家、旧职员的故事，那一方多是红色官员的故事，双方的苦情同中有异，好比财主和乞丐都牙痛，但痛得不大一样，事情不宜往深里想。

有人把马涛被捕一事，归因于对方借刀杀人——怀疑依据之一就是马涛在辩论时的傲慢曾把小梅气哭，种下了苦瓜子。雪上加霜的是，几天后小梅在买粮的路上被碎瓷片割伤脚，一时血流如注，红透了半只草鞋，坐在路边痛得咬牙切齿一头大汗。涛哥恰巧路过这里。他不是没看见她脚下的血草鞋，不是不知道这里偏僻得前不巴村后不巴店，不可思议的是，他只是淡定一笑，"怎么这样不小心？要防止破伤风呵。"

他取下墨镜又戴上墨镜，跨过箩筐和扁担以及血草鞋，竟然一步步走远,一只旅行包在背上晃荡,消失在通往县城的大路上。

"快去卫生院吧。"他最大的恩惠、最深的关切、最温柔的言语,就是回头补上这一句指示。

他以为他是谁?

这也太冷血了吧?连一条路边的狗都对血迹惊慌大叫,但一个人居然没停下来,没蹲下来,没撕破衬衫帮助包扎,甚至没想办法给伤者的伙伴们捎个口信,就这样脸厚如墙地袖手而去。他就不知道流血过多差一点要了小梅的命?即便他是"沉船派",与"补船派"的观点大相径庭,但他是人,是男人,是一个号称心系世界的男人,如果不懂得怜香惜玉,至少也要知恩图报吧?如果不懂得知恩图报,至少得有一点人之恻隐吧?抬头不见低头见,他没少吃小梅那些人埋单的甜酒、米粉、猪血汤……这些就不说了。有一次过河去借粮,他喷完一通理论口水,还受到对方全体的热烈鼓掌。换下来的衣服还是小梅和另一个女知青拿去洗过,小梅从北京带来的书籍也是优先他挑选。他怎么一转脸就全部人情归零?如果不联系"狗崽子"的阶级背景,这一骇人听闻的事实该如何解释?

一个常打篮球中锋的大个头,小梅的男友,将军的儿子,捎来口信要与马涛约架,一对一,徒手上,血溅五步,生死在天,地点定在河边林子里。要不是双方的和事佬多方劝阻,一场血拼也许难以避免。但事已至此,群体内部的严重分裂无可挽回。

壮志未酬,大业未竟,胡马未灭国先乱,靖康犹耻萁豆煎,呵呵呵,这日子还有什么盼头?有一位女知青每想到这一点就暗自流泪。同伙们发现她从此以后沉默不语,茶饭不思,要不是偶然发现她的三首旧体诗和一封遗书,差一点就听任她悲愤万分地投江明志去了。

日夜书

大约一个月以后,一封不知出自何人的告密信,举报马涛的危险言行,算得上警察一看就要血管爆炸的大案情,引来了两台神秘的吉普车。警察直接来自省城,身穿便衣,换掉了警用车牌,大概是不想打草惊蛇,没有直扑茶盘砚抓人,只是在村外较远的路口布控,让一名公社干部去诱马涛入网,其事由是请他去"帮助公社绘制水利地图"。

这一次秘密逮捕,当然是为了撒开一张更大的网。以至村里人都不知情,好一段还给马涛记工分和分口粮,以为他不过是去公社当差了。

没有太多人打听他的归期。

16　三卦全凶

我一直为马涛悬着心，觉得他走南闯北，交友太广，说话又敞，很可能遇上什么叛徒或密探。他曾提议建党，草拟过一份党纲。考虑到他周围的面孔太多和太杂，出事的风险超大，我和很多人都表示犹豫和反对。

我得承认，谨慎的别号就是怯懦，我们的勇气远不及他。我一直为此暗自羞愧，总觉得自己骨头软，一旦碰上小说和电影里刑讯的老虎凳、辣椒水、大烙铁一类，肯定会招供，说不定还丢人现眼地尿裤子。我的妈，我太想当英雄但从小就怕打针。我太想当英雄但千万不要受刑，要死就快死，挨枪子踩地雷都无所谓，只是不要面对老虎凳……我永远的秘密就藏在这里。

好几次眼看就要出事，特别是春节回城聚会的那一次，涛哥进门后摘下口罩，大声招呼各位，但迅速低语一声："我被跟踪了。"

我如遭电击，好一阵目瞪口呆。

事情是这样，他发现自家楼下突然换了房客，是一对夫妻，但女方支支吾吾，说不清自己所在的单位，说不清单位的业务，表情很不自然，估计就是探子。更可疑的是，他收到来自四川的两封信，从邮戳的日期判断，都比以前反常地慢了两三天，那么这种延误意味着什么？难道不正是秘密邮检所需的时间？就是刚才，他出门后发现身后总有一个人影，不远不近地尾随。他试探了一下，把一张废纸揉成团，扔进街口的一个垃圾箱。果不出预料，他后来躲在墙后偷看，发现那个身穿深蓝色夹克的家伙，正朝垃圾箱里查看，大概想找到他扔掉的纸团。

我们慌了，顿时觉得门外充满风险，布满了警察的眼睛和枪口。不知谁撞倒了一个茶杯，发出惊天动地的恫吓。

马涛若无其事地一扬手，"打牌。"

他指了指上下左右，又指了指耳朵，意思是这里也可能有窃听器。这样，他接下来要说的话，在一片发牌和叫牌的嘈杂声中，由他写在一块纸片上：第一，这两天大家不要互相联系。第二，分散出门，若被查问，就说今天是打扑克，说说招工的事。第三，回去后销毁一切可能引起麻烦的文字，特别是信件、日记等。第四，以后见面时吹一声口哨表示安全……他把这张纸片交大家看过，划燃一根火柴，烧了。

我们给窃听器热火朝天打了一通扑克，分批离开这一雷区。我一路走得胸口大跳，见谁都紧张，见警察和军人尤其腿软心慌，于是两次进入商店，上了一趟公共厕所，看一下路边墙上的公告，还仿照涛哥的办法故意丢一个纸团，看是否有人随后来捡。还好，我觉得最可疑的一个撑伞女人越过纸团径直往前走了。

也许事情没那样严重？也许刚才那间房间里并无什么窃听器？我怯怯地这样想。

一定是某种奇妙的感应在发生。大约半年后的一天，我在深夜醒来，确定自己躺在床上，听到了窗外的风声、雨声、雷声、树枝折断声，还有火车站那边的汽笛声和放气声。我还听到了隐隐约约的一丝呼唤，侧耳再听片刻，觉得那呼喊似与我有关。是的，应该有关。我打开电灯，穿好衣服，开门下到一楼，没找到保管院门钥匙的老王头。

仍然能听到远处飘忽不定的什么,好像那个什么不是越来越近,倒是越来越远,消失在邮电大楼那边。

我只好翻墙出院,撑一把伞,来到了街上。我赶到邮电大楼,发现积水的广场上空无一人,只有水渍中的路灯倒影。再找一找,才发现声音已飘至农机厂那边:"陶——小——布——"

果然是我的名字!这太奇怪了。是谁在找我?是谁用这种方式找我?

我赶过去,发现昏暗的路灯下有一个人影。一张半藏在雨帽里的脸看上去很眼生。"你找陶小布?"

"你是陶小布?"

"你是谁?"

"你不认识我。"

"你找我……有事吗?"

"马涛你认识吧?"

"当然,当然……"

"他进去了。"

我吃了一惊,顿觉脊梁后一股凉气往上冒。看来,该来的终于来了,既然来了也就踏实了。我觉得自己还不错,沉着地开始掏烟。

"你好像不太吃惊?"

"进去了就进去了呗。"我得提防来人是一个探子,是一个什么圈套。

其实对方也不知具体案情。他是一个窃贼,看上去是一个真窃贼,与马涛在号子里萍水相逢而已。听说他今天将获释,马涛便托他捎出口信,而且要求快,十万火急。但他不知如何才能找到我。从马涛嘴里得到的信息,只知我最近借调在县电影公司写幻灯脚本,具体地址并不清楚。因此,他只能大海捞针,乘晚班

日夜书 105

火车赶到这里,下车后沿街寻找,借助路灯和手中的打火机,见一个招牌就看一个,直到把打火机的汽油烧光,还没找到电影公司。夜太深,雨太大,他找不到地方买打火机、手电、火柴,也不便敲门问路,只好一条又一条街地狂喊,不信自己的运气就那样背。

这真是太悬了。假如我这一天睡死了怎么办?假如我这一天出差了怎么办?假如我提早结束借调然后返回乡下了怎么办?假如我听到呼喊但没能追上他怎么办?……更脆弱的一环是,他与马涛非亲非故,凭什么费力又费钱地跑这一趟?假如他不是对政治犯高看一眼,不是一个身为窃贼的活雷锋,一出看守所大门就把这事忘到九霄云外又怎么办?在这一刻,我不能不相信奇迹,不能不相信眼前这个窃贼就是上帝之手,不能不相信上帝的另一只手刚才在风雨中摇醒了我。

"他说了,只要告诉你这个消息,你就知道该怎么办。"

"当然,当然……太谢谢你了。"我用打火机点上他的烟,"你都淋湿了,到我那里换衣吧。你一定也饿了。"

"不行,我得马上走,明天还有急事。"他执意连夜赶回省城,只是临走前找我要下了余下的半包烟,我稍有犹豫后连打火机一起塞进他的衣袋。

我回到电影公司的小房间,看看闹钟,离天亮还有四小时。我的第一步是紧锁房门,拉上窗帘,烧掉身边一切可能惹事的纸片。我总觉得时钟嘀嗒嘀嗒跑得太快,相信很多事正在这时步步逼近,比如突击审讯可能在这个雨夜继续,抓捕名单可能在这个雨夜扩充,布控电话可能在这个雨夜打向四面八方,警察们可能在这个雨夜紧急出动,扑向那些睡梦中的人……秘密逮捕图的不就是这种迅雷不及掩耳的大突破么?县公安局那座远远的大楼,还有三四个房间亮灯,更引起我的警觉。那里的人为什么还没睡？他们在干什么？……（有意思的是，后来我了解的事实居然证实了这一点——那一夜省厅专案组人员确已驱车抵达这个县城，比捎信的小窃贼快了一步。幸运的是，一场大雨造成道路泥泞困住了吉普车，加上县局同行们执意招待酒饭，他们才没有连夜下乡去，给我留下了宝贵的时间差。）

早上八点整，我准时来到邮电局，第一个冲进营业厅，抢填长途电话申请单——当时长途电话都只能这样打。我的慌乱肯定让营业员奇怪。但我顾不上那么多，第一个电话打向茶场，让王会计立刻通知马楠，"三姑要来看她了"——这是我与她约定的暗语，最高级别的警报。她一听就知道该干什么。

第二个电话打出去了，第三个电话打出去了，第四个电话打出去了……最后一个电话是打给广联公社中学的莫眼镜。这个莫眼镜与马涛走得近，是地下建党积极分子，还曾把武斗中的一支54式手枪窝藏下来，虽打光了子弹，把枪丢到河里了，但是眼下若查出这一段，不仅他要脱一层皮，马涛也必然罪加一等。

通话的结果，是他此时不在学校。他的同事说他上午要看病，然后随校长来县城开会。这似乎证明他尚无危险。不过蹊跷的是，这莫眼镜一直无官无职，大头兵一个，什么会议轮得上他？

我对"开会"的说法放心不下，便去汽车站拦截。查了一下班次表，发现从广联来县城的最早一班车是中午抵达，太晚了，太晚了，晚得有点悬了。我必须把拦截的位置前移，移到对方上车之前。

但这时已没有开往广联的班车。

我只好立刻上路找货车，在公路上窜来窜去，太想自己变成一个花姑娘，让货车司机们动心；太想衣袋里有钱，让货车司机们对一张大钞票动心。但这一切都不可能。我更不可能操一挺机关枪立在路当中朝天点射,把开车的吓下车来,只能眼看着货车一辆辆飞驰而过。经验丰富的司机们,越是见路边有人探头探脑,越是把汽车开得飞快。

最后一招只能是爬车。我追赶的第一辆,呼的一下如炮弹出膛,只给我一个眨眼的机会,连车影子都没摸上。我追赶的第二辆,哗的一下溅我全身泥点,待我抹去脸上的零碎,目光重新聚焦,眼前只剩下一条空空的道路。一直走到350公里路牌处,我才看出一点点门道,发现货车减速的条件是:一、上坡;二、转弯;三、载货重。这样,我选定一段上坡的弯道,在那里等了片刻,终于等来一辆摇摇晃晃的运粮大卡。

破釜沉舟在此一举。我一听到汽车喘息减速,立刻从路边跃身而出,拿出跑道冲线的疯狂,把随身的挎包首先扔上车厢——这相当于来一次豪赌:能上车则已,不能上车就一输到底,挎包里的钥匙、粮票、手电筒、雨衣统统奉献给司机,给你大爷尽孝吧——事实证明,这种自逼绝境的一招确实有效。赌徒一旦孤注一掷,脑子便是空白的,眼睛是充血的,两脚不再属于自己,爆发力不可思议。不知何时,我发现自己摸到了车厢板,扣住了车厢板,呼呼呼脚下生风,忽感一阵轻松——全身飘飞之际,脚下拉成一片的模糊路面已离我下沉。

谢天谢地,我的挎包算是失而复得。

到达广联时,我选择一个上坡地段跳车,在路边候车的人群里一眼看见了莫眼镜,正在与一中年人说话。他看见我,显得有些奇怪,不知我为何出现在这里。他身旁那中年人大概就是什么校长,此时也不知发生了什么,大概只是把我当作同行者偶遇的某位熟人,冲我点了点头。

"我要告诉你一件事,你听了不要慌。"我把莫眼镜拉到一边,"我不能确定现在有没有人注意我们……"

对方已经紧张了，面容开始僵硬。

"看着我，看着我，保持微笑，保持全身放松，就像没事一样……"

远处有汽车鸣笛，长途班车已驶近。这就是说，对方马上要上车了。不过通气和串谋无须太多时间，哪怕一分钟，哪怕半分钟，就已经足够。

魂飞魄散的十几个小时就这么过去了。事后得知的情况是，共有七人在这一天来县公安局接受询问，其中三位的住处遭搜查。从警察话里话外的迹象判断，马涛的有些事尚未暴露，幸好这边的被传讯者都有备而来，也没放出多少料，特别是手枪一事提都没人提，大概能蒙混过去。

这些人事后都来过电影公司，享受我的一包花生米，一盆豆腐干，两瓶白酒——算是我给他们压惊，庆贺意味也在不言之中。

马楠不知哥哥眼下到底怎么样，在我的房间里急得哭了。蔡海伦在一旁尽力安慰她。我们商议的结果是，不怕一万，就怕万一，为了应对事情进一步可能的恶化，有些人最好避避风，到外地躲一段，比如她马楠。

"我不走！"她连连摇头。

"就算你相信你哥，但同案的其他人是否扛得住？"我尽量说服她，"你想想，只要证据链塌几环，漏几块，案情就是查无实证。这对大家有好处。"

"我就是要他们来抓我，我不怕！"

"马楠，现在不是逞英雄的时候。一切都要做最坏的打算。没看出来吗？这次来的警察非同一般，至少是省厅的，你以为是吃干饭的？"

"他们能把我怎么样？不就是把我判刑吗？把我枪毙吗？我

们什么坏事也没做。如果连这样的人也只能死,那我就死好了。我陪我哥去死,像秋瑾、赵一曼、江竹筠那样去死,砍头也只是碗大个疤。"

横到这一步,气壮山河到这一步,我就显得很小人了。结果,胆小惜命的丢人角色只好由我来勇敢担当。第二天一早,送她们回乡后,我在床前扔了三次硬币,以正面为吉,以背面为凶,竟发现凶凶凶无一例外,吓出了自己一身冷汗。我不能再犹豫,不能再犹豫,哪怕十个小人也得一口气当下了,于是留下一张请假条,买了一张火车票,急匆匆去Z县投靠一位朋友。

17　永远的空框

　　到底是谁告密？没有人知道，但大家都在暗中打听。马涛下乡插队的W县，离我所在的Y县两百多公里。那一次我从报纸上得知，W县遭遇了一场特大暴雨。河流上游的水库观察员疏于职守，喝醉了，睡着了，没发现洪水来得太快和太猛，形成了深夜里的漫顶的溃坝。上万吨固体般的泥浆翻腾跳荡轰然直下，惊得方圆数里之内的老牛、小狗、老鼠、鸡鸭、鸟雀一齐鸣咽或嚎啕。

　　一个吊脚楼里入睡的五位女知青，不解动物们的警告，连人带房被洪流席卷而去。直到七八天后人们才在下游的漫长水岸，陆续找到一具具泥糊糊的遗体——其中便有阎小梅。

　　我串访W县时见过她，发现她身上可能有蒙古人血脉，身材高高大大，说话快人快语，有时还像男人抽上一支烟，特别是在辩论什么时。

　　县里举行了隆重集会，追思英灵，表彰勋业。据说小梅的父亲出现在会上。这位风度翩翩的前驻外大使，反而为渎职的年轻观察员求情，希望有关方面不要重判。他说，他和妻子已失去了孩子，不希望另一对父母也失去孩子。

　　他只是带走了一面镜子，女儿唯一的遗物。

　　很多年后，我在一个知青网站上发现有人还在回忆这事。一位网友写到小梅，说她当年外号"老佛爷"，是北京某中学红卫兵头，在乡下时特别爱孩子，一旦发现村子里有孩子失学，就叫上女知青们去孩子家，责问当事父母为何不重视教育，简直是开批斗会。另一位网友还说，小梅当年是了不起的才女，有一次在火车上迷倒一位男教授，对方到站了也舍不得下车，硬是听她说完了几部法国电影，到前面的车站再另外买票往回赶。但这个网站上没人提及当年隔河两岸知青们的交往，更没人提到马涛被密报一事——那封要命的举报信，到底是出自小梅，还是出自小梅的男友，还是出自其他什么人，大概都说不清了。是否真有密报这回事，看来也成了一个永远扑朔迷离的疑点。

　　人们肯定都希望往事干净一些，温暖一些，明亮一些。清明时节，知青网上也有祭奠活动，挂上了一些亡友的照片、简介、悼文以及追怀者们献上的电子花篮。我在这些照片中发现了没入洪水的那五位花季少女。她们不失满脸朴拙，如一棵棵白菜天使，水淋淋的动人，与时下的卡通女、野蛮女、职场女、小萌女、豪华女形成了鲜明对比。她们生活在一个没有化妆品以及敌视化妆品的时代，一个生活尚未精装化的时代，一个更靠近泥土的时代。

　　稍感意外的是，阎小梅的名下连照片都没有，仅留一个黑边空框。祭奠发起者这样解释：当年照相机很稀罕，留下的照片本就不多，何况她父母觉得看见女儿的照片太伤心，早就把那些黑白片全部毁了。

　　一个少女就这样成了一个永远的空框。

18　政治犯

　　对不起，我们两个并不合适，还是结束这件事吧。

　　这张字条赫然入目。随这张字条送来的，有一只我送给她的口琴，还有我存在她那里的全部饭票——意思已十分明显。这件事发生在马涛惨遭判刑之后，她回城打理她哥的一些事，刚刚回到白马湖。

　　我不能相信自己的眼睛，怒气冲冲地赶到食堂。"你什么意思？什么叫不合适？我不合适谁合适？"

　　马楠正在大木盆前切菜，看了我一眼，低下头继续切出南瓜片，"我就是觉得不合适。你走吧，不要在这里。"

　　"你……是不是怕你哥连累我？"

　　"我有别人了。"

　　"骗人！"

　　"我一直在骗你，"她投来冷冷一瞥，"你还不知道？你走吧。你要是再来纠缠不休，我就要报告领导，揭发你的一肚子坏水！"

　　我气昏了头，觉得眼前这个人完全陌生——一部像模像样的爱情片，到头来怎么突然变成了批斗会？

　　她以为自己能骗人，其实她才是最好骗的，一骗一个准。多次交涉无效后，一封假遗书，无非是从书上抄来一些要死要活的话，无非是失恋者夸张的上天入地来世前生一类，写得泪巴巴血淋淋的，被我蓄意留在枕下（好像还没写完），蓄意让同室的二毛翻到（他喜欢翻找我的香烟），蓄意让他立刻去传给马楠（他们之间的关系不错）……接下来的情况不出所料，她以为真要出大事，冲上来捶了我两拳，哭歪了一张脸。

她捂住这张脸，一口气说出了真实隐情——其实是我不愿听到的，后来一次次后悔自己费尽手脚去打听的。生活中有很多秘密，其实应该像地表下的地核，隐在万重黑暗的深处，永远不见天日。

流星在头上飞掠，我现在该往下写吗？星空在缓缓旋转，我现在该往下写吗？月光下的山那边似乎就是世界边缘，是滑出这个星球的最后一道坡线，我犹豫的笔尖该往哪里写？马楠，原谅我，我不该套出你的故事。

这个故事其实并不复杂，甚至有些乏味。这样说吧，她哥在一个劳改农场服刑，好几次写信回家，希望家人帮他陈情申诉，也需要家里给些钱。劳改地在湖区，那里的冬天太冷太潮，他需要皮褥子和大棉鞋。狱中的饭菜也太差，他需要奶粉、肉肠以及囚犯自费的"加餐券"。作为一个"现行反革命犯"，他在交付群众游斗的那一阶段饱受拳脚，至今还常感腰痛，左眼视力模糊，身上有好几处内伤。他虽当上了狱中的文化教员，可以少干一些重活，但身体恢复看来还是遥遥无期。没办法，为了尽快恢复体力和思考力，他需要西洋参、蜂王浆、鱼肝油丸——据说一种产地澳洲的鲨鱼肝油特别好，是一位狱医告诉他的。

母亲倾囊而出，卖了压箱底的玉镯子和金戒指，把仅有的几样家具也送入了典当行。马楠还一次次去卖血，为了规避短期内不可卖血太多的医院规定，每次都是跑三四家医院，报上一些假名，大喝白开水，然后要医生多抽一点，再抽一点，无论如何再抽一点……直到自己头昏眼花,出门时一步踏空,晕倒在医院门前。

即便如此,钱还是不够,不久前她去探监,带上了奶粉什么的,但还是缺三短四。马涛瞪大眼,发现没有鱼肝油丸。"你得明白,从某种意义上说,我是一个属于全社会的人。"

"哥,很对不起……"

"我不需要你们怜悯,明白吗?"马涛焦急得做了几个旋脖子的动作,看天的动作,"我再说一遍,你们怎样做都对得起我。我可以吃糠,可以吃烂菜叶,饿死也算不了什么。我只是可惜有些事,比如偌大一个思想界的倒退,也许是十年,也许是二十年。"

"哥,我们尽力了,我们都快急死了。"

"我知道你会这样说。"

"哥,我们会再去想办法……"

"你走吧。"

"哥,请你原谅我,没把事情办好。听说有一种国产的鱼肝油,质量和效果也不错,我不知道……"

"不要说了,你回去吧。其实你们以后都不必来看我,你们可以忘了我,过好你们自己的日子。"

"哥,真的,家里情况你可能也知道。能找的人我都找遍了……"她本来想说说母亲的手镯和戒指,但说不出口。

"你不要说,不要说,我知道你找了哪些人。"对方有一种恨铁不成钢的气恼,平了平气,转入耐心的启发。"楠楠,你努力了吗?当然努力了。你辛苦了吗?肯定辛苦了。但我向你说过几乎千万遍,那些小布尔乔亚的书生无足轻重,脱离人民的孤芳自赏者注定一事无成。人民,才是真正的力量所在,真正的智慧所在,是一切办法中最大的办法,是取之不尽用之不竭的财富源泉,是任何人也不可阻挡的滚滚洪流。如果你觉得孤苦无助,不是人民的问题,是你自己的问题。明白不?"

虽然穿一件脏兮兮的囚衣,显得有点人瘦毛长,但哥哥依然目光炯炯,说话仍是有腔有板,充满了面对讲堂的浑厚和沉稳,每一句都清晰得可供记录、录音、录影,很适合进入历史档案。

他上身靠后,微眯双眼,再次意味不明地冷笑了一下,走出脚镣的哗哗声,把身后的妹妹抛弃在茫然中。

"145号,你还有时间。"门边一位警察提醒他。

他没回头,脚镣在铁门槛撞出咣当一响。

"145号,你的东西带走。"警察把查验过的一大包扔过去。

可怜的政治犯就没打算问一问母亲?也不打算问一下姐妹们以及朋友们的情况?也不打算知道大家是如何为他焦急、奔忙以及奉献?……十分钟的探视,在这里其实更像一场伸张权利的逼债。在囚禁与未囚禁的两方,在受难与未受难的两方,在负伤和未负伤的两方,地位立见高下,没什么平等。这里的手铐脚镣无异于铁证,自证了高贵,自证了威严,自证了情感的最大债权,胜过一万个理由,使马涛的任何指责都无可辩驳,任何要求都不可拒绝,任何坏脾气都必须得到容忍和顺从——对方只能心慌自责。如果妹妹在他面前有一点抱屈,有一点声辩,有一点商榷时的龃龉,那不成了落井下石和助纣为虐?一旦时过境迁,局外的人,后世的人,包括抱屈者自己,难道不会一致认定这种抵赖债权的万分可耻?

哥哥肯定是太受苦了,苦得脾气坏到了极点。马楠只能吞下泪水,抱住哆嗦的双臂,走出冷冰冰的探视室。

她依照哥哥的指示走向人民。但举目茫茫,谁是人民?人民在哪里呢?是伸手的乞丐?是拉车的大婶?是捡破烂的老头?还是拎一只铝壶送开水的车站服务员?……她在火车站候车室里看来看去，目光最终落向一位汉子。那人牙齿白脸皮黑，身上穿得很破旧，显然是那种下层苦力。高个，长条脸，后脑板削，嘴唇厚厚的，很像一个和泥带土的山药疙瘩，应该叫"二顺子"或"大宝哥"吧？但马楠刚搭上话，对方就眨眨眼，问她要不要黑市上的布票和糖票，让她吃了一惊。她去给对方打一杯开水，回来时发现人没了，自己的提袋也不翼而飞——她开始以为是开玩笑，但找遍候车室内外，才知没人开玩笑。天哪，一个好端端的山药疙瘩怎么会这样？这光天化日之下还真有见财起心的歹徒？

她怒不可遏，铁了心要找回提袋，在车站周围的街尾里四处搜寻，不料山药疙瘩未见踪影，倒是自己被一个彪形大汉紧紧盯住，把她逼到一个废桥洞。不知为什么，在要命的那一刻，在那个无处可逃的死角，对方狞笑了一阵，在目光对峙中终有一丝慌乱，吐下一口唾沫，走了。

她这才冒出一身汗，发现自己全身软得迈不开步子。

她只能再次求助一位以前的邻居。说实话，她最怕见的就是那位副主任。对方确有官场关系，能把她哥调入条件相对较好的劳改农场，甚至还答应借钱。申诉一事也能进入他的考虑吧？但副主任每次握手，目光总是停留在她的胸脯和大腿，抓住她的手照例久久不放，有一次还色眯眯地说："小楠呀，你哥犯的是大案重案。我这样做，有很大风险的哦。"

"徐叔叔，我明白，你是我们家的大恩人。"

"你是个聪明孩子，该知道如何谢我吧？"对方笑了笑，挤了挤眼睛，把她的手暗暗捏了一把。

"徐叔叔，你每次握手都这样吗？"

"怎么啦？"

"握得我有点怕，手心出汗了。"

"小楠，小楠，你真是太单纯了。二八姝丽么，怎么还像个孩子?"副主任哈哈大笑,在她脸颊上轻拍一下,扔给她一片钥匙——她后来才知道,那是对方的一间闲置房,离他家不太远。

她不明白这片钥匙的意思。"有时候也可放松一下么,快活一下么……"对方是这样说的,落音之际还挤了挤眼皮。她事后把脑子拍了三五轮,在干活时发呆五六次,总算猜出了这里的暗示,禁不住自己一身冷汗——这就是她后来再也不见对方的原因,一听到那个名字也浑身发抖的原因。

但她眼下能怎么办?她不能再逼母亲,不能再逼大姐和二姐,更没勇气在朋友面前张嘴或去商店里打砸抢。一分钱难倒英雄汉,事情已到山穷水尽的地步。街上的一辆辆卡车缓缓驶来,每辆车上都有一些五花大绑沿街示众的罪犯,一律挂上了木牌:"反革命犯""盗窃犯""投机倒把犯""坏分子"……车上高音喇叭里的口号声震天动地,"横扫一切牛鬼蛇神"一类声声入耳。

突然,她看见有一个低头的罪犯很像她哥。她挤擦一些陌生的肩膀,追过一个路口,好容易靠近了那辆卡车。谢天谢地,那不是马涛,是另一张陌生的面孔。

但哥哥也会在闪闪的步枪刺刀下挂牌吧?也会这样被恶狠狠的民兵揪住头发吧?也会在另一场合被揪得脸部翻仰嘴巴大张吧?……又一阵口号声浪把她惊醒。她不敢往下想,顿觉眼下自己的自由太奢侈了,太堕落了,太可耻了。一种自由的旁观简直是罪恶。一种自由的犹豫、害怕、委屈以及计较简直是冷血的见死不救。她怎么能这样?大不了就是一死么。既然她连死都不怕,那还有什么放不下?如果在刚才那个桥洞下她被对方收拾了,不也就那样了?

她有恍然大悟之感,突然觉得自己放下了,轻松了,无所顾忌了,在商店橱窗玻璃前理一理头发,一口气赶到副主任所在的办公楼,敲响了三楼的一张门。

一个秘书模样的人过来告诉她,徐副主任今天不在。

"他怎么不在?"

"好像出差了吧?我不太清楚。"

"不行,不行,我一定要找到他!"这口气听上去有点急不可耐,有点深夜里全力以赴唯恐错过了末班车的味道。

对方打量了她一下,把她带到电话机旁,一连拨出几组号码,总算逮住了目标,然后把话筒递过来。

"徐叔叔,我是楠楠……我是来拿钥匙的。"

她听到话筒里静了片刻,然后是轻轻的笑声。

19　寂静山谷

我出现了幻觉,一眼识破了他们的狼子野心。他们当然是串通了要算计我。他们吃饭时如常说笑,当然是故作轻松在掩盖什么。我的脸盆不见了,似乎与屋檐下的两只麻袋有关系。麻袋准备用来装什么?装了以后是否要往河里扔?第二天,我发现屋檐下麻袋不见了,但多了一些草绳,那么情况当然更为可疑。草绳准备用来捆什么?什么东西才需要捆绑或者紧勒?

终于,我一举揭穿了孝矮子的真面目。我没唱歌,他为什么要诬我唱歌?我没睡觉,他为什么要诬我睡觉?还诬我假装睡觉?还诬我假装睡觉时挠了鼻子?就在他气急败坏即将出手的刹那,我一扁担扑掉了他行凶的耙头,扑得他爬起来屁滚尿流往坡上蹿。"小杂种,哪里跑?"我挥舞扁担追上去,只是不知何时两眼一黑,失去了知觉。

醒来时,发现自己躺在床上。

从人们嘴里得知,我当时如有神助,再尖的碎石也能踩,再宽的水沟也能跳,结果从两人来高的断崖飞下来,把自己当成了一只鸟。我的腿上因此拉开了一条大口子,一个大脚趾翻了指甲,血肉模糊。

不过,人们说幸好这重重一摔,把我身上的勾魂鬼摔掉了一大半。梁队长找来鲜牛粪擦揉我的胸口,把陈醋烧开,加上几口唾沫,灼烫我的后颈。他还派一个婆娘提一件我的衬衣,到湖边去敲锣，到处喊我的名字，加上"东风"什么的、"南风"什么的、"西风"什么的、"北风"什么的咒语——据说是给我"喊魂"。吴天保也来过了，看一看我颈后的烫痕，说这家伙挑担子是不行了，踩水车也不行了，去水家坡守秋吧。

我知道这是他的照顾。"守秋"就是看守地上正在充浆结实的红薯、花生、早稻等，防止野物侵掠，算是比较轻松的差事，一般只交给老年人干的。

这样，我就来到了水家坡，一个经常落雷的地方。

在本地人眼里，雷劈者最为可怜，小命不保，还名声可疑，好像做过什么歹事终遭天惩。自多年前有一次三人同时死于雷祸，这里的农户悉数迁出，只留下一些杂草丛生的断壁残垣，还有一个空空的山谷。

这里的上百亩田土不能浪费，划拨给茶场后，便成了茶场的一块飞地，距最近的工区也有七八里。野鸡、野兔、狐狸、野猪、猴子是这里的常来之客，总是沿着秋收的美好气息前来觅食，其中野猪长鼻子最灵，能嗅出地下的竹笋、土豆、红薯以及丝茅根，一些人眼莫及的东西。它们铁嘴如犁，相当于快速翻地的重装备，可把田埂和坡墙一举铲平，闹一个天翻地覆。大概是觉得筵席丰盛，它们越吃越刁，学会了去粗取精和挑肥拣瘦，吐出的谷渣和红薯皮一堆又一堆，实属厚颜无耻。

我重要的工作之一就是四处投放屎尿，最好还能到处挥洒汗水和唾液，留下各种人的气味。在这里，人的气味就是防线，就是警告，新鲜气味更是毒气弹和地雷阵，能使野物们嗅到人类的凶险和强大，缩手缩脚的不敢贸然越界。

我的另一项工作就是夜里敲敲锣，或放两三个鞭炮，或时而男声、时而女声、时而京腔、时而方言的喊上一阵，制造人多势众的假象，阻吓各路来犯之敌。一般来说，野猪擅长防卫，猪窝

日夜书 121

大多是乱枝结成的木笼，**坚硬结实如堡垒**，不能不令人惊叹。它们也擅长攻击，特别是游击战阅历丰富，常有一些声东击西的诡计。不过，这些猪八戒毕竟肚大脑小，有时明明只嗅到一个人的气味，但还是被自己的耳朵所骗，以为这里屯兵众多。一听到耳生的普通话和外国歌更是远远的不敢造次。即便饿急了，眼红了，忍无可忍了，也只是缩在草丛里来一番愤愤的嘀咕——

"你呢你呢你呢"的声音，听上去有点像第二人称问候。

给原有的哨棚加些草，再支上一张网床，往坑灶里架上锅，事情就算开始了。我守望这一片盛满鸟鸣和蝴蝶的山谷，目光撒开来向前奔腾，顺着坡线呼啦啦抬高，一飞冲天全面展开，狂揽蓝天白云下的连绵秋色，完全可以把自己想象成九五至尊的帝王。

　　大海航行靠舵手，
　　外婆出来晒太阳（原句：万物生长靠太阳）……

另一首是：

　　我们走在大路上，
　　手里拿着一支冰棒（原句：意气风发斗志昂扬）……

一些歪歌可在这里大唱特唱。一些平日里不敢说出口的话可在这里大喊特喊，激起轰隆隆的回声。这种想躺就躺、想叫就叫、想骂就骂的日子，让人一吐五脏六腑之浊气，确有几分惬意。

困难是后来出现的。首先是山蚂蟥。这里的山蚂蟥特别多，总是悄悄地倒立于草叶，一见目标便屈身如弓，一个大跨度弹跃，扑上来偷偷吸血。这些混蛋小如火柴杆，吸饱血以后就粗若筷子，留下的伤口还不易愈合。尽管我用柴刀把哨棚周围十几步内的野草统统砍除，身上还是免不了常有血痕。

接下来是蛇，即本地人说的"长虫"。大概是秋夜生寒，长虫们都在寻找热气。我晚上入睡前必翻一翻垫褥，早上起床后必倒一倒鞋子，防止银环蛇一类在这些地方盘踞取暖。有一次，听到身后不远处有咝咝咝的声音，我用手电一照，发现一条眼镜蛇冒出草丛正在向我窥视。幸好那张大瘪脸也吃了一惊，后来不知去了哪里。我只是在它的藏身之处找到一窝长虫蛋，但也不敢吃。

更可怕的是风雨。在工区时是天天盼雨，让自己有个理由睡觉。眼下却是一见阴云就紧张，一听到雷声就叫苦，因为哨棚太简易，一阵狂风就能把草盖掀翻，把蚊帐刮走，让被褥、枕头、衣服等全泡在水里。特别是夜里，天地俱黑，雷电交加，豪雨瓢泼，草盖垮没垮都差不多，身上披没披塑料布也都差不多。我在浓密的黑暗里什么也看不见，只觉得自己在一种分不清上下左右的黑暗中无限坠落，被千万重黑暗掩埋得透不过气来。一道闪电劈下，四周的山影和树影突然曝光，突然白炽化，如魑魅魍魉全线杀出——我免不了发出一道失声的尖叫。

我只能凭借扣住木柱的手感，凭借摸到泥土或草叶的手感，知道自己还在，还活着，还活在地狱的某一角落。我怎样做都是白费力，只能横下一条心，看这个天怎么塌，看它能塌到哪里去，看它塌一千次又能怎么样。嘿！老子今天干脆什么也不做了，就同你死拼一把，睡他一个淋浴觉就不行吗？

好容易等到了天明，等到了鲜润的阳光。雨后的难事就开始了。不仅需要重建哨棚和晾晒衣物，还有毒气弹和地雷阵的失灵让人头痛。人的粪味、尿味、汗味等被大雨一洗而尽，重要路口全面失守。一个人的排泄在这时肯定不够。此刻我望眼欲穿的，一是客人，二是客人，第三还是客人！一个采药佬，大概姓金，以前常来这里。两三个牛贩子，也偶尔赶上各自的牛群路过这里。我最大的愿望就是这些伟大的救星出现在山口，在这里留下更多的气味。不好意思，我还曾眼巴巴地盯住牛屁股，直到它善解人意地支起尾巴，拉下一大堆，而且一头牛开始拉，其他的牛受到启发，纷纷加以响应——水家坡的节日就到来了，因为野猪们深知人与牛马的亲密关系，对牛粪马粪的气味也疑惧不已有所退避。

"我这里有猪油，有辣椒和丝瓜，你吃了饭再走么。"我曾一个劲地挽留采药佬，害怕他起身离去。

"今天还得去看外孙。"

"吃饭也不耽误你什么。"

"嗯，天不早了。"

我无可奈何地看着他的身影远去，痛恨他刚才吃了我的花生和红薯，抽了我的烟，竟无半点气味的回报。

老家伙，你至少也得吐几口痰吧？

这里太偏僻了，咳嗽声和脚步声几乎都是形影相吊的，一声声独霸四方的。我就算把金元宝丢在路口，也不会有人取走。我就算在哨棚里死一百次，也不会有人前来探望。我这才相信，寂寞，漫长的寂寞，无边无际的寂寞，能把人逼出病来。我发现自己在哨棚周围转悠好几圈，却不知要干什么。不知何时，我发现自己已把一只七星瓢虫看了十几遍，于是它不再是瓢虫，俨然就是一妖妇，五彩罗裙勾人魂魄。我发现自己把一只花脚蚊子也看了几遍，于是它不再是蚊子，活生生就是一超大的战袍骑士，既能跆拳道，又有花剑功夫，还有三十马赫以上的飞行动力，一阵之字形的激情飞绕之后，最后立于我的手臂，谢幕的芭蕾动作让人着迷——我是不是再次疯了？

雨后的空气特别透明。呼啦啦的流星雨掠过，如曳光弹纷纷来袭一片无人阵地。无边无际的星空压下来，压下来，再压下来,深埋我的全身。一层银色的星光湿漉漉和沉甸甸地打手,在林子里到处流淌。最早闪烁的一颗星,比往常体积倍增,是挂在草盖一角的大钻石,甚至闪烁在我的蚊帐里,垂落在我的睫毛上。在这样一个遭到群星摩擦乃至重压的地方,压得我透不过气来的时候,我做了一个梦。

梦中的我,有点飘,有点闪,有点稀薄,似乎行走在都市广场,手臂被别人轻轻一挠。回头看,没发现什么,只见一个男人的背影,有点像采药佬的驼背。细心地再看看,才发现那男人腋下有一只大挎包,没扣好的包盖下,冒出一个小脑袋,毛茸茸的,粗拉拉的,又像松鼠又像考拉又像兔子。

天哪,我没看错吧,那双眼睛却分明有几分熟悉,清澈而湿润——马楠的眼睛。

刚才是她用小爪子挠了我一下,让我知道她也在这里,让我知道她认出了我,一声招呼到了嘴边。

我的心在发紧。马楠,马楠,你怎么在这里?你为何成了一只松鼠,有了满脸和满身的须毛?怎么装入一只帆布袋任人摆布?怎么挎在一个老男人的腰间离我远去?你偷偷挠一挠我,是因为你认出了我,但你已不能说话也不愿说话?我们避人耳目地偷偷地联络一下,是忘不了往事,但又只能认命,无法改变你被随意卖掉的日子?我们之间横隔了几十年,几百年,几千年,几万年,早已遥不可及。那么在擦身而过之际,在无望再会之时,在人头攒动车水马龙繁花似锦的这个街面,你实在忍不住了,只能以一个几无形迹的问好,暴露你曾经为人,曾经有爱,曾经有委屈,黑幽幽的眸子里也隐藏了一份往世前生……

我醒过来了,发现自己泪流满面。

我本来以为这一篇已经翻过去了。她已退还了口琴和饭票,我也很久没再见到她。在路上遇到,双方只是点头而已。在食堂里隔着窗口打饭菜，双方的目光更是不再交会。但梦中的苦咸和冰凉的泪水扑面而来，告诉我事情还远未结束，骨血中隐藏的痛感远在自己的意料之外。

"马楠——"

我一跃而起，顶得满天星星纷纷摇晃和坠落，冲着对面山影的曲线大喊了一声。

这一喊我就明白了。马楠，原谅我，我的小辫子，我的黑眼睛，我怎么能让你走？怎么能让你成为一只松鼠？你得做我的老婆，老婆，老婆。你明白吗？我要睡你！我要你生孩子！我要你做孩子他妈！我要你嫁鸡随鸡嫁狗随狗！你明白吗？马楠，我要你以后天天等着我回家，天天给我做饭，天天给我涮碗，天天给我叠衣服，天天给我洗袜子……

我不知自己喊了些什么。

我狂乱地敲锣，肯定把山谷里的野物吓得四散惊逃。

20　初　夜

　　隆重的庆典正在这个山谷里举行。影响远及后世的伟大事业正在开启。她没再阻挡我的手,任其猖狂地推进,抚过她光滑的肩头,拨开了她乳罩的扣子,伸向她不算太大的乳房,还有结实丰满的腿(像男孩子),两腿间的须毛(好像不该有,有点让人惊慌)……在一片花生和红薯的成熟气息里,月亮是我们的,树林和群山是我们的,满天挤眉弄眼的星斗也统统是我们的,一下倾倒在我们下面,一下翻升在我们上面,天花乱坠,叮叮当当。

　　紧要时刻出状况。我的下体居然毫无反应,一直是棉花条。
　　"没关系,你可能太紧张……"她安慰我。
　　"怎么会呢?"我急出了一身汗。
　　"你累了……"
　　"不可能!我什么也没干,今天特地多吃了两碗。"
　　"那就是我不好。"她把头埋在我臂膀里,声音有些异样,透出某种恐惧和绝望。"你说你不在意,实际上你还是……"
　　我的汗水更多了,"胡说!这与你有什么关系?"
　　"肯定有关系,肯定……"
　　"笑话,我肯定行,我不可能不行,我今天非行不可……"
　　但事情往往是这样,越急越乱,越乱越糟,我把吃奶的劲都使出来,向自己下达一道道命令,逼迫自己全身动员雄风大振投入决战，但那家伙依旧软塌塌，蹭过来蹭过去，还是无功而返。这真是让人颜面扫地。我长叹了一声，懊丧地坐起来抽烟。

"不要紧。就这样吧。这样就很好……"现在轮到她来安慰我了。她抓住我的一只手，让这只手落在她的乳房，滑向她的下腹。她的舌头在我肩头上下轻舔，大概想舔掉我的焦躁和愧疚。

一个耻辱的初夜就这样平静地过去。我们只能用抚摸相互释放安慰，于是我知道她身上很多瘀痕，据说一碰就青一块，不容易消退，干起活来防不胜防。她整个身体几乎是一件易碎的青花瓷。我还知道她左腹有一道伤疤，据说是五岁时留下的。

当时三个男孩欺侮她大姐，她冲上去挡在大姐前面，被一个男孩拉扯和推搡，跌下一个坡，扎在一个破酒瓶上。这就牵出了大姐的故事。大姐是她一直崇拜的女王。令人稍觉纳闷的是，自大学毕业分配到外地后，大姐几乎没有给她写过信，甚至没回过信，就像忘记了这一个妹妹。也有没忘的时候。有一次春节团聚，大姐与大姐夫说起他们的新婚准备，说到他们置办的脚踏车、缝纫机、手表，即当时流行的"三转"，算是有个模样了，唯一的遗憾是尚缺人们说的"一响"，即收音机。大姐搂住她笑了笑："楠楠，你那个收音机给我吧。你在乡下当农民，反正也不需要知道什么国家大事。"

"没问题。"马楠想也没想就答应了。

她为大姐的婚事高兴，不可能拒绝女王的要求。不过，大姐两口子拿到收音机时的相视一笑，让她觉得不无奇怪。他们在交换什么眼神？他们似乎预谋过什么，会意了什么，不然为什么要偷偷交流一下成功的喜悦？直到很久以后，马楠才惊讶地得知——总是晚一拍地得知——他们各自享受的大学毕业生工资，是将近自己的十倍。马楠还听说他们已阔绰得玩起了照相机和草原旅游，这才稍感一点刺痛。是的，妹妹是个低贱的农民，不配照相机，不配草原旅游，甚至不配听一听收音机里的新闻，但妹妹就愚蠢得需要你们机警地交换眼神？就需要你们躲躲闪闪地努嘴唇或支眉毛？就不能坐在你们身边，听你们大大方方爽爽朗朗地说一下婚事？

夜很长，二姐的故事也进入话题。二姐最近一段火气大，对马涛入狱一事气愤不已，几乎闹到公开声明脱离关系的程度——其实家里常有这种风波。父亲生前一直鼓励子女们大义灭亲，站稳"革命立场"，切不可把反动派当作同情、礼貌、尊重的对象。他禁止孩子们去看望那位当过地主的姑姑，不就是这样吗？他禁止孩子们谈论那位当过举人的爷爷，不就是这样吗？到最后，听说马涛在学校里贴大字报，痛斥父亲这位"旧官僚"，积极靠拢党组织，父亲反而高兴了好半天。说不定，倘若儿女们在公众场合给父亲踹一脚，啐一口，扇几个耳光，反而会让父亲更高兴呢。用自己的伤痛换来儿女们的政治加分，让儿女们一路践踏自己走上光荣的革命大道，含泪的父亲有什么舍不得？

家里的抱怨和争吵越来越多了——尽管这种父亲期待的对抗并无什么结果，儿子成绩再好，最终还是就读一个破学校。

眼下，二姐怨完了马涛，还怨上了马楠，似乎马楠如果懂事一点，不那么瞎起哄，在旁多扯一扯衣袖，马涛就不会走那么远。眼下可好，全砸了，天塌了，一个在押的反革命犯连累全家，整得她在学校里抬不起头，获奖和晋级通通泡汤。

说到气愤处，她又抱怨这个家不像个家，老的害人少的也害人，阴风习习的，一进门就是进了冰窖，只有一条条冰冻鱼。她前不久过生日，家人居然没有一句生日祝贺（马楠事后怯怯地想起，自己过生日也从未收到过二姐的问候）。再说母亲是她一个人的母亲吗？其他人什么时候把母亲放在心上了（马楠事后想来想去，觉得自己确实出力不多，但母亲的棉衣、棉鞋、棉被不都是自己在乡下置办的)？

　　这一天，二姐得知妹妹一位同学的父亲是火车站管票的，便让她去求购一张卧铺票。火车票特别紧张。马楠好容易把事办成了，兴冲冲赶回家，不料二姐一见车票便沉下脸，"怎么是上铺？"

　　"上铺已经很不容易了。"

　　"不行，我这是给校长买的，怎么送得出手？"

　　马楠愣住了。

　　"你赶快去换。"

　　"二姐，人家说这张还是想尽办法才抠出来的。"

　　"人家当然要那样说，你信呢。"

　　"人家还说了，下铺只有六天以后的了。"

　　"六天？人家是出差开会，又不是去看猴戏。"

　　马楠再次欠下了重重的一笔。

　　问题是已经没时间了，明天是假期到点必须返乡的日子，何况眼下夜已深，公共汽车收班了，同学的父亲也回了家，她怎么去找人？找到人以后又怎么去车站窗口办票？……但二姐似乎被一个上铺激怒，没工夫想到这一切，更没想到刚进门的妹妹尚未吃饭。"不能换就退，反正你得去，反正我丢不起这个人。"她去打水洗脚时甚至嚷嚷："你办不成就早说呵，我就去找别人办。你这不是误我的事吗？"

　　马楠已被锁定，已被掐死，毫无逃脱的可能，只得重新穿上棉袄，扎紧围巾，换上雨鞋，毫不犹豫出门而去。她一个人走过空无人迹的公交车站，走过几无人影的跨江大桥，走过只剩下一地路灯余晖的街道和广场，在灯下一次次拉长自己的影子又一次次缩短自己的影子。最后，她几乎穿越大半个城市，在铁路局宿舍的一道门前，鼓足勇气敲响了门——她明白，此时的打搅实在过分。她恨不得甩自己一个耳光。

但她能怎么办？

也许是她全身发抖的可怜样，是她丢人的两眼泪流，让开门人动了恻隐。接近天明的时分，她怀揣一张下铺票从火车站走回家，发现母亲的身影还立在路口，在一盏路灯下孤零零地等她。她成功避开路灯，没让母亲看见自己的泪水，也没一头扑进母亲怀里——她太想那样哇哇哇地大哭一场。

天更亮了，马楠收拾行李动身返乡。从无送别习惯的母亲不知何时换上了雨鞋，取来了雨伞，一副要出门的样子。

"妈，你不用送。"

"我反正要去买豆酱。"

母亲还是执意出门，陪她走向火车站。公交车并不太挤，但两人都说车上挤，于是越过一个个车站一路步行，也不大言语。

"妈，回去吧。"

"嗯。"

"太远了，你回家还是坐车，不要走路了。"

"嗯。"

"你快走吧，天快下雨了。"

"没事，我到前面找一找豆酱。"

马楠看见母亲的一脸平静，看见母亲杂乱的头发和磨破的袖套，忍不住心里一酸。她知道母亲心里在想什么，但母亲不会说的。她知道母亲心里的话多得没法说，也说不清，因此只能一路长送，在她记忆中留下最温暖的一段。长宁街、中山路、小武门、桂花园、迎宾路……后来都成了她忍不住一次次回味的节日巡礼。出门前，母亲给她整理发夹时襟怀里涌来的某种气息让人难忘，母亲清凉的指尖更让她惊心。早知如此，她一夜劳累又算得了什么？如果每次都吸吮这样的气息，她为二姐跑上十趟百趟也心甘情愿吧？

　　她不敢回头。她知道，在检票口的那一边，母亲抬过手了，返身离开了，其实还隐在熙熙攘攘的人群里偷偷朝这边打望，目光落在她正在步步登梯的背影。她得忍住，得忍住，不能回头，她必须扛住满背的目光，死死地强拧脖子和偏扭脸面，装出不知道也不关心身后一切的模样，否则她就会在崩溃的一刻泪如潮涌，哭塌整个摇摇晃晃的车站大楼。

　　终于登上最后一级阶梯了，拐过墙角了，背上的目光渐渐凋落而去。她突然紧紧抱住一个圆柱，为自己背上的轻松失声痛哭。

21　红 月 亮

"小布，你怎么不说话？"
"没什么。"
"小布，我有点后悔。"
"为什么？"
"我可能不该说这些……"
"为什么？"
"我怎么……就忘不了这些事？"
"忘不了，就忘不了吧。"
"我是不是很小气？是不是很计较？"
"换上我，也会。"
"我很怕。"
"不要怕。"
"我会变坏吧？"
"什么叫变坏？就算变，也没什么吧。"
"我怕。"
"你不会变坏。"
"我的意思是，我不愿像他们那样。"
"我们可以不像，没关系。"
"我怕我做不到。"
"我们能。"

"我怕我会受不了,我会灰心。"

"忍一忍就好。马楠,有人欺骗我们,我们不欺骗。有人侮辱我们,我们不侮辱。有人伤害我们,我们不伤害。这也很简单。"

"问题是,太难了。"

"是有点难。事情可能是这样,战胜一个人很难,但最大的战胜是不像对方,与对方不一样。这就更难。"

"小布,你要帮帮我。"

"我能帮吗?"

"你已经是我的人了,你必须,你应该。"

"我试试。"

"你要帮我。"

"我会。"

"其实,我并不怨他们,不想说这些,不愿意想这些。我还想过的,如果有来世,我还愿意与他们成为一家子。"

"你愿意?"

"我想过了。我还愿意。"

"为什么?"

"我不知道……"

"我知道,你是心疼他们……"

"也许是吧。假如有来世,我还会去找他们,满世界地找他们。我说不出什么理由,但我认识他们,熟悉他们,因为他们脸上有爸爸的影子,有妈妈的影子,还有我的影子。他们都是我们家的东西,很容易辨别的。"

"马楠……"

"小布,你哭了?"

…………

多少年后，我其实并不能确定我与她有过这样的对话，不能确定有过这样一个山谷里的初夜。

我也不能确定那个夜晚自己是否活见鬼了，当时全身发凉，腿脚有些麻木，阳具和阴囊内缩得厉害，自己在裤裆里怎么也攥不住，怎么也拽不回来——这就是本地人传说的"缩阳"吧？幸好马楠不知发生了什么，在黑暗中不知我的哆嗦别有原因。

我早就从本地人嘴里听说过这种怪事，传得神乎其神的，据说总是群发性爆发，闹得一两个班的男生们突然间大惊失色，捂住裆部跑出教室，跳踉不已大呼小叫，要靠成人们前来七揪八攥，还要敲锣鸣炮，叩天拜地，祈得神鬼之助，才能让少年们的裤裆里逐渐恢复正常。我不会也是被某种邪魔盯上了吧？我不是一个轻易迷信的人，对"缩阳"一说从来不以为然，权当一个笑话而已。万万没想到，这种白马湖流行性的恐怖偏偏说来就来了，居然降临在我的初夜，使我的终身大事一开始就蒙上不祥的阴影。

这样的夜晚是什么意思？这个夜里天边那一瓣毛茸茸的红月亮是什么意思？

22　酒　鬼

这时，一个黑影悄悄来到我们身边，袭来一股热乎乎的臊味。

可以说说它吧？既然想起来了，为什么不说？

双眼皮，深眼窝，翻鼻孔，一张嘴便如巨蚌裂成两瓣，还未成年却有了嘴边的白胡须，可能是白臀叶猴的杂串种——在鸟或者狗的眼里，这差不多就是一张毛茸茸的人脸吧。但它是一只猴，因为某一天偶然的离群，某一天偶然的流窜，某一天偶然的饥饿，某一天偶然的入室偷食……它被梁队长捕捉，后来又被二毛带到水家坡的新工区，这就与我有了关系。在马涛一案不幸发生后，在我和马楠都受到牵连和追查的阴暗日子里，它多少能给我们增添一些笑脸、几许乐趣。

混迹于人群久了，它不免人模人样。大家吃饭，它也得吃。大家喝茶，它也得喝。大家睡床上，它也要挤上床来睡一头。到最后，大家上厕所，它也像模像样地去那里撅屁股，只是分不清男厕女厕，有时吓得女士们大喊："酒鬼，你流氓呵？""酒鬼，你要当少年犯吧？你思想意识也太不健康了吧？"

大家叫它"酒鬼"，是因为它有一次偷喝稗子酒，大概喝得太多，一醉就是两天两夜长睡不醒。

这个绰号听得多了，它明白自己就是酒鬼，于是闻声必应，必竖耳，必回头，必眨眼定睛。作为它的第一主人，二毛不仅驯出了它的招之即来，还让它学会了拿火柴，拿肥皂，拿帽子，拿鞋子，甚至是划火柴点烟这种高难动作。一个称职的勤务兵终于就位。只是有一次，勤务兵动作笨，划火柴时差点烧了手，火柴又点燃屋里的垫床干草，呼呼地引发大火，吓得它一个倒翻筋斗弹射出门好半天不回来。自那以后，不论二毛如何发令，它总是东张西望，装聋作哑，再也不来划火柴，而且对火柴特别恨，龇牙咧嘴的，快速猛击后马上远退，如是三番，直到把火柴盒拍得稀烂。

说它排名第十二，是因为这个新工区有十一位男女，这黑娃子跟上大家也确实能干点什么。只要稍加示范和训练，拾禾穗，捡菜秧，搂草捆，下草灰……它虽干得有点丢三落四，有点主次不分，但也能模仿个大概。挖地一类重活干不了，但它在地边跳过来又爬过去，白屁股一闪一闪，很着急和很卖力的样子，算是精神上参与了。

当然，它不明白出工是怎么回事，肯定觉得人类的辛劳不可思议。游戏不像游戏（哪像在树上飞来跃去那样浪漫），谋食不像谋食（哪有掏鸟蛋、摘野果、掰苞谷那样实惠），实在没什么意思。它的哥们义气也毕竟有限，一旦乏了，就会不辞而别，倒在树荫下大睡，听到呼叫也装耳聋。

我们逗一逗它，说吃饭了，它仍然不醒。说吃肉了，它还是不醒。但只要说到"喝酒啦"，它肯定一骨碌跳起来，两眼眨巴眨巴，大鼻翼嗖嗖地翕动，四下里寻找什么。

大家捧腹大笑。

它发现自己上当，在笑声中有些恼怒，一纵身上了树。这一天，我们回到住处，发现被子到了地上，枕头到了沟里，椅子被掀翻，衣服被撕烂，厨房里的两口腌坛全部翻倒，咸菜泼洒在外。值班烧饭的马楠在地坪里大呼小叫，顺着她的手看去，酒鬼正蹲在屋顶一角，肩披一件花格子衣，挥一把锅铲敲打屋顶上的瓦片。

"酒鬼，把锅铲给我呵。"马楠几乎欲哭无泪，"我要做饭，你也要吃饭呵⋯⋯"

它把目光高傲地投向别处，悠悠然遥看夕阳。

我们气得捡起泥团投射。没料到它身手敏捷，左一让，右一闪，从容躲过枪林弹雨，全身毫发无损。

"敲你肠子呵？反了你这个王八蛋，看我不剁你的爪子，钳你的毛⋯⋯"二毛觉得自己很没面子，一个劲地升级恶毒。但对方还是不下来。大概觉得咒骂很有趣，它还忍不住模仿，跳到屋顶的另一头，冲着下面的两只羊和几只鸡吹胡子瞪眼睛，来一通"嘀嘀嘀"的怒吼，算是把我们的愤怒照单转发，把自己撇干净了。

我们只好不再理它。想必是饥饿难耐，它这一天没下房，第二天没露脸，第三天实在忍不住了，不知何时潜回地坪，先是在墙角磨蹭一会，然后在水缸边磨蹭一阵，虽然还是不拿正眼看人，但离我们已越来越近了。到最后，它偷偷接近地坪里的玉米棒，乘人不备，抓了就跑。

稗子酒最终发挥了作用。它咕嘟咕嘟喝下一钵酒后，两眼发红，目光发直，转眼间东偏西倒跟跟跄跄，就擒时没有任何反抗。我们决心为被子、枕头、衣服以及锅铲报仇，好好地修理它一下，找来绳索将其五花大绑，一把菜刀杀气腾腾架上它的脖子——刑场正法眼看就要开始。在这一刻，它似乎酒醒了，满身冒汗，四肢哆嗦，目光里透出恐惧，冷不防挣扎着向我们弯腰，又扑通一声跪下，捣蒜一样满地叩头——

这是从哪里学来的动作？

它是偷看过人们开批斗会吧？知道挨批斗的罪人们都得低头

和叩头吧?……我们一时都愣住了。

它看看大家,试探性地再叩了一个。

我们终于笑得前翻后仰。

肯定是发现这一招有奇效,在后来的日子里,它一旦想讨我们的高兴,特别是想喝酒时,就傻乎乎地鞠躬和叩头,活像一个惊慌失措的老地主。

后来,酒鬼渐渐长大了,站起来高过桌面,青春期和成年期的臊味很重,时有时无地弥漫。有时阳具高挺,翻出红头,只是自己不知羞耻,晃来荡去的不避人。大概是这个红头让它不大舒服,它便自己抓挠,甚至低下头一阵狂舔,好半天才让自己慢慢安静下来。

给它洗澡的次数不能不有所增加。它很喜欢洗澡,特别是女人给它洗澡。在这个时候,它嘴角微微上翘,分明是笑,分明是幸福感,分明是掩饰不住的扬扬得意,然后在草地上撒手撒脚地躺成一个大字,充分亮出肚皮和阳具。

"它会笑,真的会笑……"马楠大为惊讶,即便我们都认为她看错了,不过是把吃歪的嘴看成了笑容。

夜里,如果身边的男女有一点亲热,它一定郁闷和焦躁,甚至表现出痛苦不堪的表情,又是拔自己的毛,又是咬自己的手,两眼呼呼地直冒火,撞墙寻短或操刀杀人一类轻生之举似乎也有可能。发现这一情形,在场的女人又好笑又害怕,不能不暂缓风月,转过头去同它说说话,摸摸它的头,才能让它停止自虐。

更严重的事故在后面。这一天蔡海伦穿了一条红裤子。大概是觉得红色很鲜艳,很撩人,很神秘,酒鬼突然色胆包天伸手一挠,就把裤子扯了下来,露出了主人的花内裤,吓得对方发出惨绝人寰的尖叫,搂上裤子狂逃。不用说,自有了这一声尖叫,工区的四位女子都活得提心吊胆,再也不敢穿红色或其他色彩艳丽

日夜书　　　　　　　　　　　　　　　　　　　　139

的衣服。特别是蔡海伦，进入天天防暴的状态，一见到酒鬼就全身哆嗦，指定它的鼻子大喊："你走开！""你走开！""你听见没有？"……

可怜的她这一段也睡不好，半夜里还是常有梦中惨叫，在寂静山谷里传得特别远。

没办法，我们只好一致决定把酒鬼送到山那边。那里有一农户养了只猴，还是只母猴，大概可与它配上对。不过新郎刚去了半个月，那家的主妇就翻过山来，苦着一张脸，说我们的菩萨脾气太大，她家的庙小供不住。原来，酒鬼到了那里，面对一个比它高大得多的猴姐，一点兴趣也没有。即便被关在同一个大笼子横遭逼婚，还是躲得远远的，十几天来不怎么进食，眼下已瘦了一圈，成天蜷缩在角落里无精打采。猴姐经常拍打它的脑袋，想怎么欺侮就怎么欺侮，直到对这个窝囊废完全丧失兴趣。

我们只得接受退婚。说也怪，它一看见我们就眼泪汪汪，就跳跃和嚎叫，就开始吃东西。虽瘦得不成样子，但它打了鸡血针一样，一见到我们就往每个人的怀里扑，大鼻孔嗖嗖地闻来闻去，最后跳上马楠的肩，搂住她的头，揪住她的小辫子，咧开大嘴在她脸上狂舔，全然不顾自己多日来没洗澡，烘烘的臊臭令人窒息——后来马楠洗掉了两担水才把自己洗出个人样。

贺亦民这时来到了水家坡，不知在城里犯了什么事，窜来乡下避避风。这家伙是郭又军的弟，长得又矮又丑，却带来了城里人的高贵肠胃，不耐每日的冬瓜加茄子或茄子加南瓜，建议我们把酒鬼拿去卖了，说不定能卖出两三头牛的价钱，多少也能给锅里加点油水。有意思的是，酒鬼似乎能听懂人话。第二天亦民刚起床，便发现被子上有一摊猴尿。一顶帽子不知去向。一条裤子到了水沟里。一双球鞋也不见了（后来发现是去了溪边）。他看了看其他人的床，发现那里的东西完好无损，这才明白自己遭到定点打击。

"酒鳖——"他半裸身子出了门,"你欺侮外地人,算什么本事?"

地坪里的几个人大笑。二毛点醒他,"肯定是你说什么坏话,得罪了我们这位猴爷。"

"老子只说送它去动物园,是送它去享清福,吃国家粮,出人头地,光宗耀祖,又不是送它去屠宰场。它好歹也是个灵长类,怎么这样没文化?"

他找二毛借了一条裤子,才得以去溪边洗脸刷牙,发现溪边草丛里自己的球鞋。

后来的一天,酒鬼不幸中毒了。我们在北坡找到它时,发现它窝在一块大石头下,抱膝蜷缩,目光发直,嘴吐白沫,下体有肮脏的泻物。一大群黄头蚂蚁,本地人叫"狗蚁"的,已上了它的身,密密麻麻挂了半个身子。这事肯定又与贺亦民那家伙有关——他这些天总说胃缺肉,吵吵闹闹要打猎,拿一瓶农药去毒野物。我们交代他定点投饵,还要白天覆盖晚上暴露,天知道他耳朵里听进了多少。

责怪已无济于事。我们的当务之急是赶快送酒鬼看兽医。天开始下雨了,很快就形成瓢泼之势。一束电光射出去,只能照亮眼前两三步,再前面就是白花花的大片水墙。人间世界已不知去向,只剩下轰隆隆的四野迷茫和八方咆哮。

"这雨是不是太大?"我看看天。

"大什么大?你不是说你什么都不怕吗?你不是吹你一个人还在大雨里睡过觉?……"马楠在我背上狠狠擂了一拳。

我与她深一脚浅一脚重新往黑暗里闯,往天塌地陷的前面闯,往一个几乎毫无希望的绝境里闯。我们钻过一棵倒下的大树,绕过一堆倒塌的坡土,好几次是连滚带爬地滑下坡,挂得哗哗枝叶昏天黑地。这一路上,酒鬼好像明白一切,迷迷糊糊但紧紧依偎于我。如果我一时顾不上它,两手离开了它,它还能紧紧搂在我的脖子上,如同摇摇晃晃地荡秋千,没有掉下去。

它一定明白我们在救它,明白可以信赖的面孔在这里。只要我们在,一切都会好起来,风雨再大也肯定会好起来。

我们在一片狗吠声中进了村。很不巧,兽医去女儿家了,我们又惊醒了另一个村子的狗,问到他女儿家。幸好这位兽医对中毒比较有经验,一看就知道事情与硫磺有关,马上给酒鬼灌盐水和肥皂水,设法导吐排毒。神奇的是,这是酒鬼第一次接受打针,居然很配合,似乎也在行,一听我们说要打阿托品,立即主动伸出两条手臂,让兽医在猴毛里寻找针位。

冬天来了,马楠获得"顶职"招工的机会,以母亲退休为条件去母亲所在单位上班——这是当时知青们的另一出路。临走前,她哭了好几场,最后给酒鬼做了一顿好吃的,连煮鸡蛋和煎油饼都摆上了。但酒鬼贼眉贼眼的面有疑色,大概觉出厨房里的复杂动静有一些异样。直到我们在餐桌边开吃了,快吃完了,它还是避开一钵美食,一动也不动。

"它又知道了。"马楠捂住自己的嘴。

它一定是注意到女人的泪花,更加确信了什么,急得一时团团转,抓一顶草帽戴在头上,见我们没笑;又哇哇哇正面大拍自己的嘴巴,见我们还没笑;最后一个激灵扑到马楠前,献上一个久久的鞠躬,还是没发现什么反应。

我们笑不出来。

它挠挠腮,可能觉得自己的表演太不成功,便扑通一声跪地,给马楠叩下一个头,手忙脚乱给每个人都叩上了。

我一把攥住它,"哥们,今天不玩这个。我们喝酒。"

我塞给它一个搪瓷杯。它犹犹豫豫地吮了一口,又吮了一

口,又吮了一口,把整个脑袋扩张成两瓣大嘴,分明是要喷放满腹的沮丧和委屈。"噢——"

它喝多了,喝醉了,满脸翻红时步子摇晃,喷出呼呼酒气,鼻涕和口涎齐下。它咣当一声把搪瓷杯随手扔了出去,抓一把米饭抹在自己头上,在餐桌下无羞无耻地撒了泡尿,擂鼓一般捶打胸膛。它把自己的豪情捶打出来后,突然扑向正在收碗的马楠,其力度之大和神态之狂前所未有,一下就把对方扑倒在地。

"酒鬼——"我们一齐冲上去解救马楠。我右腕上的两三道血色抓痕,就是在这一混乱中留下的。

酒鬼终于被捆绑起来了。它左一下右一下拼命挣扎,头上顶着饭渣和菜汤,一副很堕落和很蛮横的模样,红红的醉眼盯住我们,透出几分愤怒甚至仇恨。

多少年后,我还能清晰回忆这一次仇恨的离别,也没忘记马楠事后的恍惚。在很长一段时间里,她不时出现幻听和幻视,看到路灯投在家中一堵墙上的树影,就说那是酒鬼;推窗看见天边一堆升起的乌云,也说那是酒鬼;往阳台上泼了一盆水,更是吓了一跳,叫叫喊喊地让我出来辨认,看对面一堵破墙上的裂纹是否正是酒鬼的轮廓……我知道,她是指酒鬼正面蹲立的那种剪影,有圆圆的头,两边各支一个小耳朵,一种凝固不动的黑色守候。我们以前外出若是回家太晚,朦胧星光下的路口一定有这样的剪影。我们以前若是早上醒来较早,门外那棵树上,酒鬼最喜欢攀缘的"快乐树"上,也一定有乳色曙光中的这种剪影,正等待我们的开门和问好。马楠对这一个剪影再熟悉不过了。

她给酒鬼的新主人写信。得到的回音是,新主人未能看住它,它有一天突然失踪,可能是跑回山里去了。

我们重访白马湖时,乘船顺青阳河而下,在大王岭下恰好看见岭上有一群猴子拉手连臂呼啦啦吊下悬崖,连成一个猴链来河边喝水。马楠突然眼一亮,跑到船头大喊了一声:"酒鬼——"

那群黑猴纷纷朝这边张望。

"它应了,你快听,肯定是它……"

她打了我一拳,惊喜地跳起来,但我怎么听也只听到舱里的机器声、船下的水浪声,依稀还有点儿鸟叫,听不出更多的什么。

"它真的应了!它就在那里!"她再次朝河边呼叫,"酒——鬼——"

我还是没听到什么。

机动船噗噗噗行驶得很快,一转眼就绕过河湾,把刚才那一幕甩到山后去了,把一片钢蓝色的断崖甩到山那边去了。

23　两根指头

　　贺亦民那一次来水家坡避难,是因为手下人偷了一个军人的文件包,据说涉及高端军事机密,全城的警察疯了一样拉网严查,逼得这位小偷王只好远走高飞。他下乡来找他哥郭又军,却不知对方早已离开白马湖。他无意之间遇到了我。
　　我再次确认他是我的小学同学,我以前熟悉的面孔,眼下的一个二流子,不禁为他捏了一把汗。"你以后怎么办?"
　　"不知道。"
　　"这样下去,总不是个办法。"
　　"放心,不会连累你的。"
　　"你……还是不要自暴自弃吧。"
　　"你是要我学好?我叫你爷,叫你活爷,给你烧高香,这个世界谁稀罕我学好?再说,什么是好?你能讲得清楚?一个老家伙同我说过,当一个银行员工,看见有的人来存一千块,有的人来存一块,会觉得人很不一样。要是当个淘粪工呢,就会觉得人人都一样,裤子一脱都是拉屎喷尿。连皇后、公主喷出的也是臭烘烘,根本不能看。这个世界就这么回事。"
　　我一时不知如何回应这种振振有词的厕所理论。
　　工区同事们好奇于他的街头阅历,但还是不大喜欢他,觉得他懒惰,还挑食,白吃白喝的,一口下流腔十分刺耳,比如把一些街头女叫作"马子",叫作"楼子",意义不大明确但联想空间污秽无比，足令女士们义愤填膺。因为主张卖掉我们养的一只猴，因为放毒饵差一点毒死那只猴，马楠大发一通猴妈脾气，更是同他翻了脸，不但不给他洗衣，在他面前收拾碗筷也给尽脸色重手重脚。

"他是个流氓犯吧？"马楠和蔡海伦机警地猜测。

"他是不是抢了银行？""他是不是走私黄金？""看他那样子不会是杀了人吧？"……其他人也议论纷纷，加强了对自家物品的看管，晚上睡觉时更不忘记紧闭房门。

作为他在这里的唯一关系人，我只能尽力各方润滑，陪他下下棋，扯几手扑克，带他去见识"醉草"，又叫"睡草"或"懒婆草"的——据说人一嗅到它的气味就会昏昏欲睡。他肯定没见过吧？见他没多大兴趣，手操一根树枝有一下没一下地抽打草叶。我又推介"笑菌"，一种人吃了后会大笑不止的东西；再推介"麻树"，一种人沾上木液会皮肤溃烂的东西——以前农民械斗时常用这种毒液涂抹箭头，打猎也常用它涂抹矛尖。他初来乍到人地两生，对这种奇物怎么说也要吓一跳吧？

我带他去打柴，顺便去找一找野生的山楂和猕猴桃。天已黄昏，枫林血红，桦树金黄，芦花玉白，一大群蝴蝶在遮天盖日而来。风在树梢间梳出嗖嗖的声响。烧制草木灰的烟雾爬上山坡四处弥漫。站在山顶上，远处的群山像凝固的大海，脚下山谷里秋色的斑斓五彩十分浓烈，交织成翻腾和流淌，是诗人们一见就要血压上升瞳孔放大并且"呵呵呵"的那种景象——但他对这一切还是看不上眼。

"你们这里的蚊子也太多了吧？还让人活不活？"他丢了柴捆，使劲抓挠两臂，还有额头上和耳后几个红包，一张蛤蟆脸上满是鄙薄。"做好事，拜托了，这就是你们的广阔天地？你们在这荒山野岭也待得住？你们这里是有金子挖还是有银子捡？乖乖，换上我，早就喝农药了。"

"艰苦环境对人是一种锤炼么……"我的辩解肯定不大有力。

"屁话。你锻炼了，又怎么样？"

"我至少会砍柴……"

"涛哥也会砍柴，那又怎么样？"

"……"

他哈哈大笑，"我也没见一年到头吃生米呵。告诉你，当时居委会也来动员我下乡。我同他们说，铐了去可以，捆了去可以，自己去肯定不行。"

"你妈也顶得住？没被那些老太婆们磨死？"

话刚出口，我就知道自己失言了。我忘记了他母亲已早逝，对于他来说只是一张照片，只是一些稀薄的想象。

"对不起……"

他面无表情，低下头，坐下去，一条背脊弯曲，把头埋在双膝之间，好久没有说话，肩头有一丝不易察觉的颤抖。一条树枝被他使劲地折断，再折断，再折断，几近粉碎。

"对不起……"我拍拍他的肩，与他一起挑柴下山。

这一天夜里，我终于被他说动心，决计不再在这穷山沟里傻等机会。事实上，自马涛一案告破，树倒猢狲散，大难临头各自飞，我也在暗暗找出路。"病退"看来是较为可行的首选，很多哥们姐们都成功了。但我能吃会睡，一百多斤骨肉健康得太让人沮丧，拿什么哄过医生的眼睛？我曾广泛打听坊间经验，在胸透时偷偷往肺部贴一锡箔纸片，或在体检前大嚼麻黄素（据说能收缩血管）与避孕药（据说能升高血压），加上量血压时似坐实蹲，暗暗用力，咬牙切齿，一心把要命的血压计水银柱给挤上去。遗憾的是，结果不是锡箔纸片露馅，就是水银柱升得仍不够高，我只得一次次垂头丧气走出医院。看着那些出入医院大门的病人，看那些幸福的肺结核、高血压、风湿症、胃溃疡、罗圈腿……我嫉妒得差一点欲哭无泪。

我没法再装豪迈，誓言自己一不怕苦二不怕死，卧薪尝胆也甘之如饴。这些话自己听了也虚。时间在一年年耗去，我得有一个决断。

"这好办。"贺亦民喷了一口烟，"我来打你一个骨折，等你户口回城后再接上就是。我认识一个妙手接骨的神医。"

"万一接不上呢？我是说万一。"

"瘸了就瘸了，也比你死在这里强吧？"

"你这算什么主意？"

"这叫舍不得孩子套不了狼。你懂个屁呵。"

我不愿当瘸子，但想一想长痛不如短痛，为了夺回城市户口，为了合法地回到文明和进步，我既然无望招工和升学，既然没钱给官员送礼，那还能有什么招？再想一想，不就是一根骨头吗？我在红卫兵武斗时中过弹，左腿腓骨已非原装，眼下再上一次手术台，不算什么大事吧？就当自己再一次战场挂彩，伤痕累累地荣归故里，比暴尸沙场还是要强几分吧？

这一夜翻来覆去没睡好。

第二天，我带亦民再去打柴，来到一个旧村落遗址，找到几堵土墙，一条石板路，还有一块刻有"酒酣醉卧"几个字的残碑，似乎有点什么来历。这是一个天知地知你知我知的僻静处，便于动手。他要用扁担砍我的腿，我担心旧伤叠加新伤，今后不好治，没同意。他要用大石头砸脚，我怕他野蛮操作，搞得我太痛，也没同意。最后，我选择了左手（不如右手那么重要），选择了中指和食指（据说断两指是病退的起码伤残标准），塞在两扇厚重的木门之间。这样，他一脚踹上来，两门狠狠地相向一挤，指骨便可望嘎嘣一声断裂，我便可能在惨叫声中一举成功了。接下去，拍一张货真价实的 X 光片，我便可以理直气壮地拍在干部们面前，走回自己梦中五光十色的城市呵城市。

他朝我嘴里塞了一条毛巾，"准备好了？"

"好了。"

"你放松，不要运气。你一运气还不容易断。"

"我放松了……"其实我早已冒汗。

"你这鸟毛，哆嗦什么？"

"废话少说两句行不行？你要踢就踢。"

"你这筛糠的草包样子太好笑了。"

"臭疤子，你手脚利索点，不然我把你筑到尿桶里去！"

我再次闭上眼，感觉到对方丢了烟头，朝目标看了一眼，深吸了一口气，突然发动全身扑了过来。不知为什么，鬼使神差的那一瞬，他扑通一声翻倒在门前，原来是抬脚之际被我横插一腿，蹬得失去了重心。"神经呵。"他眨眨眼，摸摸屁股，见我的左手早已抽出门缝，"你臭狗屎糊不上壁呵？你连做贼的格都没有，还想干大事。这又不是要你的命……"

我瘫软在地上，与他相对而坐，取出嘴里的毛巾，擦拭头上的汗珠。"对不起，我还得再想想，再想想……"

"尿胀卵，我晓得你就是个尿胀卵。你的事我再也不管了。你最好把你的冬瓜汤一直喝到死！"他跳起来拂袖而去。

回到宿舍，我想给他一支烟，但烟盒已空了，于是我们各自撅起屁股去"打狗"，就是搜寻地上的烟头。我们照例划区包干。我把门厅、寝室、饭堂都划给他，只给自己留下门外的地坪，算是弥补对他的一份抱歉。"你不要生气，我再想想么……"我对他一再赔上笑脸。

这天晚上，我脑子里再次冒出多年前那个想象：人生是一部对于当事人来说延时开播的电影。与其说我眼下正在走向未来,不如说一卷长长的电影胶片正抵达于我,让我一格一格地严格就范,出演各种已知的结果。我可以违反剧本吗?当然可以。我可以自选动作和自创台词吗?当然可以。但这种片中人偶然的自行其是,其实也是已知情节的一部分,早被胶片制作者们预测、设计以及掌控——问题是,谁能告诉我下一分、下一秒的情节?那个情节就是我的两个指头再一次塞进门缝?

我把这两个指头摸了又摸。

24 小 人 们

马涛出狱是六年后,"文革"的大幕已经落下。那一天很冷,阴雨霏霏,我和马楠都参加迎接,去了远在湖区的那个第三监狱。咣当一声,他走出铁门时又黑又瘦,一个老酋长模样,留着长长的胡子,身上还套着囚衣——后来才知这是他坚持的出狱条件。狱方要他剃了胡子再走,他说剃了就不走。狱方要收缴他的囚衣,他说不穿囚衣就不走。最后僵持不下,狱方只好妥协。

他从我六年前的记忆中走出,还是威严依旧,身正容端,对无罪改判一事竟无喜色,与各位重逢也若无其事,一直没怎么说话,只是逐一握手。他让大家等一等,去附近农田走了一圈,在铁丝网前坐了一会儿,去高架哨所那边四处张望,遥看河对岸的风景,突然哈哈大笑了一通。我猜想那都是他留下足迹和故事的地方,突然要离开,还有几分不舍,笑声中有太多复杂的意味。

大甲给他抓拍了一些照片,一个长须黑汉的雨中孤独照——他当时执意不让别人为他打伞,更不愿妹妹给他换衣。

总算上了车,一辆七座的小面包。他听大家七嘴八舌说了些新鲜事,突然插上一句:"我的笔记本呢?"

这话似乎是冲着马楠说的。

"什么笔记本?"

"黑皮的。"

"黑皮?你的东西都在这里,就几件衣,一双球鞋。我没看见什么……"马楠以为对方是指狱方发还的私人物品。

"不是,我是说我的手稿,那两个黑皮笔记本,要你好好收藏的。"

"哦,那个呀,对不起,当初我让小布给烧了……"

"你说什么?"

"我……"

"你说什么?你——再说一遍!"

我察觉到问题严重。果然,他随后一把抓住我,脸色铁青,目光直勾勾的,盯得我的脸皮差一点吱吱吱冒火泡。

"呵——"他双拳重重击头,爆出撕天裂地的一声长嚎,拉开车门就要往下跳,疯子一样的大喊:"让我回监狱!让我回监狱!"

"马涛!"邻座的几位惊慌不已地扑向他。

"我宁愿坐牢——"声音已经滑向车窗门外。

马楠被吓哭了。我也手足无措,脑子一片空白。这事可怎么办?当初为了对付警察搜查,防止案情扩大,除了一烧了之还能有其他办法?在保命要紧的那当口,谁会想到一个笔记本是他的心肝?竟把他的获释之喜变成了这样?

司机紧急停车。我们怎么也攥不住这座爆发的火山,下车后左跟右随,七求八劝,足足陪他走出一两里,才让他止步在河边。两哥们死死攥住他的胳膊,才避免他的额头在树干上砸出鲜血。我们在冷洌的寒风中足足消磨了一个多钟头,几乎每个人都流鼻涕和打喷嚏。但再多同情的喷嚏又有何用?就像他后来说的,两本写得密密麻麻的手稿即便可以重写,但很多灵感可能难以找回。六年前写的与六年后写的,价值区别也太大,就像唐代的瓷器与清朝的瓷器根本不是一回事。即便知情人都站出来说清楚,证明他的写作时间,但那些话在法律上并无意义,也不一定被史家们采信……一段辉煌壮阔的历史奇迹,一部据说足以比肩《资本论》的《权力论》,可能真是在一根火柴之下灰飞烟灭了。

问题在于,我和马楠当时怎么会料到今天?如果警察拿到了那个笔记本,据此把他马涛送上了刑场,怎么得了?

问题也在于,如果马涛压根就不在乎刑场,宁可一死也要确保自己的名节,捍卫自己神圣的学术生命和思想声誉,又有何不可?

事实上,他正是这样说的。"我真的不在乎监狱,不在乎死。唤醒这个国家是我活下去的唯一意义。你们不知道,我病得一头栽在地上时也没灰过心,哪怕吃饭时嚼沙子吞蛆虫也没灰过心,哪怕被五花大绑拉到刑场上陪斩也决不灰心。我被他们的耳光抽得嘴里流血,被他们的皮鞋踩得骨头作响,但我一直在咬紧牙关提醒自己,要忍住,要忍住,要忍住。我就是盼望这一天,就是相信有这一天……"

他哽咽了一下,蹲下去捧住头呜呜地哭了。

我也眼眶潮湿。

接下来的几天,大概就为这事,他过得很不开心。有个记者通过蔡海伦找到他,一心想了解他六年的狱中生活,写出一个传奇性铁窗英雄,配合宣传改革开放的全国新政。不料一开始,对方说错的一个成语就被他指斥,对方嚼口香糖也被他粗声制止。对方说到当年判决书上"反党、反社会主义、反无产阶级司令部"三大罪状不实,一句话使他沉下了脸。"你说什么呢?恰恰相反,我是货真价实的三反分子,他们的定性完全正确。难道你不明白?"他恼怒的口气让对方吃了一惊,大概思路对接不上,一个劲地挠头,冒出了一头汗,仍是支支吾吾。

接下来,对方盛情夸他一句"自学成才",更让他火冒三丈。"什么屁话?我自学了吗?我还成才?"

日夜书

"你自己刚才说,你只是一个高中生,但自学了哲学、政治经济学……"记者两眼大睁,不知自己说错了哪里。

"你以为我那是读《三字经》?"

"对不起,你的意思是……"

"如果你不懂得批判性和创造性的思维,不懂得'六经注我'和'我注六经'的区别,你就不配当一个记者!"

他不顾母亲和大姐的劝阻,气呼呼地把记者轰出门去。直到这时,近视眼蔡海伦才发现他脸上没有谦虚,不是开玩笑,是真生气了。她结结巴巴,慌乱中打翻了热水瓶,碎片和沸水齐飞,场面就更乱。她刚才与老太太有说有笑包下的饺子已无法弥补万一。

据说她跑出门去,回家后一病好几天闭门不出。

她想不通的是,她做错了什么?那记者说错了什么?"自学成才"还算是一句好话吧?怎么说还是属于流行的褒奖辞令吧?但也许是太流行,常常用于那些无师自通的小厨师,巧手出众的小钳工,某个低学历的优秀教师,某个捣鼓出不少技术发明的大头兵……这就让马涛觉得是骂人了。他不会否认这些小人物难能可贵,但他是马涛,一个从铁窗里走出来的思想家,一个像阿·托尔斯泰所说"在清水里泡过三次,在血水里浴过三次,在碱水里煮过三次"的受难者,与这些七七八八的混在一起,什么意思?把他放在报纸的"青春剪影""五月花""创业篇"一类栏目里宣传,挂一点花边,配一点励志格言,什么意思?

好几天里,他窝在家不见客,不访友,不上街,不看报,不去医院检查身体,甚至每餐都吃得很少,只留下满屋呛人的烟雾。我给他说说水家坡和"酒鬼"的趣事,也没换来他的笑脸。

幸好,有一位刚刚出狱等待复职的老部长,耳闻他的名声,派车派人来接他去谈谈。据说老部长激赏他的经历和见识,把他介绍给一位老朋友，大学校长，名流教授，让对方允许马涛跳过本科免考入校，直接就读研究生。他这才心情由阴转晴，满面春风地回到家里，又是给母亲穿针，又是给妹妹讲解社会形势，还与二姐夫碰杯喝酒，满满灌下了一瓶白酒。关于政治学和研究生的前景，成了这天晚上餐桌前大家唯一的话题。

后来的故事是，研一还未读完，因一个观点上的分歧，他与名流教授翻了脸，差一点闹到退学的程度。

我对此忧心忡忡，建议他千万要忍住，屋檐下一定要低头。

"忍什么忍？这种书只能把人读蠢。"

"有一张文凭，算是敲门砖吧。"

"对自己不自信，就别在社会上混。"

"你不是说……"我记得要文凭正是他以前强调的。但我突然想到，这话他可以说，我不可说，否则便有指导之嫌。他不习惯被别人支使得溜溜转。

"也是，也是，杨鲁晋就从来没打算读研，连国外的邀请也不接受，反而要去走黄河，搞调查。"我立刻顺风转舵，提到另一位坐过牢的民主英雄。

"他是什么人？官宦子弟，有人给他铺路，搭桥，抬轿子，还用得着什么文凭？他还需要敲门么？连围墙都有人给他统统推倒。"

"当然，你是靠自己的实力，与他不是一回事。"

"实力？眼下谁承认实力？"他似乎更冒火，"如果那些家伙重实力，就不会联手来打压我。如果北京大学、中国社科院讲实力，就不会不同意我转学。这个社会，蝇营狗苟，我算是看透了。"

"谢老好像很肯定你吧？我是说那个……给你回信的。"

"谢老？好笑，我对现代权力结构的重新解释，他几乎没看懂。我对自然辩证法的创见，还有对宗教功能的再思考……他只字不提。他不可能懂这么多，我可以谅解。但他那些廉价的大帽子，依我看也就是耍耍滑头。"

"也许你的思想太超前，曲高和寡。"

"错！我的每一个字都是常识。"

"你的铁窗经历非同一般，他们应该对你更关注才对。"

"打住，你说什么？说什么呢？"他差一点气歪了嘴，"我最讨厌提坐牢！坐了又怎么样，不坐又怎么样？我还需要用这件事来加分么？我还需要拿这个金字招牌来招摇撞骗——你是这个意思？"

"怎么可能呢？当然不是。我是说……"

"陶小布，你也算是跟了我很多年。可悲呵可悲，今天我总算看清了，你完全不了解我，你们没一个了解我。"

太监当不下去了。君王太难侍候。我不知问题出在哪里，面红耳赤，手足无措，发现自己怎么说都是错，怎么曲意顺从都只能是给他火上浇油。我惊讶地发现，自从他在老部长的高墙大院那里三出两进，自从他的冤案故事和英雄事迹见诸媒体，他的脾气倒是越变越坏。对他的关心涉嫌居高临下，对他的亲热涉嫌轻佻不敬，对他的规劝涉嫌好为人师，对他的回避则是卑劣的冷漠无情……连拍个马屁都可能是冒犯，不是明褒暗贬，就是避实就虚，是可忍孰不可忍。条条大路通罗马，个个话题通愤怒。他已习惯于两眼微眯，用下巴指向来客，目光顺着严正鼻梁薄薄地下泄，对所有小心翼翼的来者布下一种冷冷的俯视，一种警觉和严审。

在这种万能角度的俯视之下，小人们的驴肝肺一律暴露无遗。在这一把愤怒的铁锤看来，到处都有欠揍的钉子，都必须一一猛击。接下来的吃饭就是这样。郭又军一定要请他喝上两杯。

但军哥先给我打电话，然后才给他打电话，已使他的脸色冷却。军哥把饭局定在玉楼东酒店，是他不大喜欢的粤菜馆，更让他脸色阴暗。军哥叫上了一大堆人，据说其中也有杨鲁晋，还有罗什么、高什么的几位，首席宾客的定位较为模糊，免不了又加剧他牙关的暗咬。最要命的，出门时我一不小心再次犯错，说军哥这家伙"最近拿了个行业象棋赛冠军"，可能触碰他的哪一根筋，一只已经迈过门槛的脚，突然又缩回来，不去了。没什么理由，就是不去了，坚决不去了。

最后，他情愿待在家里炒冷饭。

我和马楠打回来几样菜，还有一瓶好酒，说这是军哥特意留给他的。他不听还好，一听便甩脸子，随手把菜和酒统统扔进垃圾桶。

"军哥对你确实是一番好意，今天还以为你真是累了，差一点要骑自行车来驮你……"我说。

"好意？"他重重地冷笑一声，"他不来这一套还好。他越是这样，我倒是越怀疑他心虚。"

我和马楠吃了一惊。他说什么呢？

"他没想到我马涛还能回来吧？"

又是一声冷笑。

我后来才知道，他出狱后一直想弄明白当初是被谁告密，军哥也成了怀疑对象。他曾利用某个春节假期，撮合七八个前红卫兵领袖开过一形势座谈会，知情人极少，军哥是其中之一。但这一情况居然被警察了如指掌，那么军哥的可疑程度岂不迅速提升？整个事情是不是从这里开始出轨？说起来，那个姓郭的毕竟是执政党党员，占有人生发达的先机，不管是出于害怕还是出于野心，甚至是出于男人之间的羡慕嫉妒恨，在绷不住时踹出一脚，不是比阎小梅那一伙更有可能？

"他给我装吧,继续装,没关系。"马涛从垃圾桶里取回那瓶酒,含义不明地反复打量,像打量一件战利品。

我被吓出了一身冷汗,这一夜久久不眠,忍不住回想刚才酒宴上的一切。我琢磨军哥对马涛的仔细打听,琢磨他对马楠的格外热情,琢磨他一个个开瓶的动作、劝菜的动作、脱大衣的动作乃至醉酒时的一声轻叹……看其中有无破绽,有无告密者的蛛丝马迹。他执意给马涛捎一瓶价格不菲的五粮液,似乎也确有几分夸张。

但马涛为什么到现在才说破这事?

早不说,晚不说,他偏偏在这时说,是最近获知了新的线索,还是一碗冷饭终于压垮了他的容忍?

生活真是一张严重磨损的黑胶碟片,其中很多信息已无法读取,不知是否还有还原的可能。

25　大 是 大 非

肖婷长得很漂亮,自己对此心知肚明,因此几乎每天换一套衣,像个衣架子移来移去,大举收缴客人的目光。她在自家客厅有固定座位,总是侧身若干度造型端坐,配上精心布置的背景和近物,配上最迷人的表情,让客人们能从最佳角度看她,看到侧光或逆光之下脖子、胸脯、腰身的动人线条,上一堂古典艺术欣赏课。

作为马涛的又一个崇拜者,她轻易取代了对方的前妻,成为丈夫的联络主管,长袖善舞地出入沙龙和交际各方,特别是那些说英语的洋面孔。据说每次都谈得超精彩,但我从未打听出一二,只能隔墙猜花。"哎呀,都是最前卫的学术思想,都是非常非常……"她摇一摇小手,"用中文没法谈的,中文太糙了。"

临末还时常交代一句:"这些事你不要说出去。"

问题是,她说出过什么吗?

她说过某作家的婚变,但掐掉了后半截。她说过某哲学家的官司,但掐得只剩一个话头。她说过某位气功大师不久前的来访,又掐掉了对方进门后的一切。总之,她是一切名人的朋友,对上流社会无情不知,无密不晓,但她既然身负密友们的深深信任,就不能不闪烁其词,欲言又止,相当于一个称职的保密局职员。

几年后,他们去了国外,留下了肖婷的一个继女,马涛前一次婚姻的结果。这几乎在朋友们的意料之中。

我很久没有他们的消息。直到后来陆续遇见一些国外来人，才知那边情况远非肖婷以前描述的那般顺利。据说两口子抵达那里时，发现机场里没人铺上红地毯，也无媒体记者争相迎候，更无机会见到议员甚至部长——已令他们困惑不解。更实际的是，马涛虽名气不小，但各方的招待也只是两顿三餐，管不了日常的营养保障。肖婷的父亲，一位大学校长，在那里有不少故旧，但他们的资助能力也有限。几个月下来，积蓄迅速流失，两口子不得不开始注意超市的特价食品，还有穷人的食品券。靠一些留学生指点，他们有时也去教堂混上一两顿，再不济就去大学校园里乱窜，寻找一些研讨会的茶歇场合，冒充与会者，嚼上一些饼干，运气好的话还能喝到葡萄酒。

作为寻求庇护的难民，他们倒是得到了一间住房的救济。但与邻居一比，气不打一处来。那个姓高的小胖子比马涛名气小多了，至少没蹲过监狱，住的房子却大了一倍，还有个不错的阳台。凭什么？就凭他以前那顶总编的乌纱帽？

马涛找到难民署的尼克，当过使馆二秘的小伙子，以前就认识的。"中国人势利，你们也势利吗？中国的干部级别待遇，在你们这里也有效？"

对方耸耸肩，"没有级别，这里没有。"

"为什么他的房子那么大？"

"你是说高先生？对不起，你来得晚，只有这一间了。"

"我不信。"

"骂套——"尼克把汉语的"马涛"发音成这样，又挤了挤眼皮加上一句："小伙子，这不是在中国，你不能在我面前抽烟。"

马涛一时尴尬，掐灭烟头，塞回衣袋，赔笑点头道歉。他不知对方为何不讲情面，以前在中国好歹也吃过他马涛的饭，怎么一转背就当面打脸？即便你讨厌烟，即便制止客人抽烟是你的权利，怎么说也得有个"请"字在先吧？也得面带一丝笑容吧？他当然更不相信对方的搪塞。鬼佬们——他现在私下里这样称呼洋人——给那个胖主编送来聘书，从未送给他；多次请那个胖主编去开会，很少请他去，不就是势利吗？不就是狗眼看人低？不就是帝国主义的臭德行？——他差一点冒出当年红卫兵小报的腔调。

他也受邀参加过一些会，关于中国政治和社会的研讨。不过，自己的英语不灵，参加这些会得非常小心，有时听对方哇啦哇啦说一大通，没抓住几个词，只能傻子一般胡乱点头。遇到一个热情万丈的女记者，金发碧眼，风姿绰约，据说是有名的专栏作家，他好容易折腾一个电子翻译器，把自己的情况说了个开头，但对方突然一脸困惑，"你是中国人？你不是井田先生？天哪，对不起。"然后提上皮包走人。他好一阵才明白，女作家一定是分不清东方人的面孔，刚才认错人了。

这一天，也许是主办方粗心，会议的 Schedule 上未注明吃饭地点。他一不留神，在室外抽烟的时间稍长，回来时便傻了眼，不知大家去了哪里。他在会议室周围多方打听也无结果，最后只得找个地方自己埋单啃了个汉堡包。

他离开快餐店时，一个黑哥们追出店门，冲着他大喊大叫——原来是他把提包忘了。他接过提包，连忙赔笑感谢，但也许是一时激动，也许是近来心里憋了太多的恶骂，一出口竟把 Thank you（谢你）口误成 Fuck you（操你），一连说了好几遍。他发现对方表情怪异，依稀觉得这怪异可能与自己有关，但弥补已来不及了。对方暴睁双眼，把他当成一个面包上的蛆虫，左瞧右看好一阵，最后来一个龇牙咧嘴狮子大开口，半瓶啤酒不偏不斜淋在他头上。

"Shit——"对方的大拳头总算没落下来。

更让人窝火的,是会议上的主题发言人辛格教授,列举中国杰出的民间思想家,只把他排在第十一位,仅在"等等"之前,差一点就要"等"掉了。这不是欺侮人吗?如此排序显然是别有用心,是要黑掉他最近可能获得的一个奖,也太岂有此理了吧?他本想站起来当场反驳,但一眼看上去不认识几个人,一听别人嘴里的滔滔英语又有些怯,最终没把手举起来。他黑着一张脸回到家,一股邪火全撒在肖婷身上。"你怎么办的事?沟通来,沟通去,最后就是这样的结果?你还说那个辛格真诚,什么博学,什么睿智,我看就是个大骗子,两头吃,欺世盗名的家伙!"

肖婷从医院下班回家,累得伏在餐桌上已睡着,被他吓得跳起来,面如纸白,好一阵搓揉胸口。"我就给他打电话,我一定同他说清楚……"

"你现在就打!"

老婆连忙走向电话机。

"你告诉他,还不是一个排名的问题,是历史能否还原真相的问题,是历史观能否正本清源的大是大非!"

冗长的电话谈判就这样开始。依照丈夫的指示,肖婷与辛格严正交涉,包括再次详述丈夫的业绩,如坐牢十年(她在英语中调整为"六七年"),如秘密建党(她在英语中调整为"秘密筹备建党"),如武装起义(她在英语中调整为"有一些武器",意思比较模糊,便于多种理解),如卓越而独特的理论建树,在中国最早提出改革和开放,提出了民主与法制,比邓小平什么的要早得多(以一本著名的"黑皮笔记"为证,只是这本笔记尚未发表)……总之,她悄悄修剪了丈夫一时气愤之下的夸张,掐掉了一些难听的话，但基本上表达了申诉原意。"教授，我们非常尊重你，但遗憾的是，你身边的那些人提供了完全错误的信息，歪曲事实，误导舆论，影响我家先生的政治前途。依照贵国法律，我们强烈要求这些人道歉，并保留经济上索赔的权利。"

她把板子打在辛格教授后面的小人身上，是碍于对方一直对他们有资助，每月一千元美金，已持续了一年多。

"马太太，你们中国人真是很奇怪……"

"为什么是中国人？教授，你不觉得种族是个敏感话题？"

"对不起，我是说马先生很奇怪……"

"该奇怪的是我们。"

"是呵，没错，你们是奇怪。"

"我们一点儿都不奇怪。"

"哎，刚才你不正是这样说的？"

这就有点纠缠不清了。

一个又一个电话，交涉持续到深夜，耽误了做饭，只能叫一个外卖的夹肉饼了事。肖婷顾不上吃，在丈夫催促下又紧急写信，力图在有关媒体和有关人士那里消毒。丈夫不大满意的遣词造句，她一读再读，一改再改，废纸团扔出了一大堆，顷刻就填满垃圾桶。在这期间，马涛也打出一些电话，向几个华人朋友控诉辛格教授的无耻，痛快淋漓地用了一把汉语。伪君子、两面派、犹太奸商、到处拍肩膀填支票的作秀大师，美国中情局的白手套，说不定还是中国国安部的双料间谍……他骂完那家伙又顺带骂上邻居，比他排名前几位的那个胖主编。那家伙表面上道貌岸然，但常去逛红灯区，欺骗女留学生，生活上腐败糜烂，嘴里那一套慷慨激昂的说辞，充其量是骗色骗财的一桩生意。什么人呢！

"那是人家的隐私。"一位华人报纸的女记者提醒他，"马哥，这里是自由世界，你这样说不大合适了吧？"

"既无私德，何有公道？"

"你说话……还真有点像共产党的纪委。"对方笑了起来。

马涛气红了脸，摔了电话。"二鬼子！不就是多喝了几年洋水吗？"

"我看就是个婊——"他把后半句掐了，总算给自己留了一点风度。

骂来骂去，最后肯定还要骂到马楠和我。他痛恨我们当年烧了他的手稿，其严重后果眼下已显露无遗。一把火烧去了那段历史真相，以致他无法证明自己，无法面对那一段过去，让那些小人们统统闭嘴。

26　遗　言

　　再次推开这一张门时，母亲已经走了。她的枕，她的床，她的房间，已经空了。她的一些破旧衣物残留秽迹，但散发出一种熟悉的余温，已被打成一个包，抛入黄昏中的垃圾站，很快就被苍蝇飞绕，被蚂蚁攀爬，让我不忍回看。我后来每次走过垃圾站都有几许心悸，至少有几分茫然。

　　从道理上说，我知道这是好事。将心比心，我要是她，也会希望早一点解脱。她病倒已数年，即便那一次在医院里恢复得最好，也是食不甘味，神志混乱，常常拉坏裤子和被褥。这样的日子实在痛苦。每次醒来后看一看电视，实际上看不清，也看不懂，只是一种漫长的呆坐，一种面对五光十色的时间苦刑。在大姐家住过，她不大习惯，据说每晚都坐在床头不能入眠。在二姐家也住过，她还是不习惯，成天站在阳台上守望，还恢复了咳嗽和喘息。我同马楠商量，还是接回来吧。于是，我把她背上五楼——当时我并不知道，那就是她最后一次回家。她再也不能活着从这张门走出去了。

　　她从来记不住我背她上楼的事。包括每次送医院，包括上公园或躲地震，我背来背去的结果是她的感慨："涛儿力气大，上楼下楼都亏了他。"

　　马楠忍不住说："哥在国外，他的魂来背你呵？"

　　母亲指了指我，她的女婿，"不会吧？是他背的？"

她似乎明白了,但后来再提此事,肯定还是张冠李戴。"嗯,涛儿力气大。"

她已这样认定了。正如她把马楠买的生日蛋糕,说成是马涛买的;把马楠买的棉鞋和电热器,说成是马涛买的;连大姐、二姐买的衣服和床单,都成了宝贝儿子的一份孝敬。三个女儿一提起这事就很不高兴,就说老人太偏心,重男轻女。"你们去打个电话呵。涛儿要回来吃晚饭吧?"她有时突然这样发问,似乎必须把一个多年来未曾回家的儿子,想象成身边的事实,一种看得见、摸得到、嗅得着的孝顺。

她的胃口稍好了一些。稀饭、面条、蜂蜜水、生黄瓜,多少能吃一点。她显得高兴了,便多说一些话,甚至能开一开玩笑。她说大姐长得俊,但对大姐夫太粗心,太凶,由此说到自己年轻时对父亲也凶,现在想起来心里还是欠欠的。接下来,她叹了一口气,宣称自己快要死了,顶多也就两三年了,以后给丈夫扫墓都很难了。

我问她还有什么事放心不下。

她摇摇头,突然眉头紧锁地抱怨:"他对我不好呢。"

"他不是给你寄来了药?"

她不吭声,似乎知道我在骗她。

"他太忙了,没办法,也许秋天能找机会回来。"

"今天天气真热。"她把话头岔开。

我知道她其实希望我继续往下说,包括说那些假话。

"他不是来信了吗?不是来电话了吗?依我看,他对你比以前好多了。昨天他听说你睡着了,就要我们不去惊动你……"

"他不是对我不好,不是。"她终于点点头,合上眼皮,摸了摸毛衣,陷入一种含混不清的嘀咕。"就那个姓肖的主意多……"这大概是指她的儿媳。

不知什么时候,她把目光投向我,眼巴巴的像个孩子。"你说,这次发病,怎么就不回头了?"我看出她眼中的失望和慌乱。放在以前,只要我与马楠在她面前,只要我与马楠说她的身体没事,她就会点头,就会放心地入睡,发出均匀的鼾声。可这次情况有点不同。能想的办法都想过了,能找的医生都找过了——他们都含糊其词。她肯定感觉到这一回我们的目光不像以往那样坚定,口气不像以往那样爽快,便不再多说话,再次叹一口气,看电视屏幕上的浮光掠影。"这只鸡怎么没毛?"她指着屏幕表示惊讶,其实屏幕上是一位比基尼女郎,在她的眼里恍惚了。

吃药和注射仍在进行,但充其量只能减少她一点咳嗽。这一天,她吃了一个汤圆,一点麦片粥,一点燕窝汤。第二天,她只吃了几勺稀饭,一点麦片粥,两片苹果,但精神似乎还好。马楠劝她多吃时,她还能发发脾气:"不吃就是不吃。老问什么呢?"第三天早晨,她气息变得有些虚弱,说自己的脚痛,让马楠揉了好一阵,但已不大说话了。十点十分,马楠发现她额上开始出汗。十点二十五分,马楠发现她呼吸开始变粗。十点五十分,救护车应招抵达,医生进门来,发现她睁大眼睛,死死地盯住床边的墙,手腕上的脉搏已消失。十一点二十二分,医院急诊室里的抢救开始,呼吸机、起搏器等设备悉数上阵。

我请假提前下班,匆匆赶到医院急诊部,发现医生已放弃了抢救,将大白布拉过来盖住她的脸。这时是十一点五十分。二姐和二姐夫已经到了。大姐和大姐夫随后也到了。马楠与大姐赶快去买鲜花、取寿衣以及准备遗像。二姐则同一个老太婆吵架,说对方的洁身费和整容费要价太高。

根据老人生前的交代,没有任何追悼仪式,甚至没有通知任何外人。在儿子的电报到达,塞进她怀里后,我们便从医院太平间出发了。灵车一路缓行，被很多汽车超越，到大桥时却突然不动了。司机钻到车下去修理，忙得满头大汗，也让我焦灼不已。后来想一想，这也许是母亲还舍不得走，想多看一眼江边的风景？或许是她不明白电报是怎么回事，觉得送行者当中还少了一个身影，她还得在这里等一等，再等一等，再等一等？

火葬场正在改建，到处堆放石材、水泥、砖瓦，是一个乱糟糟的工地。待一切手续办完，母亲被焚尸工转到轮车上，送入黑洞洞的炉膛。电闸一拉，巨大的锈铁炉门发出咣当震响，震得轮轨和轮车都颠簸起来，母亲的一缕黑发也从白布里抖落。马楠要前去整理一下，被焚尸工拦住了，于是只能眼睁睁地看着老人以她一缕黑发向世界告别。她的白发一直很少，因此白布下挣扎而出的一缕黑发，似乎是一道闪电，一道鞭影，一道裂痕，向脏乱不堪的火葬场暴现一个女人顽强的青春。

鼓风机轰轰响起来了。我们追到室外，见烟囱里飘出一道薄薄的青烟，越升越稀疏，越摇越透明，最后完全消散在蓝天。

马楠忍不住，终于捂住脸，一头扑进小汽车，躲到那里放声大哭。她一定是哭母亲的消失之地如此不堪，哭锈铁炉门粗暴的巨响，哭炉墙和地面的肮脏，哭其他几具陌生尸体在炉前的混乱拥挤，哭自己未能在焚尸工前坚持一下，最后为母亲理一理头发——回报母亲这一辈子为女儿千万次理过的头发。当然，她也可能是哭这十多年来的日日夜夜，一次次在老人走失后的满城寻找，一次次在老人拉坏后的全面洗涮，一次次在老人误用灶具后的扑灭火情和收拾残局，还有一轮轮应对老人彻夜咳嗽的焦虑不眠⋯⋯好了，火情不再有了，咳嗽不再有了，一切烦恼和折磨都已结束，她应该轻松了，自由了，高兴才是。她怎么有那么多泪水夺眶而出？

那么，她是哭母亲这一次不仅带走了爱，也带走了自己的全部委屈——或者说与委屈等值的爱,让她哭得如此孤单。

她是哭母亲的最后一句话吧?

这最后一句遗言是:"涛儿,你再给我揉一揉脚。"

27　女权教授

　　蔡海伦是不是被马涛误了青春，人们说法不一。

　　因出身基督教家庭，她便有了这个洋名。马楠是她的好友，曾一心想让她当自己的嫂子，也不明白哥哥为何不感兴趣。在她看来，马克思身边有燕妮，列宁身边有克鲁普斯卡娅，那么哥哥身边就应该有海伦姐，有这个读书成癖的才女。至于海伦姐的大手、大脚、大鼻子、大嘴巴、大门牙……有些人一说起就笑。那有什么好笑呢？如果这算不上漂亮，那什么样的门牙才能算得上漂亮？

　　马楠再次慢一拍，很晚才明白一点男人的心思，才明白小安子为什么对她大笑，笑出了美人咳和泼妇叫。

　　这件事的结局可能也让海伦很受伤。回城后，自那一次马涛把她带来的记者轰出门，一别多年没有消息。我再见到她时，发现她依旧单身，依旧有一张马涛的嘴，动不动就"我以为"或"倘如此"（鲁迅常用语），动不动就蹦一个"逻各斯"或摔一个"布尔乔亚"（"逻辑"或"资产阶级"的旧译），有些言语习惯还停留在昨天。体态当然有所变化。宽大饱满的额头上仍是短发，但胖了些，比从前更垮一些，有点大娘模样了。她已当上教授，但背一个小女孩常用的熊猫双肩包，挂一个海豚饮水瓶，倒有点马戏团的味道。架上深度近视眼镜，思考时偶尔挑一支香烟，又有一种理科男的深刻风度。唯一的怵人之处，是她笑点太高，差不多是一个面瘫，好像一辈子没笑过几次。

也许是因为长期专心授课，她说起话来几乎每一句都有重复，不是重复关键词，就是重复后半句，似乎眼前有一群学生在紧张笔记，她重复一下可让大家跟得上，听得清，记得准，知识点传授无误。但这样说成了习惯，就成了舌头自带回声，一个人包干两步轮唱，不无嘈杂喧哗之感。比如劝母亲吃药时，她的开导成了这样："……你不吃药是不对的，不对的。这是对自己的身体不负责任，不负责任，不负责任。这种丸子是眼下降血压药物副作用最小的，副作用最小的……"

她说得再对也没用——她家保姆说，老太太拒绝吃药，其实是要要小脾气，闹一点事端，让儿女多关注她，并非不知吃药的重要性。

但教授不大理解这种逻辑，觉得自己够孝顺了，吃药治病是硬道理，科学化的关照方案无懈可击。第一，她给母亲买了五种保险，买了五种保险；第二，她每个星期都来探视两次，探视了两次。第三，她每次探视都带来了价值不少于百元的礼品，不少于百元……那么她还能怎么样？还能怎么样？还能怎么样？她觉得保姆的说法，不过是推卸责任，夸大老人的心理变态。好，就说变态吧，她好几次带心理医生来看过。几个小时下来，图片看了，游戏做了，连最新款的心理测试仪也上了，搞得老人很高兴也很糊涂。医生们最后都说，老人各项指标正常，数据摆在那里。

她也曾与母亲深入交谈，但每次都不欢而散。母亲还是希望她放下那个姓马的，另找一个男人，不能像个游魂和野人，不能像个没锅的锅盖。这天下不是只有姓马的一个吧？……她立即纠正母亲的大男子主义，说女人不是锅盖，男人更不是锅。有一本西方著名的理论《第二性》是这样说的，这样说的，这样说的……母亲不懂西方的这一性那一性,气得一闭眼,摔东打西的,后来索性冒雨出门,下坡时勇敢地摔一跤,摔断了右手两根骨头,大概是想用骨折事件一举击破女儿的"第二性",粉碎教授的各种混账话。

但女权是海伦不可放弃的原则。面对一种极其错误的腐朽观念,她能不警觉和批判?能不苦口婆心和循循善诱?能不摆事实、讲道理地据理力争?对的就是对的,错的就是错的。如果她连身边的家人都不能说服,还有什么资格去启蒙学生与大众?还怎么挑战中国几千年封建主义思想传统?吾爱吾母,但吾更爱真理。作为一个现代知识分子,海伦觉得自己的学术道德底线不可动摇。

她母亲病故于秋天,是不是与气恼有关,不得而知。

一些老朋友参加了追悼会。答谢餐聚会上,绰号叫"尿罐"的不知何时的一句"娘们",涉嫌对女性不敬,被海伦义正词严地追究了一通。我也很栽,虽知自己身份敏感,一直小心翼翼,蹑手蹑脚,瞻前顾后,但无意间嘴里溜出"太太"一词,还是踩响了女权主义的地雷,炸出了筷子落下和杯盘碰撞的声音。顺着声音看去,海伦紧紧捂住嘴,一个要吐的样子。"行行好,"她摇摇手,喝了口水,长舒一口气,向大家表示自己忍住了恶心,"什么腔呵?是不是还要说'贱内'?是不是还要说'奴家'?"她的一声冷笑似乎与我有关。

"我怎么啦?"

"'太太'不是你说的?"

"说了吗?好像说了吧。这是不是……"我不明白。

我以为这一个文雅的词,拍了女人们的马屁,没想到在海伦那里还是祸从口出。她耸了耸肩,摇一摇头,大概觉得我等凡胎愚不可及,使她无心再费口舌,便起身退席了,去另一间房翻看杂志。

　　整个场面僵在那里。大家面面相觑，不知"太太"错在哪里，更不知还有多少词在这里危险万分，随时可能让女主人拂袖而去。也许我们确实无知，但今天不是来开追悼会的吗？大家七嘴八舌回忆海伦她妈的一些往事，回忆她妈当年如何一次次来乡下送猪油，如何给大家洗衣服和缝被子，如何帮马楠收割白菜差一点一跤摔到了湖水里……感怀老前辈之际，是否一定需要展开学术讨论？是否一定需要在所有学术讨论会上都把女权主义和女性主义（海伦认为这两者大有区别，大有区别，决不可混淆，不可混淆）年年讲、月月讲、天天讲？是否一定需要像刚才海伦对"尿罐"那样，时而英语，时而引述，时而举起双手挠动一个指头（表示此处有单引号）或两个指头（表示此处有双引号），说到激动处便伸出一根食指在空中朝前点击，一下又一下，如一枪枪精确地戳过来，戳得"尿罐"这样的水果贩子张皇失措丢盔弃甲？

　　我们这些臭男人，肯定是满身毛病，但也不一定每个毛孔里都充满男性阴谋，都把女人当成了玩物、陪衬以及奴隶吧？我们再大的罪过，也不妨在追悼会以外的什么地方来清算吧？

　　大家闷闷地吃完饭，各自散去。我本来想说一下老场长吴天保的死，我不久前在白马湖听说的，终究没找到机会。

28　万水千山总是情

父母离婚时,法院依照女方要求,把笑月判给了父亲。但肖婷似乎一直不能胜任继母的身份,总是嫌笑月舌头大,说不好普通话更说不好英语,又嫌她刷牙弄脏衣,喝汤声音响,走路的步态像螳螂,还不知从哪里带虱子回家。

有一次,抽屉里的十块钱不见了,到底是孩子偷了,还是继母记错了,一直是说不大清。但一场大动干戈的追查后,两个女人之间的关系无法弥补。笑月的眼睛几成喷火器,填装了弹药,扣紧了扳机,一再瞄准继母的香水瓶、试衣镜、丝织旗袍、各种首饰……肖婷后来强烈要求迁居国外,据说就是不堪自己的物品总是莫名其妙地消失或毁坏,不堪小刁婆没完没了的阴谋。她也没法把孩子甩还给那个下落不明的生母。

马涛一出国就音信几无,似乎不知道父亲的电话对一位八岁女儿意味着什么。那一段,笑月疯了一样,总是披头散发,找遍了所有亲戚和父亲的朋友,找遍了父亲以前出入的一切场所。她在父亲以前带她游玩过的公园甚至守了整整一夜,一直呆坐到天明,觉得树林那边的路灯下有可能出现奇迹。

我告诉她,她父亲一直在关心她,给她带来了礼物。

"你们骗我!"

我说,她父亲不久就会来接她。

"你们骗我!"

我说，我们最近也没有她父亲的新消息。

"你们骗我！我知道，他给晶晶她妈妈打过电话，给艳艳她爸爸打过电话，给帅佗他爸爸打过电话，就是不给我打……"

她泪流满面大哭起来。"姑爹，爸爸不要我了，是吗？爸爸讨厌我了，是吗？你去同他说，求你去同他说说，我再也不砸家里的东西了，不行吗？我再也不吃手指了，不行吗？我再也不要冰激凌了，我再也不撕课本了……"

我只能把她紧紧抱在怀里。

"我每天写生字写一百遍，每天都做最难最难最难的算术题，四位数加四位数的，再减四位数的，再乘以四位数的，不行吗？……"

"笑月，你是好孩子。这里有你的姑爹，还有你大姑、你二姑、你三姑呢。"

"不，我要爸爸——"

她哭得呕吐起来。就在这天，她再次街头闲逛，在路边捡了一块玻璃片，在腿上划破一道口子——这是划给她父亲的；再划一道口子——是划给她生母的；再划一道口子——是划给自己的。照她后来的说法，她要用血来报复那两个家伙，当然还要惩罚他们的孽种，就是她自己。跑得了和尚跑不了庙。冤有头，债有主，血债要用血来还。她必须让世界上本不该有的这一家人统统痛苦！她怀着一种兴高采烈欢天喜地大获全胜的心情，看自己皮开肉绽，看鲜血横流，想象那个叫马涛的人一时束手无策。

她幸灾乐祸地笑了起来。

她成了三个姑姑家的女儿。吃饭穿衣倒不是问题，但没人能帮她找回一个爸。有一次，她在大姑家玩布娃娃还算高兴，看大姑爹与两个表姐躺在床上，不知说到什么高兴事，叽叽喳喳笑成一团，没大没小地滚成一堆，她突然脸色惨白跑到另外一间房，扑倒在自己的床上，用被子紧紧捂住双耳。待大姑爹发现她时，她在右手上已咬出两处血痕。哪怕大姑烧的狮子头是她的最爱，她后来也再不愿住大姑家。

三个家，六个长辈，家规不统一，也是教育孩子的难题，是孩子目光日益混乱的原因。有人说可以这样，有人说不可以这样。有人说可以那样，有人说不可以那样。一幅画被油画、粉画、水墨画好几种颜色涂抹，难免不是奇形怪状。光是一个给不给零花钱的问题，我就与马楠呛过好几次。我用三个古代少年英雄的可爱小故事，好容易说服了孩子，让她收回了要钱的手，但一转眼马楠就把钞票塞入她的衣袋，差一点让我吐血。马楠的理由是："人家都给了，我们怎么可以不给？我们不疼她，还有谁疼她？"

几乎在我的预料中，她逃学了，成绩下滑了，考试舞弊了，还学会了躲闪和逃避，比如一遇考试就宣布腹痛或头痛，不知是真还是假。她小小年纪就偷偷地描眉、抹口红、做卷发、涂指甲、出入网吧或酒店，吹嘘自己将去国外继承遗产。

我觉得应该找她好好谈一谈了，但马楠再一次冲着我瞪眼睛。"你知道什么呀？你根本不了解她。"

"你了解，那你说一说看。"

"你以为她不爱学习？你以为她不刻苦？你以为她缺乏同情心？……告诉你，根本不是你想的那样。"

"三岁看大，七岁看老。她的来势可不大妙……"

"闭嘴。不准你这样说她！"

"马楠，你没看见吗？她怎样对待邻居的？怎样对待邮递员和保洁工？她是不是已经被你们惯得……"

"你胡说！"

马楠委屈得脸歪了，眼眶红了，冲到孩子的房间，清理那里的积木和图书,摔东打西的声音震天响,激动程度让我大吃一惊。她凭什么把自己当作孩子的知己?她们俩真有什么说不出来也不可追问的共同秘密?莫非是生育这一块心病,使她就把孩子当作自己的伤口,舔来舔去,最终舔昏了头?

我尤其不能提到一位女邻居,名叫陶洁的那位,上过报的特级教师。有时我不过是说起邻居的合理化建议,不要给孩子太多玩具,不要给孩子太多零食,长辈的意见口径务求统一,诸如此类,马楠就气不打一处来。"开口陶洁,闭口陶洁,她是你什么人?"

"你这是什么话?"

"你们都姓陶,本就是一家的。你去同她过吧,去呀!"

这事就没法谈了。

我知道,一次人工药流手术不当,是她一直不孕的原因。我反复安慰过她,说事情都过去了,既然已经这样,我们当一当"绝代佳人"也不错。但她很长一段时间难以释怀,总是切齿诅咒她当年遭遇的那个男人——我们多年来不碰的伤口。

大概是因为不孕,她活得较闲,也不无自卑和心乱,于是对婚姻常有点神经兮兮,对我的女邻居女同事女同学等很在意。她接到这些人的电话时,不时粗声闷气,想大方也大方不起来。她对我多看两眼的那些杂志封面女明星也警觉万分,一旦发现这种情况,便要数落她们逃税的丑闻,假捐的丑闻,违反交通规则的丑闻,要不就诋毁她们的假睫毛或者假鼻梁,似乎怕我一转眼就去杂志里偷情,甩下她不管。如果我有几天话不多,她就疑神疑鬼,不相信我是太累,一再逼问我是否在外面有人,是否有流行歌或电视剧里的那些情节。即便我一再强辩自己的清白,她还是不厌其烦地反复求证,比方逼问我想不想她,是如何想的,在什么时候想的,都想了她一些什么——恨不得我自剖脑袋,提交一大堆脑电图，供她仔细比对和研究。

"你可以出轨，可以不要我，没关系，我不计较。但你得实话实说。"她一次次逼我招供，一心撬开我的铁齿钢牙。

"你烦不烦？"

"不，就是要你说！到底爱不爱？"

"你是一个爱情犯，天天打砸抢呵？"

"就是，就是要打砸抢。"

我曾经说过，我不大习惯"爱"这个词。它有点过于欧化吧？与西洋电影关系密切吧？多少有点台词的感觉吧？我充其量接受"喜欢"或者"情"。在我看来，把爱情、亲情、友情、热情煮成一锅其实更好。但她就是偏好进口台词。

她掐我，揪我，打我，拉扯我，恨不得摆上老虎凳和辣椒水，撬出了进口台词后才可能结束刑讯。"你等着，哪一天我非用针线把我们两个缝在一起不可，再也分不开。"她喃喃自语地憧憬未来，终于睡了过去。

缝出一个人肉褡裢，不至于吧？这种血淋淋的憧憬只能让我心惊肉跳。

不知从何时开始，她简直变了一个人，让我无法联想多年前那个看见公牛爬背也大惊小怪的"懂懂"。一个同事来过了，一切都很正常，但她根本不关心也不明白来人谈的是什么，不关心也不明白来人说的住房改革是何意思，只是一口咬定："他同老婆的关系不正常了，肯定是这么回事。"又有一次，在街上遇到一个熟人，她没同对方说上一句话，整个见面也不过短短一刻，她不知凭什么就扭紧眉头："可耻！"

"你说什么？"

"他手淫时说不定会乱想，恶心死了。"

"你怎么知道……"

"你没看他的眼睛?"

"他眼睛怎么啦?"

"他往哪里看?往哪里看?……不同你说了。你这个瞎子。"

我承认,与她的明察秋毫相比,我基本上是个瞎子。我没法在生活中一眼准,甚至只是鼻子嗅一下,就能发现那么多色魔、失恋人、闷骚汉、小三、早恋者、性冷者、单相思者、性变态者、老牛啃嫩草的家伙……在她眼里,世界似乎不是由公民组成,不是由人组成,只是由情欲激素组成。克林顿的伊拉克战争不存在,只有风流总统与谁好上了这件事存在。普京的强国政策不存在,只有英俊总统是否吸引了女粉丝这个问题存在。飞机的速度、材料、配置、推比度、涡喷气流统统不存在,只有乘机蜜月旅行这一美好图景存在。总之,万水千山总是情,粉色是个纲,纲举目张。

这并不是说她风流放荡。恰恰相反,她的性取向其实十分保守。即便高潮之际,颠鸾倒凤,向往一些新花样,甚至气喘吁吁地赞同春药、性工具、三P……但只要一转眼立马变脸,搂上裤子就成了圣女,束好头发就成了中学班主任。

"想得美,我决不能让你学坏。"她狠狠瞪我一眼。

"这可是你红口白牙说过的。"

"怎么可能?告诉你,你一肚子坏水,休想赖到我身上。"

"怎么就成了坏水?"

"你们男人好得了吗?"

再同她争辩下去,她又要扯上女邻居了。

又一个政治热季到来了。电视机前的人们都在关注屏幕里的军车和坦克,揪紧了一颗颗心。在这样一个思想和情绪终遭撕裂之际,她居然像个高龄儿童,虽然也关注,虽然也焦急,虽然紧张得捂住眼睛从指缝里朝外偷看,但东一句西一句的感叹总是不得要领。屏幕上出现一个烧成焦炭的年轻军人,还有相关的生前照片,立即引来她一把伤心泪。"可怜呵,这么年轻,这么单纯,肯定没谈过爱的……谁下得了这个手?"不一会,屏幕上出现了一位女子,是政府通缉的要犯,她不管自己刚才哭过了什么,立即连连跺脚搓胸口:"真是扯!她怎么可能是个坏人?你们看她那气质,那风度,那种冰雪聪明的眉眼……"

当时电视机还不太多,一些邻居在我家看电视。其中一位逗她:"你还要窝藏这个人是吧?"

"为什么不?我要是遇到她,肯定……"

"你吃了豹子胆么?"

"我就敢。"

"嘿嘿,你不怕引狼入室?那女人比你可漂亮多了,同你老公勾搭怎么办?同你老公私奔了怎么办?"

冲着一片笑声,她愣了一下,觉得有点为难,"他真要是跟这样的人私奔,那我也就服了。"

也有人没把这些看作笑话。几天之后,警察大概接到举报,上门前来调查,看到底是谁打算窝藏通缉犯,是否真窝藏了乱党。他们又是询问又是笔录又是四处查看,闹出不小的动静,引来邻居们伸头探脑地围观,以至多年后,我在机关里遭遇麻烦,有人还曾拿这一段来说事。

她承认自己有点糊涂,也接受我的建议,决定今后少看一点爱情片。她练习毛笔字,把口琴找出来吹一吹,甚至把少年时代的《卓亚和舒拉》或《青春之歌》翻出来,正襟危坐地读几页,大举返回人文经典,直到自己读得昏昏欲睡。但这一天她还是慌慌地跑来,摇着我叫喊:"五十岁怎么就成了老大娘?"

我吓了一跳,也去看一眼电视,发现那里没有地震和战争,不过是一条有关社区卫生工作的小新闻,纯属鸡毛蒜皮,只是记者现场解说时，不知何时说出一句"五十来岁的老大娘"，竟然让她如遭高压电击。

中年妇女不至于如此心理脆弱吧？在人家小青年的眼里，五十来岁的人可不就是老了么？

"电视台是党和政府的喉舌，怎么能胡说八道？"

"放在以前，三十多岁的都能做奶奶。"

"以前是以前，现在是现在。中央电视台，中央的，国家的，总不能开历史的倒车吧？不能恢复封建主义吧？以前还有童养媳呢，以前还裹小脚呢……难怪呵，连电视台都这么乱来，社会上的坑蒙拐骗杀人放火，当然少不到哪里去。"

她真是越扯越远。

接下来，她执意封杀电视台，说这些烂节目不看也罢。即便我开机，她也余怒未消，在一旁现场监督，时刻准备投入斗争。一见电视里宣扬商品经济，她立即表示抗议："什么商品经济，说得好听。我前天买一双鞋，只穿了两天鞋底就掉了，里面全是纸……"一见电视里报道企业承包制，她也怒气冲冲："承什么包？都成了私家菜园子，凭什么呵？你看八幢的那个赵厂长，一天一瓶五粮液，是喝他自己的钱？……"电视里播放卫星上天的实况，该是举国同庆的好消息了吧，该没什么话好说吧？但她仍然鼻子不是鼻子脸不是脸。"我就奇了怪了，好多人连饭都吃不饱，国家烧这种钱干什么？你上了天又怎么样？放个礼花不是更好看？"

总之，自电视台冒犯了中年妇女，通过一个小记者的嘴，画出了五十岁这条青春终止线，她便耿耿于怀，以牙还牙，有仇必报，祸及其他所有的内容。她几乎怀着一种审看敌台的心态，对屏幕上的一切都挑剔和谴责，把电视机里的零部件都当作狼心狗肺。

"马楠，你还讲不讲理？你不能这样神经质吧？"我哭笑不得，"你好歹也是个电大毕业生，好歹还是你们公司的业务组长……"

"陶小布，我说得不对吗？"

"你说出口的话，总得有点分寸，总得过过脑。"

"你也觉得我是老大娘了？"

"这可是你说的。"

"你就是这个意思。"

"我觉得，你是得考虑吃药了。"

"你咒我是吧？"

"不是咒。解除心理障碍，药物介入很正常。陶洁说她的表姐就是……"

我话未说完就知道自己已触电，哪壶不开提哪壶，想改口也来不及了。我只能眼睁睁地看她五官线条一股脑弯垂下来，胡乱收拾几件自己的衣物，哇的一声哭着跑出门去。这一夜，她不穿棉衣也不戴围巾，一个人跑到江边广场站到深夜，冻得自己全身发抖嘴唇乌紫，让我开车好一番寻找，苦口婆心地解释和规劝。我得让她相信我没打算甩下她不管，真的没有，真的没有，对老天起誓没有。好，我的设计报告是没法做了，这且不算。家里的水壶烧了个底儿透，差一点酿成火灾（慌乱中忘了关火）。我的一个手提包不知掉在哪里（肯定在哪里忘了锁车门），里面的身份证、驾照、信用卡等都需要麻烦透顶的重新补办。这乱糟糟的一切后果，就是她快意的惩罚？就是她不屈不挠的爱呵爱？

我差一点大喊：马楠呵马楠，我一辈子为你打蟑螂，一辈子为你开瓶盖，一辈子为你淘臭水沟，一辈子为你背包扛箱，一辈子帮你解开绳子的死结，一辈子为你修理自行车，一辈子为你挠痒痒——你挠不到的背上我都能挠……这样的老公还不够吗？你还要我怎么样？你就不能在一个女邻居的问题上消停一点？你笨得连自行车都不会骑，连电视遥控器都永远是胡乱摁，但折腾老公如何一套又一套？

最后还是药物发生了疗效。谢天谢地，氯硝安定和阿米替林终于松弛了她紧张的神色，脸上还有了久违的笑。她在这一份化学所挽回的周末宁静里，看了一个美国婚外恋题材的影碟，哭湿了一堆纸巾，长长地叹了一口气。"婚外恋也有好美的故事。我真是没想到。小布，我是不是太狭隘？是不是像个狼外婆？是不是像个母夜叉？是不是成了一个好坏好坏的家伙？"

"那倒不至于。"

"你说真话？"

"当然。"

她停了停："你要是碰上了那样的好女人，我不会怪你……"

"是吗？你要是碰到这样的男人，我也不怪你。"

"你还会帮我吧？"

我一时语塞。

"你说，说呵。"

"也许吧……"

"也许什么？你的意思是会帮我？"

"你一定要把我整得那样崇高？戴个绿帽子还得争先恐后？"

"你爱我，就不能太小气。你绝不是个小气人。不过，你要是帮我，我肯定会更爱你。小布袋，到那时我可怎么办？我不能把自己劈成两截吧？我不能把一只手缝给你，把另一只手铰给别人吧？"

我紧紧拥抱她，打断她有关缝纫的又一轮惊魂想象。

她后来翻读小安子的日记，不知读到了什么动心事，又摇动我的肩膀。"小布袋，你要去找找她呵。你在国外有那么多朋友,就没有一点办法?"

"丹丹都找不到她,我能到哪里去找?"我是指小安子的女儿。

"她把日记都交给了你,这意思你明白吗?这说明她信任你,指望你,说不定偷偷喜欢过你。你同她真的没好过?真的只是拉过一下手?你不要给我装傻。好,不管你们好过没好过,我不管,你总得为她做点什么吧。一个女人在外面漂,心里肯定苦。你还是去想想办法吧,至少,你得帮她整理一下日记,想办法给大家看看,让大家不再误解她……她其实真不坏。小布同学,我同你说话,你听见没有?我非常认真地同你说,要是连你也不理她,把她当一个笑话,当一个疯子,那她就……"

她的小辫子和黑眼睛又红了眼眶。

"别急。我会去找的,会去找的……"我给她递上一条毛巾,想再提一下陶洁,同她开个玩笑,但想想后还是咽了回去。

29　陆大宝贝

　　陆学文很关心笑月，经常说到他的一位老乡，就是笑月所在那个中学的一位年级主任。据他说，笑月有一次偷了班主任的进口手表，本来是要取消学籍的，他给老乡打了个招呼，就大事化小了。笑月同几个男同学玩感情，搞得其中一位差点自杀，也是靠他给表弟打个招呼，把笑月调换到另一个班，抹平抹平就算了，没让男方的家长来吵事。

　　他说到这些时，脸上总有一种暧昧不明的笑，像是贴心贴意地前来串谋和报功，也像把柄在手时的暗暗得意。

　　我一再强压怒火，假惺惺地表示感谢。

　　我不知道笑月这孩子何时进入了他的视野。事情看来是按部就班步步推进的。有一次，他请我吃饭，餐桌边竟冒出了马楠的大姐，吓了我一跳。这家伙什么时候同我家大姐混成了熟人？又一次，他笑眯眯地把手机递给我，说有人要与我通话。我接电话时更是吓了一跳：肖婷，远在国外的大嫂，我平时都不常联系的，与他更是八竿子打不着，如何也同他通上了热线电话？⋯⋯

　　"俺大嫂哥什么时候回来？"他收线时兴冲冲地问。

　　他大嫂哥是谁？我突然明白了：他一声"大哥"在前，自居我弟的身份，那么我老婆当然就是他嫂，我老婆的大哥当然就是他的大嫂哥。这里的逻辑一绕八千里，七弯八拐，倒也扯得上。

日夜书

"你是说马涛？……"我恍然大悟。

"他从奥斯陆回来了吧？"

"我没听说。你怎么知道？"

"俺侄女今年也该升大学了吧。"

"侄女？……"

"笑月呵，你看你。"

"对不起，我脑子没转过来。"

原来他把我的侄女也一并接管为亲人，原来他已让我的亲人全面暴露，一个个乖乖地落网。这使我有一种被包围的感觉，被瞄准的感觉，似乎黑洞洞的枪口正指向我的后脑勺。

说实话，我不太愿意同他拉扯。这家伙身为副厅长，上班却几乎只有一件事，就是打听和传播各种人事消息：谁要提升了，谁与谁的关系铁，谁上面有天线，谁看上了哪一个缺，谁的嫂子与谁的老婆经常一起散步，谁的小舅子与谁的表姐夫是老同学加牌友，谁的老爷子病了并住进了哪一家医院……他对很多大人物及各位亲属的姓名、履历、爱好、人际关系、家庭状况都如数家珍，如同情报局的活档案，记忆力堪称惊人。

办正事却是一条虫。他签批文件，永远只有两个字"同意"，或一个字"阅"，批不出任何具体的想法，更谈不上任何具体建议，一辈子吃定了这个三字诀，铁了心要当一名高薪的双向无障碍文件传递工。哪怕内部会议上的两分钟发言，他也要手下人写稿，如果不能照稿念，他就结结巴巴，一路颠三倒四，十之八九是离题万里的大话和套话。为了不让这家伙太坏事，我绞尽脑汁，废物利用，平时只安排他"陪会"，即应付一些官样文章，让他带上耳朵就行，没听明白也不太要紧；或去市县参加一些仪式性活动，反正对方要的是一张领导脸，并无实质性工作。但日子久了，各方面都觉得他很像个领导，很合适在台上坐坐，连我也觉得沐猴而冠只要足够长久，就不再是猴。

这种感觉的悄悄变化有点怪。

其实这家伙废得没底线。据同事们说，他到了市县，一端酒杯就狂吹自己在上面的关系，还有自己的诗词空前绝后，被各大学中文系争相研究之类，活脱脱就是疯话——随行同事都恨不得就地蒸发。行业政策细节总是被他说错，得靠随行同事一再事后擦屁股，才不至于留下隐患。有一次，办公室一位女科长安排会场，把他的名牌摆错了位置，也就是右二错成右三，大概有损他的尊严。他在这种事情上口才倒是出奇的好，拍桌子足足骂了好一阵，从祖宗骂到长相，根本不要稿子，骂得女科长当下双手捂脸一路泪奔。

在场人都觉得太过分，只是敢怒不敢言。

同事们后来都不愿同他一道出差。"老大，你行行好。"有人曾这样求我，"你派别人去吧，谁去我请谁吃饭，出辛苦费。"

或者说："我又没犯错，你不能这样整我吧？"

但就是这么个陆大宝贝，不仅一路官运亨通，调来省环保厅后还出了个小风头。他不知从哪里找来几个大学生，给北京某位大人物编了一本《×××生态文明思想浅论》，不过是一些剪刀加糨糊的功夫，却成了学术大作（是"编"还是"著"，说得比较含糊），还出了一个英文版，让那个退休的老爷子大悦，立即传召编者进京，一赏家宴，二赐合影。电视和报纸也大张旗鼓推介这一本"划时代的好书"。

声势所及，苏副省长也好奇，在某县见到我，把我叫到一个僻静处。"学文同志编的那本什么……到底怎么样？"

"太扯了吧？谁都会说那些话。是不是要给每个大人物都编一本？"

"你这样认为？"

日夜书　　　　　　　　　　　　　　　　　　　187

"我当面这样说过。"

"后天上午就是首发式了。"

"他邀我参加,我没打算去。"

对方淡淡一笑:"好多事,大家其实都明白,说不说是另一回事。"

副省长看来并不糊涂,虽然后来参加了首发式,对上对下都给了面子,但不再提及此事。即便有人提及,只要我在场,他大多会看我一眼,有一种私下的会意。

陆学文大概觉得这事热得不够,遭遇到四周的某种寒意,神气之余多了几分悲愤。他上班时故意打开办公室的门,在室内高声打电话:"中央军委吗?""国务院吗?""财政部王部长吗?""×办吗?"……怕别人没听见,有时还操一支手机打到走道上来:"老兄,你搞什么搞?我们省的这三十个亿扶贫款,得赶快拨下来呵。这事不能再拖啦……"这种巡回广播当然是要吓唬同僚,狠狠回击大家的不敬。

"陶厅,"另一位副厅长满脸苦笑,"我们这里出了个中央领导呵。"

"我们厅什么时候改成扶贫办了?"另一位说。

"岂止是扶贫办,还是中央军委的分部。"又一位说。

…………

这一天,我终于下定决心,去副省长那里给他下药,觉得这个脓包非得挤一下不可。他多烧点电话费和飞机票倒是小事,问题是再这么乱下去,机关里很多正事都没法干。

"你们按规定办吧。"对方默默听完,不动声色丢下这么一句,"规定就是高压线,不按规定办肯定犯错误的。"

我等待他说下去,见他给小茶壶续水,见他翻了翻笔记本,见他把秘书叫进门。"你们的环评工作会定在什么时候?让小李记一下,到时候我会来……"

我继续等待,包括继续搓手,继续挠一挠耳根,继续盯住对方的眼睛,继续忍住喝一口茶水的冲动,没料到最后只等来他的一个笑脸。他指了指墙上,"小布,你看我这些片子怎么样?"

我吃了一惊。他刚才什么也没听见?我明明汇报了那家伙在设备采购、规划审批等方面的重大嫌疑,有理有据,简明扼要,准备充足,语势强劲,他居然什么说法也没有?他下定决心,不怕牺牲,排除万难,坚决不表态——什么意思?

墙上有几幅风景照,有红的夕阳和黄的秋林,有慢速曝光的江边灯火,还有两张潜水拍的海底风光。以我外行的眼光来看,这些片子像素高,构图不算差,大概出自哈苏H系列单反。

"这是您的新作?"我胡乱应付,"很好看么,拿到展览厅去,又是一颗摄影新星冉冉上升了。"

"哪里,也就是一个摄影器材的新星吧。哈哈——"

"搞摄影可是个体力活。"

"谁说不是?"他指了指墙上一方夕阳,"为了等最佳光线,我在云霄岭足足等了两个多小时,被虫子咬了一身的包,代价惨重呢。"

我们的谈话从此再未回到正题。走出这幢办公楼时,我把此前的情景在脑子里重新过了一遍,只能这样揣测:

一、他根本不相信我的逸言,暗示我不该鸡肠小肚,捕风捉影,对同事搞小动作。

二、他已被姓陆的搞定,说不定与那些设备进口商也有利益瓜葛。

三、他也觉得姓陆的确实烂,但只要我没拿出贪污、受贿一类确证,搞掉一个副厅级就那么容易?插手人事管理不是他的分内事。何况那个人关系背景复杂,他脑子再晕也犯不着蹚这一坑浑水。

四、像有些人一样，他可能乐见下属之间的矛盾，哪怕这种互掐影响工作，但避免了下面的铁板一块和独立王国，未尝不是好事。一种互相盯防，在很多情况下能形成制衡，减少一些腐败，或使腐败容易暴露。

五、当然还有一种可能：他不是不愿帮我，只是觉得我谦卑得不够。这并不意味他喜欢那些提包、打伞、开车门的媚态，但如果有人从不在车前迎送，从不盛赞领导大笔挥就的书法或诗词，从不毕恭毕敬地掏出本随时笔记上司指示，哪怕是一些有三没四的闲聊废话……那么这人是否标榜清高太甚？是不是也有些刺眼？即便从爱护我的角度出发，他也太希望我多懂一点什么。人呵，都是人。事都是人办的。长官们可以不贪私利，但至少得有一点礼貌和感情的回报吧？焦头烂额的诉苦，气急败坏的辩白，一把鼻涕一把泪的请求，千恩万谢的领情和效忠，只是一些嘴皮子功夫，但能使公事透出几分私情的味道，容易把人心焐热。你小子如何连这个也不懂？如果你没做足感情养护的功课，人家到时候凭什么要把你的事急办和特办？

…………

我感觉到问题严重了。得不到上级的支持，我不知自己还有什么办法挤破那个脓包。查账取证吗？派人外调吗？找知情人逐一谈话吗？……当然可以。问题是，我不可能事事亲为，同时又无法保证手下的办事人不被收买，在红包面前清一色的铮铮铁骨刚正不阿。既如此，一次兴师动众的调查，只要塌掉其中两三环，就很可能煮成一锅夹生饭，说不定还会烫手。我再天真也不能指望烫手时大家都来呵护有加。

官场上的这一类中场盘带进退两难，最让人煎熬。

更奇怪的事发生了。组织部门的考察组抵达机关，要求推荐和考察一名厅长人选。全员民主推荐随即展开。我拿到选票，发现四位副厅长在候选之列，诡异的是，依选票上的解释，受荐人须有五年以上副厅资历（其中一位条件不符），须在这一级别任过两个以上的职位（另一位条件不符），须五十二岁以下（另一位条件不符）。这样，表面上是四人候选，合格的却只有陆副厅——照萝卜挖坑呵。

会场上一片寂静。大家显然对这样的选票大为震惊，你看看我，我看看你，一时不知该怎么办。有人开始举手表示疑惑：

"答案都有了，还让我们投什么票？"

"我今天忘了戴老花镜，看不清呵。"

"这选票上的标题和说明都有语法错误，太不严肃了吧？"

"以前不是画钩吗？怎么这次要画圈？圈就是个零，很不吉利的。"

…………

他们肯定是看到陆学文本人在场，不便公开反对，便枝节横生，胡搅蛮缠，阴一句阳一句地装疯卖傻。听组长解释过三四遍了，有些人还是把票写错，写错了便要求换票，换了一张还要求再换一张，怎么像文盲就怎么干。有人抗议身边的人抽烟，有人抗议身边的人放屁。严肃会场充满了哄笑和胡闹——他们显然是在发泄情绪。

我一直没抬头，感觉到众多目光叮咬我的脸，火辣辣的失望、愤怒、轻蔑像小虫子在这张呆脸上爬来爬去。我无话可说，甚至不敢对视任何人。我知道，如果这样的荒唐事无可阻挡，那么我当然就是坐在这里的头号大骗子，可笑的大尾巴狼。平日里那些折腾，什么廉政，什么民主，什么献血和扶贫，什么讲座和考试……都成了羊头狗肉。零乘以任何数都等于零。这一张选票偷越底线，是一个巨大的零，足以使大家今后对任何事都破罐子破摔。

散会时,我叫住了考察组长,"我要同你们谈一谈。"

"当然。你是一把手,我们会找时间听你的意见。"

"不,我要求马上谈。"

"马上?"

"我要求考察组全体在场。"

"全体?"

天色已晚,窗外已黑。组长看看手表,与一位女处长交换了眼色,似乎有点为难。但他们看一看我的脸色,没再说什么。大家在空荡荡的会议厅找一个角落坐下。组长安排人去买盒饭。女处长打开了记录本,专等我开口。

30　孩子五彩梦

　　一连几十个电话都是为那家伙说情的。可见眼下的人事保密规则形同虚设,我向考察组说的话,记在保密本上,却差不多是在大街上广播过了。

　　来电话的人当中,有老同学,有前同事,有首长的秘书,有司机,有处长,有报社的记者,有北京的朋友,甚至有一位老邻居,又自称是蔡海伦最新的闺密……不过,其中一些人倒也没怎么强说,有点虚应人情的味道,只是点到为止。一旦听我解释,便嗯嗯哦哦没有下文。看得出,对于他们来说,打这个电话很重要,打电话的结果并非特别重要。他们只需给托付人一个交代。

　　马楠说,这几天家里总是接到奇怪电话,话筒里什么声音也没有,只是透出一种粗重的呼吸声,让人毛骨悚然。不管你说什么,对方总是不回话,明显透出一种恶意。她说要去报警。我说别费事了,查出几个公用电话亭又有什么用?既然对方只是来呼吸呼吸,你拿什么去告?

　　小区保安慌慌地来寻找车主,说我的汽车惨遭损毁。我到现场一看,发现挡风玻璃碎成一片粉末,一块大砖头砸进车里,落在驾驶座上。玻璃碴、落叶、雨水、泥土等,灌得车内一片狼藉,水淋淋的。没人知道这是怎么回事。是高楼坠物?是小孩捣蛋?还是歹徒报复?或是更大报复前的警告?……这是一片尚未安装监控探头的住宅区。保安没找到任何目击者,跑到现场旁的

日夜书　　　　　　　　　　　　　　　　　　　　　　　193

公寓楼里挨门挨户访了几家，还是无功而返。

在权力要害部门供职的老范，算是我一个老熟人，与我共事过多年，也神神秘秘打来电话："老弟，你还好吧？最近有一些事呵，我不能给你说。你也不用猜……对呵，我不能违反纪律。不过，你是个聪明人，我是很关心你的，明白吧？……这些事你以后自然会知道。我是看在我们的老交情上，才与你先通个气。明白吧？……你看我，这样说已经不合适了，已经过了。但谁叫我们是朋友呢？……你不必知道是什么事，也千万别去打听。我可是什么也没说呵……一切都很正常，很正常，非常正常，组织上决不会放过一个坏人，也决不会冤枉一个好人的。对不对？"

他用最机密的方式说了一通最空洞的废话，让我支起双耳一无所获，忍不住打断，"喂，不就是有人告我的状吗？"

"哎，这可是你自己说的……"

"第一，告我嫖娼，对不对？第二，告我在大学期间闹过学潮，对不对？第三，告我在机关里排挤党员，提拔了两名非党人士当处长，是不是？……"

"你不要有什么情绪么。你要相信组织……"

"没关系。我早说过了，谁查出问题，我给谁发奖金。你们一定要派人来，最好是大队伍开进，全面发动群众，举报材料公示，查它一个天翻地覆，否则我跟你们没完。你们要是乐意，就把举报人送到北京去，上至中南海，下至省里五大家，让他一家一家给我全部告到，少一家也不行！"

我没好气地摔了电话。

马楠的二姐也来找我了，把我约到一个咖啡馆，要了咖啡和奶油草莓，说起笑月的求职一事——去电视台当记者。据说有关表格已拿到手，也填过了。"你松松口，放他一马，他就办了这件事。"

我知道她是说谁。"你怎么也认识他？他是牛皮王，可以指挥中央军委的。他的话你也信？"

"你放心，我也不是省油的灯，还能被他耍了？"

"他真是想得出。"

"小布，这是一个机会。"

"二姐，你不了解情况。"我把事情略加讲解，"不是我不愿意松手，但这里是一个大粪坑，是一个大陷阱，你得明白。"

她惊讶得摘下墨镜，把我盯了好一阵，指头敲敲桌子，"你太过分了吧？你没病吧？你是笑月的姑爹。你不管谁管？你要是不管，你和楠楠以后同马涛还见不见面？你们这些当官的，要名声，要保官，要钩心斗角争权夺利，我都可以理解。但你万万不能……"

幸好，她的手机响了。幸好，她接完一个电话，手机再次响起。于是一场谈话下来，她穿插了五六个电话，让我多了些喘息的机会。她又是说楼盘，又是说税务，又是约发廊，又是交代儿子的晚饭，还不耽误隔三岔五地同我争辩。这个女能人给我的感觉，是眼下再给她一个随身听，一个跑步机，一个头发烘罩，一两台电脑，也不够她忙的。她一心多用三头六臂，能把任何情况下的千头万绪都一并拿下。

我被她批斗得心情很坏。与她分手后，我不知何时发现一名警察挡在车前，面色严峻地对我举起手。下车一看，才发现自己鬼使神差驶入了逆向的单行道。警察扣下驾照，开出了罚单。

我担心自己下一步还会闯红灯，甚至直接撞上校车什么的，便停下来，在路旁公园里抽了一支烟。公园里有一些孩子，还有一些三口之家的高低身影，搭上气球或童车，跃动出周末的轻盈感和幸福感，还有烤玉米的气味。我其实不太爱看这种场景——原因当然不用说。我家只有一个笑月，差不多就是我们的孩子。

日夜书　　　　　　　　　　　　　　　　　　　195

事已至此，她就是我们家的孩子，就是我们家的一脉骨肉。那么我将如何向她解释我刚才的拒绝？记者，主持人，电视台……是她经常挂在嘴边的话题，是她的五彩梦。我该如何向她说明白，向她的爸爸马涛说明白，砸碎这个梦，不是我的自私，恰恰是为了她真正的安全和健康？一个孩子如何才能理解，人家塞来的这个大甜饼，连周围很多成年人也在惊喜的这个大甜饼，其实暗藏了可疑的毒药？

或者，我是不是看事物太夸张了？是不是像二姐说的，变态了，out 了，有点没事找事，在一件寻常小事上赌得毫无意义？

我又抽了一支烟。

回到家里，我不知如何向马楠开口，不知如何才能说明白，二姐接来的这桩烂事，美其名曰"破格""特招"，其实明明是腐败，明明是荒唐，是把孩子往是非泥潭里推。我没料到马楠这一次倒是特别清醒，没等我说完，就开始抱怨二姐多事。"她什么时候能上点道呵？她家那个浩宇被她换了十几个单位，不是被她换废了吗？"她还主动请缨要去说服她二姐。另一条，下一学期由她去租房和陪读，让笑月进一所更好的学校，一位朋友在那里面当教务长的学校。全家来一个重金投入，全程紧盯，全方位服务，不信啃不下孩子高考这一块骨头——这个计划由她迅速敲定。

我激动得马上给她解围裙和剥香蕉。

意外的是，她联系学校的电话刚打出去，就跌跌撞撞冲进我的房间，"笑月——笑月她——"

"怎么啦？"

"她跳……"

"跳什么？"

"跳楼……"

"你说什么?"我脑子里轰的一声。

"她……"她两眼翻白,手扶墙壁倒下去了。

我喳喳喳的毛发矛立,不知自己是如何救醒了她,不知自己是如何冲出房门,钻入出租车,一口气狂奔医院,直扑急诊室。一个茶杯盖一直攥在自己手中,竟不为我所知。

二姐眼里泪花花的,冲上来指着我的鼻子,"就是你干的好事!"

二姐夫也如热锅上的蚂蚁,搓着手走来走去。"这可怎么办?怎么办?我们如何向她爸交代?这孩子倒真是狠呵,真是狠呵……"然后他开始接电话,一个火暴的男声从手机里断断续续传来,大概是一个正在抓狂的父亲,在电话线那一头正在震惊和愤怒。

大姐家两口子也赶来了。

后来才知事情是这样:笑月听说电视台去不成了,把自己关在家里,坐在电脑前一言不发。二姐从外面回家,没看见她,以为她逛街去了,没准是去大姑或三姑家了——她反正从来都是说走就走,很少预告也很少留言。二姐夫倒是多心了一下,说这孩子神色不大对,不会有什么事吧。想到前不久有学生卧轨的传闻,他决定出门看一看,竟发现楼下果然围了一圈人,是在楼后的一侧。一只粉色的深口山地鞋,落在路边的草丛里,被他一眼认出,当即一口气上不来,赶快抓摸自己的速效救心丸。

目击者说,孩子是从三楼的楼道窗口往下跳的,幸好三楼以上的窗口都有铁栏栅,也幸好她下落时被树梢拦了一把,又被一个临时棚盖托了一下,最后砸中一个垃圾箱。医院检查的结果:虽无性命之虞,但有脑震荡,还有膝盖、脚踝、胸口的五处骨折。

知道这一切时,我已来到病床前,发现笑月还未醒来。她只剩下半张脸,右脸似乎都转移到左脸去了,其实是瘀肿的左脸过于膨胀和爆发,淹没了一只眼,也挤掉了另半张脸。面对亲人们有关手术的复杂讨论,这位半脸和独眼的女孩保持惊愕的表情定格,一种事不关己的漠然态度。一条血污尚存的腿被护士们简易地固定和悬吊,像一脚踢出豪迈的步伐,整个人要向天空走去。

"笑月……"我凑近这张过于陌生的脸,感到自己无比虚弱,靠扶住墙才得以止住自己的摇晃。

31 出　局

　　知青下乡算作工龄的政策，使我获得申请权，递过一份提前退休申请，但被上面拒绝了。我没料到他们眼下回头来成全我，强调这只是尊重我的意愿，与其他事没有任何关系。

　　这当然是他们的客气话。

　　事实上，我的受挫难以掩饰和辩解。一大堆照片摆在面前，有餐馆前拍的，有歌舞厅前拍的，有度假村拍的……一个个公车牌号清晰入目让我无话可说。两次车祸的调查报告更让我无话可说。我得承认自作聪明的公车制度改革失败。原以为提倡头儿们自驾，可省下十来个司机，减少一半以上的油耗和废气排放，也防止有些长官把司机当家奴使唤……好处似乎不少。但我高估了一些人的自律。按下葫芦浮起瓢，省是省了些，但公车私用的积习未除，一旦有人告状，有人跟踪拍照，有人蓄意捅给媒体，就成为事了。我更高估了一些同事的能力，比如那个负责法规研究的副巡视员，手比脚还笨，脚比屁股还笨，一抓方向盘就是多动症和羊角风。我已不下三次严令禁止他摸车，但他偏要摸，手下人谁也拦不住。他不撞入人家杂货店里去还能有别的结果？

　　他只是断了两根肋骨，没一口气碾死七八个小学生，割下一路娃娃菜，已是很给我面子了。

　　"车轮上的腐败""改革改出了杀手"，如此等等已成为媒体大标题，我一上网就随处可见。上司方面的问责也顺理成章。

接受正式谈话回来,已到午休时间。办公楼里空空荡荡,只有一个女工勤探头看了一眼,问我要不要帮忙。我谢谢她的好意,然后最后一次翻动台历,最后一次签收文件,最后一次清洗茶杯,最后一次合上抽屉和锁上柜子,最后一次独坐在桌前聆听整个大楼里的寂静。我一键删除了电脑里的所有文本,自己曾投入心血的那些文案,哗哗哗地清空了自己公务生涯的十二年,清空了所有的酸甜苦辣。面对凌乱的房间和几箱即将粉碎的废纸,我发现自己一直想离开这一切,但真到了这一刻,到了房钥匙和车钥匙都摆在桌上之时,心里又不免有点乱。我捏摸了一下两把钥匙,不知这一切旧物,包括自己用熟了的键盘、鼠标、订书机、笔筒、台历、电话什么的,今后将被抛弃在何处的黑暗,将在什么地方蒙垢和破损。我觉得它们几乎是自己的骨肉,从此天各一方。

走出办公室,我发现同事们都上班了。很多人聚集在走道上前来握手,有送别我的意思。他们肯定已看到电子屏幕上新厅长即将上任的通知,都有些神色沉重,投来的目光较为复杂。特别是有几位女士眼圈红红的,揪的揪鼻子,掏的掏纸巾,让我不免心头一热。我不能再说谢谢她们的话,一说就是压上催泪弹,有点像电视剧里的煽情套路了。

我得赶快往坏里想,一举打掉自己的感动。抹什么猫尿呵?别逼我情意深长呵。哪一天,你们也许会庆幸我滚蛋的,比方说你们妇女节公费游香港的计划一旦获批,你们会不会跳起来,欢呼抠门的前厅长终于不再挡道?你们会不会吐出瓜子壳,高兴得相互击掌三声?

或者,哪一天,我腾出的位置一旦被小人补位,你们会不会咬牙切齿,把一肚子气撒在我头上,骂我秀清高,卖耿直,到头来害人不商量?

我与大家一一握手,包括握别泪水最多的一位,就是曾被陆大宝贝辱骂得一路泪奔的那位女科长,在她背上拍了拍。

他们肯定也从电子屏幕上看到,陆学文也同时调离了,据说是去某学校出任第四副校长,算是与我同时出局——这对于我来说是一个不错的胜盘,至少暂时是这样。

回家的路上,手机一直在发热,同事们的短信嗡嗡嗡地不断发进来。

事后回想起来,手机中似乎没有小杜的短信。这小子以前三天两头要用短信肉麻我一下,进我的办公室也决不坐下,决不伸直腰杆,哪怕被我命令入座,也屁股下长刺,沾一下椅子就跳起来,继续点头哈腰,脸上永远是打不烂煮不熟咬不动的一堆诌笑。他眼明手快,不是给我倒茶水,就是给我抹桌子,有时还偷偷塞来一包烟,小动作让人防不胜防——我知道他家里穷,没有大动作的可能。但身为宣传科长,他最大的忠诚就是在每篇报道里把一号长官胡吹海捧,全然不顾报道主题是什么。我怀疑他就是要用这样的文章来惹我生气,让我当面动笔大砍大删——他笑嘻嘻的根本不相信我是真生气,只能让我更生气。但面对这样铁了心拍一辈子马屁的可怜人,我能较什么真?

老潘也没来短信。这位潘夫子负责财务报销,最喜欢认死理,卡过姓陆的那家伙一些票据,为此屡遭对方报复。为了让他顺利晋升副科长、科长,我没少费心思。奇怪的是,好几次民主测评,除了姓陆的,就是他给我扣分最多——这种投票虽采取不记名方式,但只要注意每一张票的打分全貌,来一点排除法,来一点交叉比对,猜出投票人的真实身份其实不难。问题是,他对我到底有何不满?他给我扣分时心里在想什么?他连胃痛和肝痛都分不清,自己胡乱吃药,越吃病越重,被我强行带到医院里就诊,难道就是对他的羞辱?他被老婆打得头破血流,无家可归,在办公室一睡两个月,被我派人一轮又一轮去加以调解,难道就是对他家庭幸福的粗暴破坏?……或者,从根本上说,他认为自己当上科长不是什么好事,纯粹是我心狠手辣地给他添麻烦和下圈套?甚至是我与那个姓陆的一个红脸一个白脸暗中串通迫害忠良?

十二年过去了,场面和声威看了不少,门道和机关也看了不少,其实都没什么好说。它们绝不比周围几个寻常人影更让我迷惑。

这是我卸职后第五天,门铃响了。开门一看,是一身皱巴巴的领带和西装。我想了一会,觉得对方应该姓刘,是研究室的一位科长,因报假账被我狠狠修理过,不仅少涨一级薪水,还在大会上公开检讨。

"你在家呵……"他嘴皮哆嗦,在桌边放下一个纸袋,二话不说便闪向门口,如同鼓足勇气砸下炸药包后手忙脚乱逃离危险。他不至于被自己的一个纸袋吓成这样吧?

"嘿,你怎么就走?"

"不麻烦了,不打搅了,陶厅……"

"喂——"我赶紧抓了一件东西追出去。事后才知道,他送来的两条香烟已经发霉,不为他所知而已。相反,我追上去的回赠却是一瓶价格不菲的 XO,别说是老婆,就连我自己,对这种乱抓一气也痛悔莫及。

我一直追到院里,追到院外的公交站,才把礼袋塞到他手里,完成了一次紧急交换。这全赖我日前闪了腰,没法走得更快。

"老刘,你也太过分了,茶都没喝一口。"

"变了,变了。"他看看大路尽头,不知何故长叹了一声。

"你说什么变了?"

"没办法,没办法呵。"他摇摇头,还是语义不明。

"家里人还好吧?"

"陶厅,恕我直言,你这房子的风水不敢恭维……"

公交车迟迟没来。我在站上只能没话找话,其实大多是答非所问,各说各话,尿不到一个壶里去。我想说一说他的字(确实写得漂亮),谈一谈机关里的青年书法讲座(我以前交给他的业余任务)——莫非这就是他来看望和送礼的原因?是他多方打听终于找到了我家的原因?他却不愿意谈字,改不了说话的老毛病,嘴里呼噜呼噜一锅粥,一开口便有点无厘头,这一句和那一句之间强拼乱接。刚才还在说老婆的怪脾气,没等我听明白,便说到李白的名诗不合格律,还是没等我听明白,又说到报上的矿难新闻,还是没等我听明白,又说到机关里闹鬼……据他说,政府大楼前的台阶,从下往上数是三十六级,从上往下数是三十五级,一定是这样。大厅里八幅名人画像,每天晚上少一幅,到了早上又会恢复原样,好多守夜人都发现过的。他瞪大眼睛说,这一次环保厅有两个子弟没考上大学,肯定是大楼前面那两个花坛太像两个零蛋。

我庆幸自己已退位了。放在半个月前,我会不会火冒三丈,再次打断他的胡言乱语,骂他一个晕头转向?我会不会一怒之下再降他的薪水?

但我相信他此时并不是要同我说风水,不是。他今夜跑这么一趟,肯定是有话要说,只是嘴皮哆嗦和唾沫翻飞,最终没说出来。

我挥挥手,把他送上了公交车。

想到以后再见机会不多,想到这个怪哥们从此与我擦肩而过,不再有斗气的可能,我在汽车站上多站了一会,然后慢慢走回家。"你要内外兼修,好好进步呵。"我想起他很久以前曾像一位大首长,拍过我的肩,惊吓过我一次。

32　团圆家宴

马涛回国时未能见到女儿，好容易拨通了对方的手机，但无论如何热情和慈祥，总是听不到回音。马涛后来再拨，发现那头已关机，几天后甚至成了空号。

"这孩子，怎么能这样？"肖婷撇一撇嘴，"该寄的钱，我们不也都寄了吗？一套套衣服，那都是正品。她以为是地摊货？"

"眼下这种教育体制，除了毁人，还是毁人。"马涛另有一番理解。

我用手机拨打了好几次，也通不了。

与朋友聚会时，若肖婷不在场，也会有人偷偷问到笑月。大概是喝多了些，大概是撞上了有关世道的话题，马涛的回答更让我意外。"这有什么奇怪？我对这一切早就习惯了。别说是我女儿，就是你们，要是同我走近了也得小心呵。不知什么时候你们的电脑里出现了异动，不知什么时候有陌生人深夜敲门，不知什么时候你的某个亲人或邻居失踪……都在情理之中吧？你们的手机也得注意了，一不小心，就成了窃听器。"

他的这些话吓了大家一跳，好半天没人回话。"尿罐"后来在厕所里结结巴巴地问我，他那些话是什么意思？

"我也不知道。"

"他是不是……那一路爷？"

"那倒不是。"

我知道对方是指什么。据我所知，马涛早已远离政治，从那个闹哄哄的江湖脱身，甚至对往日的许多朋友大不以为然。他的最新身份定位是哲学的王者归来，与哪一派都不沾包的民间思想达人。据说"新人文主义"就是他的首创，至少这个词是他首提，白纸黑字，有案可查。依他的说法，这种主义多面开战，侧着身子迎敌，左手打击宗教的暴政，右手打击科学的暴政，对所有的政党、教派、财团、学阀势力都形成了真正的釜底抽薪之势……因此他不可能不孤独，不可能不感到压力倍增和危险四伏。一般情况下，他不会把文稿放在行李里托运，不会在路边小店复印材料，尽量不使用手机和座机。一般情况下，他总是把手机放在离身很远的地方，用毛巾包住，用面盆盖住，当窃听器防着，保持必要的戒备。他最近已发现有一伙来历不明的人正在网上对他明枪暗箭，并且对他的日常情况知道不少，看来很不正常。

二姐不爱听这些离奇故事，倒是乐意让哥嫂两口子去看看她的独栋别墅，几乎是以热情为镣铐，以客气为枪口，押解他们观赏了每一个房间，看了大理石地板、北欧式壁炉、黄花梨明式家具、澳洲羊毛地毯、水流按摩浴缸……连一个小小的储藏间也不放过。欢迎客人入住的客房早已备好。光是墙头一幅名人真迹，据说就值一辆桑塔纳。家宴当然更不可少。最会做菜的大姐夫被邀来主厨，很快就做出了满满当当一大桌。多盏烛台齐明，照相机举起，四家人终于有了一次欢乐的团聚。

马涛气定神闲，略有矜持，意识到自己的主角身份，照例是餐桌上的话题中心，巧妙的引导和把控不露痕迹。二姐多次打听国外的房价、金价、名牌手袋，但三五句之后，必被他不知不觉地引回来，回到他的"新人文"。条条江河归大海。世界经济五百强你们知道吧？云计算和反物质你们知道吧？New Age 你们知道吧?前不久的奥斯陆高峰论坛你们肯定听说了……他的新主义几乎就是这一切,至少与这一切有关系。作为一种根本性的全球解决方案,一种避免地球生命第六次大灭绝的治本之策,"五百强"之类与之相比,实在算不了什么。他还不失时机地找来手机翻出一条短信,是某位朋友发来的。据那位朋友说,"新人文"理念已在南非开花结果,使那里的吸毒者比例下降六成……六成是个什么概念?想想看,如果各行各业的效益暴升六成,这世界会怎么样?如果各族各地的恶行都减少六成,这世界又会怎么样?

我半醉半醒地进入美好未来:在那样的世界里,所有的人都会住进独栋别墅吧,都享有烛光大宴吧?

大家再一次为他的事业前景干杯。

他又翻出蜂群自杀和病毒变异的什么消息,证明地球生命第六次大灭绝其实已迫在眉睫。

不过二姐对大灭绝无感,听得哈欠连天,好几次伸懒腰,翻白眼,看手机或看电视,早早地撤了。二姐夫也是眼皮子重,鸡啄米似的点头,冷不防却发出一道鼾声,虽一个激灵醒过来了,振作精神继续往下听,但已让马涛大为扫兴,一时有点说不下去。

二姐夫力图有所弥补,"你的专利费肯定不少。"

"专利费?"马涛有点蒙。

"这么个好东西,得好好评估一下,争取包装上市呵。"二姐夫讨好的意味依旧,掏出名片匣,说要介绍一家香港的资产评估公司,一个很靠谱的秦总。

"你真是好幽默……"马涛摇摇头,嘴角咬出一丝笑。

我见势不妙,忙上前搅和一把,"二姐夫,你的酒还没完呵。哪有你这样喝的?喝酒留一口,这样的干部要调走。喝酒留一半,这样的干部要查办。这话没听过?来来来,走一个,再走一个!"

这时,隔壁房间里一阵高腔,引起大家的惊愕。原来肖婷不知何时也离席了,正在那里清理行装,准备下一步行程。她发现一瓶葡萄酒实在装不进箱子,放在提包里又怕碰碎,便交给二姐,说送给二姐夫。

二姐一听就沉下脸,掂了掂酒瓶,终于忍不住一声笑。"大妹子,不是我说你。你也是见过世面的呵,怎么这样不会说话?"

她见肖婷不明白,冲着她直眨眼,气得一个脸盘子更大。"这几天,你们在这里红的、白的、土的、洋的,都喝够了吧,知道我们根本不缺酒,是吧?但这么多年没见面,你们也算是千里迢迢海外归来,送我们一瓶酒,不算过分吧。怎么到这时候,装不进去了,才想起这一出?"

肖婷炸出一个大红脸,"对不起,我不是这个意思……"

"是我听错了你的意思?你讲的是英文还是日文?是月亮文还是太阳文?我两只猪耳朵听不懂?"

"我是真心地想让二姐夫品尝一下……"

"什么琼浆玉液,要走了才拿出来品尝?"

二姐夫这时急忙赶过去,把肖婷一把拉走,又回头给老婆使劲递眼色,"说什么呢?人家在国外多年,不习惯送礼了么……"

"国外?不习惯送礼,就习惯受礼呵?"

"你少说两句行不?"

"人家做都做了,我为什么不能说?告诉你,我就看不惯有些人,喝了几年洋水,以为自己人五人六。又不是元妃省亲,把别人都当叫花子吗?有什么了不起?说不定也就是住两间破房子,开一辆破车子,到超市里淘一淘大路货,几个钢镚还拿皮套子攒着,也不怕麻烦。邀个饭局就像过年,我的妈,几个星期前就翻地图,看菜单,想来又想去……得得得,我今天得了一瓶酒,恩重如山,情深似海。谢谢!谢谢了!"

嘣的一声——谁都知道,那瓶酒被她随手扔进了垃圾箱。

这一扔搅乱了后面的很多事。本来是马涛两口子住在二姐家的,结果突然转来我家,打我们一个措手不及。本来是约好四家一起去给父母上坟的,结果是二姐不去了,大家都闷闷的、快快的。肖婷一直拘束不安,从墓园回来后洗脸时终于忍不住地哭在湿毛巾里。她说这次回国,名义上是陪马涛参加一个研讨会,实际上是要访两位名中医——马涛前不久患肺癌,手术还算成功,剥离得很干净,不过癌细胞的复发和转移仍有可能,中医的效果到底怎么样,也是天知道。

说这话的时候,马涛不在家。

她不会是博同情吧?不是编个故事破解难堪吧?不管如何,她说出的隐情足够惊心,让我很快联想到马涛这一次瘦削的脸,头上的发套,还有大异于从前的灰白脸色,像抹过一层薄粉。整整一个晚上,大家都不再怎么说话。马楠更是哭得眼睛红红的。

第二天,他们两口子要走了。马涛一大早起来便扫地、擦地,抹桌子,整理零散书报,用酒精棉花团清洗电话机。不知在哪里发现了一根胶皮管,他还用钉子在胶皮管上打眼,要给阳台上的盆花做一个滴灌系统——其劳碌让人颇不习惯,颇为惊讶,更添我们几分心慌。没多久,大姐两口子来了。二姐夫也来了,只有二姐迟迟未露面。她还是要来送行的吧?她已经在路上了吧?只是在哪个路口被堵住了吧?会不会是去买什么旅途食品?……马楠拨打了几次手机,没什么结果。

直到挂钟再一次敲响,马涛对了一下手表,勉强笑了一下,深吸一口气,拉上旅行箱终于出门了。

"谢谢你们,这些年照顾妈妈,还照顾笑月……"这是他上车前的一句,是我记忆中他这辈子第一句软话。在迟疑片刻后,他终于憋出了一份谦卑,憋出了一份大哥式的温厚,对于我来说不啻于晴天霹雳,好半天才让我回过神来。

"我只能抱歉……"他嗫嚅了一下,声音小得几乎听不见。

也许是太反常,这种低声和气短的晴天霹雳便有了重大的意味,宣告了一个重要的仪典,暗示了一个重要的时刻,一个万里之别和百年之痛的关头。尽管没人说破这一点,尽管他的目光躲闪而漂浮,但已让人不忍对接。亲人们哗啦一下都眼圈红了。"垃圾袋呢?你们没把垃圾袋带下来吗?我要倒垃圾了……"马楠更崩溃,突然粗声大气地关心垃圾,只是声音有些瘪,有些闪。她没等到握手,更没等到挥手,一把捂住嘴跑开去,咚咚咚一口气扑向楼门。一个急着要去倒垃圾或关炉子的主妇模样,匆忙的背影有些不近情理。

我发动了汽车,见马涛盯住了后视镜,盯住了那一个个渐渐滑出镜面的人影。他还有机会再回到亲人面前吗?我不知道。我故意起步很慢,让他多看一下后视镜。当汽车一路飞驰,一路上升,升至拱形跨江大桥的顶端,与对面同样上升的城区遥遥相会——他还能再一次驶上大桥吗?金色的万顷波光在桥下闪烁——他还能再一次跨越家乡的江面?低沉的轮船汽笛声在江岸回荡——他还能再一次听到家乡的汽笛?一道道斜拉钢索的影子在窗前哗啦啦闪过——他还能再一次看到这钢索的第九根、第八根、第七根、第六根、第五根、第四根、第三根、第二根、第一根?……

我打开了音碟机。一曲男声独唱轰然而起:

> 茫茫大草原,
>
> 路途多遥远……

我注意到他闭上了眼睛。

我突然有一点鼻酸,被俄罗斯草原上一个马车夫临终的故事打动。我庆幸自己能送上马涛一程,哪怕这一程永无终点和归期,哪怕这一秒延绵成万年。我真想悄悄伸出一只手,放在他的手上。我真想汽车来一个急转弯,于是自己不由自主地身体倾斜,能呼吸到他更多的气息——嗅到我的多年以前。

随着汽车驶下大桥,林立的高楼在前窗升起,继续升起,大规模升起,把我们的汽车一口吞下。一座座新楼房太整洁而光鲜,就像眨眼间变出来的幻境。特别是一幢玻璃墙面的摩天楼,反射太阳的光芒,给这个城市随意插下一支巨大的利剑,全无真实感,简直就是贴上去的。奇怪的是,熙熙攘攘的行人对这种天幕上的随意剪贴毫不在乎。

"太像暴发户了,你看这些楼房新得——"肖婷寻找话题,"不能都这么新呵。当年那些老房子其实蛮有味道的,怎么扒得一间不剩了?大家都疯了么?"

马涛没有应答。

"My God!这些汽车怎么满街乱跑?都吓死我了。要在这里开上一个月车,不在心脏里搭三五个支架,恐怕还不行吧?"

马涛仍无应答。

33　纪　念　衫

　　我陪他们到了 Y 县，又到了 W 县。肖婷说要拍一些寻访旧地的照片，为马涛的一本传记准备些影像资料。

　　W 县是马涛当年插队和被捕的地方。可惜老县城的木板房和麻石街都没有了，河边老码头也面目全非，一个龙王庙改建成小百货批发市场，安徽和浙江的口音不少。我们把全城转了个遍，也没找到太多可入镜头的素材，没找到传记作品中常见的那种奇特、浪漫、神秘以及沧桑感。历史被清洗得太快。千篇一律的写字楼太可恶了。面目雷同的大厂房太可恶了。俗艳的拥挤超市简直应该一炸了之。生活在这里的人看上去都是塑料人，是互相陌生和互相仿制的冷面人，居然可以容忍故乡的消失，居然可以容忍大路口那一座恶劣万分的雕塑——用肖婷的话来说，有点像嫦娥，更像三陪女，舞动的一把彩虹哪是什么彩虹，完全是大师傅散拉面——她在这里倒是咔嚓了一张，想传给朋友逗个乐。

　　入住旅店，我们倒是没有摄影镜头的恋旧癖，选了一家最摩登的大宾馆，据说是四星级的，在这个县城属价位最高。果然，水晶条坠吊灯琳琅满目，菊纹石板墙面富丽堂皇，红衣侍者几乎跑步前来殷勤地鞠躬并接下行李，立刻让客人自我高贵起来。肖婷在接待台要下了一间套房——九百八，这个价格吓了我一跳。想到现钱可能不够，我急忙找人打听提款机在哪里。

　　我不想说他们挥金如土，更不想说自己与老婆出行也从未如此豪放。预感告诉我,即便自己那样说了,他们也不会相信。肖婷除了暗挑一下眉梢,对我的装蒜不以为然,还会有别样的表情?

我要了一个标间。在房间里洗涮一把,走下大堂时,发现他们已躺在美容厅里,贴上了面膜,大概是想弥补一下这几天的日晒。我照例去结账,照例再受一次惊吓。乖乖,光是活氧面膜就是每件三百多,还有什么乳液、爽肤水一类,都是一把把快刀。

"你也来做一个?"一张大白面膜向我发出肖婷的声音。

"不用。"

"风尘仆仆这些天,都成鳄鱼皮了。"

"土包子受不了这一补。"

"放心吧,我又不是纪委,没人查你的腐败。"

"这同纪委有什么关系?"

"嘿嘿。"白面膜挤了一下眼睛,"不说了。不过,这可是你们自己的媒体说的,不是我造谣哦。"

她是指那些关于腐败的报道吧?是指官员们五花八门的公款消费吧?我这才恍然大悟,明白了他们为什么又挑套间又贴面膜,为什么一路上心安理得地等我埋单,坐着一动不动视而不见。看来我这一路没买来他们的感激,只是买来了他们全程的轻蔑,还有反腐除恶的坚定决心和昂扬斗志。

我能说什么?我怎么证明自己的钱干净?我即便长出一万张嘴巴把事情说清了,就能使这一趟旅行变得更愉快?……我只好找来一份报纸,从新闻版看到娱乐版,从天气预报看到分类广告,一直说不出话。我去门外的停车场走了好几圈,把一池金鱼研究来研究去,还是说不出话。

直到晚饭时分,肖婷看了我两眼,可能觉得事情有点过了,第一次慷慨破费买来一袋鲜桃。这时,马涛换上浴后的晚装,也容光焕发地来到餐厅，对肖婷说，他找衣服时，发现一件球衫不见了。

我这才想起来，是一条美国某球星的纪念衫，很好看也很少见的。在吴天保小儿子家的那一晚，我把它洗过后晾在阳台，事后竟忘记收捡。

这事可怎么办？

肖婷看看我，又看看马涛。"可惜了。不过没关系，你还有好几件。"

马涛沉下脸，"你以为那是一块抹布？"

我说："这事只怪我，是我忘记收了。这样吧，送走你们后，我马上去取回来，给你们寄过去。"

"万一寄丢了呢？"马涛盯我一眼。

"不至于吧？"

"国内的邮政，怎么能让人放心？"

我立刻敏感到事情有点复杂。他说过这是黑人球星的私人赠品，比那顶巴勒斯坦的军帽更珍贵，比那张瑞典的签名照片更荣耀，是对他事业的大力支持。因此这事不可能有别的解决办法，我今晚必须让这一份尊荣物归原主。别说来回只有四百公里，就是千里万里，就是上刀山下火海，这事也得速办和妥办。

肖婷居然没这种敏感，"哎呀，去取是来不及了。要不这样，到时候我再求柯大叔补一件？我们明天得赶火车哩……"

马涛打断她，"火车？"

"我们不是……"肖婷十分惊讶。

"什么我们？你凭什么代表我？我同意过？我答应过？我签过字？你什么时候问过我的意见？"

肖婷顿时面如纸白，"我们不是说好了的吗？走完了这两个地方，就去成都和西安，再去北京……"

日夜书　　　　　　　　　　　　　　　　　　　　213

"没说坐火车吧?"

"是呵,是没说坐火车。这不是因为飞机票没订上吗,当然……"

"什么叫'当然'?为什么不能坐汽车?为什么不能坐船?或者推迟几天走?告诉你,肖婷,我最讨厌你这种擅自做主和自以为是。对不起,你不是我的 boss,我不是你的听差。你不要把全世界都当成你的服装店。"

"你说什么呢?"

"我同意过坐火车了吗?我同意过住这家宾馆了吗?我同意今天晚上在这里吃饭吗?……告诉你,肖店长,这一路上我一直忍住,不想同你在小事上置气。但你不要太过分。人生而平等,哪怕你是总统,哪怕你是石油巨亨,你也没有吆三喝四的权利。你必须学会一个文明人最基本的规则:尊重他人!"

劈头盖脸一通骂,骂得肖婷泪水闪动,嘴一歪,朝门外跑去,连太阳镜也忘在餐桌上。

现在只能由我来劝解:"算了,吃饭吧,有话好好说……"

"我没好好说吗?我怎样才算好好说?我哪一句说错了?"马涛拍下筷子,闪闪利目横扫餐厅,回头戳我一个猝不及防,差一点在我的全身捅出两个洞。"陶小布,不是我说你,你这一次也让我非常吃惊。我知道,你春风得意,当过什么弼马温,在体制内讨一口嗟来之食。我不会苛求你。我不会要求所有的人都敢于担当,都深明大义,都特立独行,但既得的一点蝇头小利算什么?不可怜吗?入鲍鱼之肆,久而不闻其臭。你得明白,日子过舒坦了,离人民大众远了,良知慢慢就会丧失,追求真理的勇气就会慢慢磨灭。"

他缓了口气又说:"当然,我们之间已经有了阶级鸿沟,逆耳忠言你是不大听得进去了。但作为一个过去的朋友,我还是要送你一句话：好自为之吧。"

我不知道他火气从何而来。应该说，他的每一句话都没错，每一个标点都在智慧和真诚中浸泡过千遍，都是为天地立心为生民立命的卓见精识，但我与他之间到底有什么鸿——沟——？我们的鸿沟是他住套间而我住标间？鸿沟就是他享受养容护肤而我习惯于十块钱的理发？鸿沟就是他拍拍屁股出国而我一直在代他奉养母亲、照看女儿，然后对他盛情接待？……没错，弼马温一钱不值，但这里的人们没自杀，没疯癫，没蹲大狱，就是滔天大罪，就是无耻的苟活和叛卖？如果这些凡夫俗子没有追随你和膜拜你，没有哭着喊着向你欢呼，就是见利忘义恶俗不堪拒不悔改负隅顽抗？大人，马大人，是这样吗？

我把这一腔愤怒大喊出来，劈头盖脸拍在他脸上。

当然是在想象中。

事实上，我只说了一句："我会把你的球衫取回来。"

不就是来回四百来公里吗？不就是一个晚上不睡觉吗？我摸出车钥匙，立即走向停车坪，发动了汽车。我知道，这是最后的一夜——想想吧，捂住嘴再想想吧，明天他们就要乘火车，就是我们之间的分离甚至是——永别。那么，在这个满天星斗的夏夜，在这个完全陌生的偏僻小城，让我成为他最后的沙袋，最后的枪靶，最后一番教训和羞辱的对象，多大的事呢。只要他高兴，就算我守住最后一次的侍候与报答。母亲早就对我说过，做人宁亏己勿欠人，得一辈子在事上磨。不被自己的亲人磨一磨，不会死得踏实的。

母亲——我的泪水一涌而出。

有人拉开车门，上了副驾驶座。我回头一看，发现是肖婷，还未结束匆匆的涂唇补妆。

"对不起，他就是一个这样的人。"

日夜书　　　　　　　　　　　　　　　　　　　215

"没什么。"

"你不知道,他把我的朋友差不多都得罪完了,我也不知受过他多少气。有一次,我只是说了一句,说可能没人窃听我们,他就把我的电脑扔到游泳池去……"大概想起了什么伤心事,她开始抽泣,粉色指甲捏一块湿纸巾轻沾眼角。

"没多远,我一个人去就够。你去休息吧。"

"我反正也睡不着。"

"你没有国内驾照。"

"我陪你说说话,你就不会那么困。"

"他会更生气。"

"不,他的气大多是骂出来的。找不到人骂,可能还好点。"

车灯射光搜开前面的黑暗。一个个路牌在黑暗里不断绽放又不断熄灭。成群飞蛾在车灯中嗖嗖嗖扑面而来,打得挡风玻璃叭叭响。一阵沉默之后,我给她讲了一个小故事:当年在乡下时,大家曾吃到一个奇苦无比的葫芦瓜,觉得实在费解。为何一根藤上结出的瓜,别的都甜,唯独这一只充满毒液?当地农民也解释不了这件事。也许,这只瓜在授粉和打苞时遭遇了事故,出现细胞或基因方面的错误,才积下了满肚子悲愤。你也不妨这样想象:月光遍地之时,别的瓜都睡了,只有它不睡。早上鸡叫时,当别的瓜兴致勃勃地欢呼阳光和雨露,只有它在沉默和蛰伏。它一心一意要做的,就是暗中收集蚁毒、蚊毒、蝎毒、蜂毒、蛇毒、蜘蛛毒……把自己熬制成一颗定时炸弹,然后在主人的餐桌上轰然爆炸。它就不想自己也能甘甜一生吗?当然不是,肯定不是,绝对不是。但它的悲情无人可知……

我不知自己为何要说这些,让肖婷听得神色慌乱。"你要抽一支烟吗?你抽吧,我不在乎。"她可能觉得我有些异常。

"肖婷,他坐牢时留下了腰伤,注意不要久坐和久站,睡的床要硬一些。"

"我知道。"

"据说灵芝对提高免疫力有良效,很多癌症患者都吃。"

"我明白。"

"多说点逗笑的段子,可能是最好的养肺。"

"我懂……"

"你自己也要多保重。"

一只冰凉的小手悄悄伸过来,抓住了我的手。

> 茫茫大草原,
> 路途多遥远……

车里再一次响起音碟上俄罗斯歌手的男高音。一种全世界海平面都在呼呼呼上涨的感觉,从声浪中淹没过来。

34　漫长的失眠症

　　一个将要死于车祸的人正在碰杯，一个将要死于癌症的人正在购物，一个将要死于衰老的人正在给女友献花，一个将要死于水源污染的人正在奉承上司，一个将要死于战争或地震的人正在点击网上关于死亡的话题……这些话有些难听，但都是事实。生活就是由各种将要死去的人组成，或者说由大地上的暂住者们组成。死亡不过是每个人与永恒的预约，使生命成为一种倒计时——嘀嘀嗒嗒声无一例外地越来越响。
　　不是在那一天，就是在通向那一天的路上。
　　那一天是何等景象？亲友故旧会不会在身边？如果在，他们的容颜会不会苍老得难以辨认？其面目会不会在悲伤的扭曲下完全失形？如果他们不在，或早已不在，或从来没有，那么你的视野里会有什么？陌生的护士、医生、清洁工、整容师、保险公司代表、一群路边的好奇者或不好奇者……在这些陌生面孔之下，你不会觉得自己走错地方，有一种迷失者的孤立无助？
　　窗外也许是秋阳或春雨，是一片幽静森林或错乱群楼。事情就是这样，我们最后看到的世界，与我们最初看到的世界，其实不会有太多不同。太阳照常从东方升起。月亮照常向西方坠落。天空还是那样。群山还是那样。流水还是那样。暮色降临之际的玻璃窗上总是闪烁一些光斑乱影。几十年间耳闻目睹的一些变化，对于生者也许很重要，对于垂死者却没那么重要，甚至算不上曾经发生。

重要的是生命已经见底，重要的是以前很多事实际上都成了最后一次。人都不免有些粗心。最后一次在车站握别朋友，最后一次在街头观看橱窗，最后一次在城南大道打哈欠，最后一次走出四号线的地铁站，最后一次接到物流公司的电话，最后一次开车送客人驶上斜拉索的拱形大桥……你原以为那些事是可以重复的，还有下一次，但你错了。包括你儿时的万花筒或纸飞机，抄作业或买糖果，早就是此生的最后一次——只是当时没有行刑官高举白手套，宣布那些日子的死亡。

在这个意义上，每个人都早已开始死亡，或说部分的死亡，永别了数以千计的最后的一次，就像一棵树凋落了一片片叶子。

眼下是摘去这最后一片的时候？

你来自黑暗，又归于黑暗，经历了一次短暂的苏醒。你将回到父亲和母亲那里，回到祖父母和外祖父母那里，回到已故的所有亲人那里，与他们团聚，不再分离。你是不是有一种归家的欢欣？当你想象自己将重返中年，重返青年，重返少年，重返幼年，哗哗哗的记忆镜头一路闪回襁褓岁月，聚焦于你爬向那个纸飞机的背影，聚焦于小小的后脑勺，只有父母才可能暗记在心的后脑勺，你会不会喜极而泣？

出生前也是死亡，是不存在，是无。既然人们不曾惧怕生前的黑暗，那么为何要惧怕死后的黑暗？不就是再来一次吗？几十年劳累其实不怎么惬意。摘下呼吸机更像下班，把白布拉下来盖脸更像回窝，是一个工匠哼着小调走向轻松假日。一切成功者或失败者、快乐者或悲伤者、富贵者或贫贱者之间最为平等的长假，就是死亡的到期归零。一个人没理由对此愤愤不已。

当然，如果你怕死，不妨接受一种有关轮回的想象，如等待舞台上新的一幕，等待进入新的角色和剧情，以便把此生未办成的事补办一次，把来不及、错过了、不敢想的事尽力补偿……问题在于，要识别新剧情就必须保留旧剧情，就像要识别2.0版就必须比对1.0版。然而一旦新旧交杂，两个版本混在一起，当事人该如何取舍？会不会有顾此失彼的两难？就像轮回说描述的那样，当前生骨肉统统成为陌路人，或变成鸟在窗前叫一叫，或变成马凑过来蹭一蹭——依稀往事会不会使你心如刀割？

这可能多出补偿，但也会多出欠债。但一个删除了任何前世记忆，新版本身就是无可比较的孤本绝版，所谓补偿在这里既没有根据，也没有对象，其实没有任何意义。一个有关轮回的许诺委实两头都说不通。

在一个暗夜无边的宇宙里悄然划过，以众多星体为伴，与茫茫尘埃共舞，布下无形的步履和飞翔，漂泊于无始无终的浩瀚和深远——我们还是高高兴兴地接受熄灭吧。退出记忆几乎就是退出清醒，退出失眠症，退出一种过于漫长的失眠症。这算不上什么代价，但能让我们重归山河大地天长地久，换来我们今后的无时不在和无处不在——这种在，这种最大的在，当然就是上帝。

"……再给我揉一揉脚吧。"上帝最新的一句话是这样。

35 白马湖

根据宇宙大爆炸的理论，空间应该一直在不断地膨胀。但白马湖为何偏偏在收缩尺寸？——比如记忆中的堤坝如何变得这样短、这样窄？湖面如何变得这样小，看上去不过是一些稍大的水塘胡乱拼凑？

是不是我记错了？

记忆中的白马湖就是山坡上的两排土平房，总是以空寂无人的面目抵达梦境。记忆中的白马湖烟波浩渺，波浪接天，纵目无际。月亮升起来的那一刻，满湖闪烁的鳞形光斑，如千万朵金色火焰燃烧和翻腾，熔化天地间一切思绪，给每一个人的睡梦注满辉煌。有风声，有浪声，有桨声，有鱼跃声，有偶尔飘过的口琴声……不知来处也不知所往。当各种声音飘落于深夜，群山下这一大片琥珀色的遍地残火，注定无人在场，也举世莫知。

那样的白马湖到哪里去了？

当年我们举着火把去偷袭野鸭的白马湖到哪里去了？当年我们放船去采菱角的白马湖到哪里去了？当年我们草绳束腰破衫蒙头去砍伐芦苇的白马湖到哪里去了？当年我一个人累倒在湖洲中以至呼呼一直睡到天明没有任何人察觉的白马湖到哪里去了？当年那一夜蚂蚁咬不醒蚊子叮不醒寒风吹不醒饥肠闹不醒的昏昏大睡，从泥土中睡去从泥土中醒来的那一片大空白大寂静大虚无，还能否重返我的失眠之枕？

小船摇，桨声响，
　　湖面闪闪是月光。
　　两腿泥，一身汗，
　　天涯游子梦故乡……

这是小安子当年写的一首歌，据说歌词还出自我的手，曾一度在知青中传唱开来，但我完全不记得这回事了。

我只记得最后离开白马湖的那一天，早已不在茶场的秀鸭婆，听说我要走，一大早还是从村里赶来送行，往我衣袋里塞了两个硕大惊人的鹅蛋，还有一堆板栗，又挑上我的被包和木箱，一直送到公路口。

"你们这些城里仔，不是这个八字，其实本不该来的。"他叹了口气，"看看这一坡坡茶树，这些年苦了你们，也苦了你们父母。"

"没什么。"

"男子汉嘴大吃四方，但吃死人骨头那事，以后不能再搞了。听见没有？"

"你还记得那事？"

"不管什么时候，都要靠自己一双手，靠自己做。"

"当然。"

"你们有文化，是干大事的人。不过，万一哪天你们在外面不好混，就回来吧。这里没什么好东西，但有我们的一口干，就不会让你喝稀。"

"我知道。"

"你晓得的，我们眼下也有水泵了，有碳铵了，有薄膜了，有喷雾器了，还杂交了……"他是指正在推广的杂交水稻种。

我知道，他的意思是，现在可以多打些谷子了，不会再饿我们了。哪怕我往后是拖家带口地来，锅里也不会空，桶里也会有的。

  我眼眶有点发热,去溪边洗了一把脸。早春的溪水还是透骨凉,一沾就好像手指头都被铰掉。

36　毛主席万岁

我几乎忘记了白马湖,更忘记了吴天保。那次陪马涛两口子回访乡下,见到了吴家老三吴粮库,才从对方嘴里听到他爸的一些后事。

其实也没多少事好说。吴天保既没发家暴富,也没作奸犯科,属于记者和作家通常不感兴趣的那种庸常多数,比较平淡的故事缺乏者。自茶场承包给私营公司,他回村里务农,连个退休干部的待遇也没捞上,还是被村里女人叫作"猴子"。邻居失了鸡,他就去烧纸符。邻居要办席,他就去杀猪。邻居有小孩病了,他就到处去敲锣喊魂。一旦干得腰酸腿痛,他把椅子放倒,屁股坐在椅背,背脊靠住椅面,说这种别别扭扭的姿势最舒服。一个猴子的尖屁股需要特别的安放。

"怎么就不开会了呢?让我开一下天会塌么?怕我的铜牙铁齿啃烂你乡政府的饭碗呵?"他对乡领导的不满也越来越多,"再不开会,再不学习,再不搞思想,我就用一担谷把这个党员卖了它。"

他的日子看来过得过于寂寞。

算来算去,他最有面子的一件事,是教训过一位局长。那次是他去乡上找会开,觉得美国那旮旯炸塌了两栋楼,发生了这么大的事,不可能不开会的。但他最终没开上会,只见乡长在设宴款待县里一位局长。局长酒量大,气焰嚣张,不一刻就把乡长放倒,把两个副乡长也灌得眼睛发直,于是嘴里很不干净:你们如何这么不经喝呢?几个尿壶,上不得台面呵。几块肉皮,摆不成宴席呵。我是想在税收上照顾你们,但我这酒杯不答应,你们说怎么办?这白马湖也真是太没人了,连酒鬼也没一个……

吴天保从窗外路过,觉得这人骂得好,骂得大快人心,但一听到那人说到白马湖,忍不住一踢门进了餐厅。"说得好,白马湖一没酒仙,二没酒鬼,只剩一点酒精了。四妹子——"他一招手,"来,撤酒杯,换大碗!"

这意思是他要替白马湖来做一回人。局长打量他身上的泥点,还有乱糟糟的胡须和手里一根扁担,觉得自己没必要说话。

"我姓吴,吴不倒,又叫无底洞,随你怎么叫。"

一位副乡长忙介绍:"他就是茶场以前的场长……"

客人对陌生人不感兴趣,看一下手表。"各位,时间不早了,下午三点半局里还有个会……"

"不能走,不能走,没喝好如何能走?"吴天保一掌按住对方,"我们这鬼地方的规矩,竖着进来,横着出去。四妹子——"他又喊开了,"去把张医生喊来,把吊瓶准备好,今天不喝出个急症,恐怕是对不住人的。"

局长这才明白自己遇到难事了,不过大话刚出口,一时不好改,加上敬酒者是一个老人,是两手端碗,是鞠躬在先,也不便过于无礼,只好硬着头皮接招。第一碗下去,他还能笑。第二碗下去,他已有点像哭。待第三大碗咕咚咕咚灌下肚,他一脸僵硬,成了个斗斗眼,对吴天保喊"乡长",对乡长喊"亲家",起身去厕所却走向了厨房,走了一阵十字步,最后扑通一声倒在门外,连眼镜也飞出老远——果真是横着出门了。"我没醉,我没醉,我不怕你们挂吊瓶……"他躺在地上还嘟囔不休。

"开会去,开会去,好好地开。"吴天保搭上一手,帮忙把对方抬上汽车,朝汽车挥了挥手。

人们事后说,这一天县财税局长颜面扫地,威风不再,从此在白马湖抬不起头来,开口要茶叶不再那么海,还同意给这个乡减税。对蔡海伦、顾小佳等一些老知青募来的救灾款,也同意不再列入营业税征收范围。

乡干部对吴天保感激不尽,送来一箱酒,又接他去县城看大戏,"保爹""保爹"地喊得很热闹,只是仍然不提美国的两栋楼和老革命们的开会待遇。吴天保后来一提起这事就上火。呸,请我看戏,那也能叫戏?一无锣鼓,二无行头,三无腔调,连皮影和猴戏都不如。台上只有一群小妖精,绿头发、红头发、黄头发,一张嘴就是"爱"呵"情"的,猪油拌白糖,不怕腻死人。个个都像澡堂子里跑出来的一样,脱得身上只留几寸布,还不时下台来逗骚,找这个握手,找那个握手,血盆大口吓得死老鼠。嘿——她们的父母都半身不遂么?如何不操一把菜刀来剁脚?

他发现一个香喷喷的女子已扭到眼前,鞠了一个躬,手里抖动一个装有零散钞票的草帽,分明是索要赏钱。

他闭上了眼睛。

"爱哥哥,别紧张呵,看看我嘛。"

他几乎要发出鼾声。

"好花不常开,好景不常在,你别装睡呵……"

他实在赖不过去了,被对方拉扯得没法再装,忍不住脚一跺,睁开眼大喊一句:

"毛主席来了——"

小女子以为自己遇到了疯子,吓得一伸舌头赶快溜走。周围的人也大惊失色,纷纷探头,指指点点。

他对这种效果很满意,朝空中某个地方看了一眼,目光降落下来后,冲这个点一点头,冲那个点一点头,谢幕的意味明显,负手扬长而去。小儿子粮库追出剧场大笑。"爹,爹,你也真是土,又没人送你上刑场,你喊什么口号?人家同你一样热爱毛主席,不过是你票子上的那个毛主席。"

"太不像话!要省布,也不能这样省吧?以前还好点,顶多是扒开裤子看屁股,现在成什么了?扒开屁股看裤子?"

"不就是娱乐么?时代不同了,你不能翻老皇历。"

"娱乐就是看肉?"

"好看呵。"

"给你天天看又能怎么样?给你们发一个放大镜,又能看出一朵花来?没见过你们这些憨货,看一下,就拍钱。"

这样说来,他似乎又只是对亏本生意恼火。

粮库是个广告公司小老板,在县城置有公寓一套,家境不错,顿顿有酒肉,还是没喂出父亲的老年骚。吴天保也不擅打麻将,在妇女们那里输过几回钱,便恨上了麻将机,老是说中国应该同日本打一仗,最好同美国打一仗,等美国导弹把这个国家打烂了,打成豆腐渣了,大家就好夹紧屁眼扎紧裤头打起精神搞建设,省得去打麻将——否则麻将机还不玩死人?他想串一串门,同邻居商讨一下这样的治国谋略,但邻居都大门紧闭,他楼上楼下转了半天,没好意思敲门,即便鼓足勇气戳一下门铃,但对方只打开一条门缝,防贼一样地上下打量,问他有什么事。

他有什么事?他能有什么事?但不讨饭不逼债就不能来坐一坐,喝杯茶,抽根烟,把扫荡麻将机的问题议一下?大卵子一甩,把全国的歪风邪气扫一下就那么难?

不用说,见对方急急地关上门,他气不打一处来,再次跺一脚高呼:"毛主席万岁——"

邻居肯定更不敢开门了。

老人过日子省惯了。攒下的旧衣、旧鞋、旧瓶子、旧盒子都舍不得丢,要丢就是丢他的命。客人喝剩的可口可乐,他也拿来喝。客人丢下的纸巾团,他也捡来擦嘴,擦完往衣袋里塞。一不留神就盯住路边的垃圾桶细看,似乎那是一个个百看不厌的聚宝盆。儿媳说他这根本不是节约,是存心找病,是拿药费单子坑人。儿子的道理更时尚,说他这是对抗政府扩大内需的政策,阻碍市场经济,无非是想饿死一家家企业,饿死满天下的打工弟兄。最后,这家的一只猫也暗下阴招,大概是恨他打劫鱼骨头,对他从无好脸色,不是尖叫恐吓就是利爪袭扰,有一次还把猫尿屙在他的皮鞋里。

面对人兽联手的全面围剿,他招架不住,只能闭上双眼再来一个绝地反击:

"人民解放军万岁——"

至少把那只猫吓得无影无踪。

他以前就不习惯厕所,眼下更看不上儿子家的抽水马桶,蹲在马桶上吧,又滑溜溜地摔跤,有骨折或脱臼的风险。他只好去附近的菜园里游游荡荡。这一天,他在酒厂后的草丛里提起裤子,感叹县城的乏味,发现几个娃娃贴着工厂围墙蛇行鼠窜,开始以为是小蟊贼,后来才知道他们是不敢走大路,是学校里"郊农班"的,被"择优班"欺侮。后者多为富家子弟,家里出得起择校费的,有手机,穿名牌,袋装零食不断,还有学校里最好的教师精心执教。其中几个男生被高脂肪和高蛋白喂成了小巨人,又肥又壮的超大型儿童,肉势逼人,趾高气扬,眉飞色舞,滑旱冰时连成一队"开火车"呼啸而过,令其他子弟只能躲闪。在最近的一次群殴之后,郊农班的这一伙小青菜不仅鼻青脸肿,还被对方责令永不得走大路,更不得向择优班的女生吹口哨和抛媚眼,癞蛤蟆休想吃天鹅肉。

"你们老师呢?搓卵去了?"吴天保大为吃惊。

"不能告官。告官就休想在江湖上混。"

"还江湖？你老娘打地洞吧？生了一窝老鼠，连路都不敢走？"

孩子们疑惑地看看他，低下了头，嘟嘟囔囔。一个挂了鼻涕的娃觉得冤："我们打不过……"

"打不过？你们是没爪子，还是没蹄子？每餐三碗饭都吃到屁眼里去了？胯里那两颗蛋蛋被鹞子叼走了？"

"我们不会打。"

"不会打？我教呵，师傅在这里呵。"

吴天保的一套"牛皮鳞"拳法已经荒疏，但老底子还在，教孩子们几招不是很难。他着重教了一个侧身护胸，还有一个勾拳连击……其实打架主要是打一股气，照他的说法，实在顾不上了，就上牙齿，扯裤子，吐唾沫，撒泥灰，什么烂招都是好招。几个娃娃学得兴起，相互试拳，精神大振，拉的拉裤带，抹的抹鼻涕，一个个绽开笑脸。只有一个家伙不好好学，老是喜欢打岔："老师傅，你的牙齿好黑呵。"

吴天保只当没听见。"今天是什么日子？七月半，鬼门开。从今天起，你们不要做人，要做鬼。明白么？"

"明白了！"

"世界上只有人怕鬼，从来没有鬼怕人。哪个要打你们，你们就要打得他们天天晚上做噩梦。明白么？"

"明白了！"

小屁仔还是打岔："老师傅，你的牙齿太黑了吧？"

一支抗暴维权的起义队伍初步建立。孩子们始而惊异，继而紧张，最后是一派兴奋的欢呼雀跃。吴天保把这些小武士带去理发店，全部剃成光头，据说这样打伤了也好包扎。又买来一堆大馒头，让他们每人吞下一个。"记住了：哪个不敢打，老子就要

日夜书　　　　　　　　　　　　　　　　　　　　229

打他,还要告诉他的父母,不给他饭吃!"

这是他最后的战斗动员。

"耶——"一群小光头凭借大馒头的气势,朝大路上掩杀过去,决心一洗天鹅肉之恨。

下午,孙女放学回家,带回了爆炸性的消息。据她说,学校里一场恶斗,把警察都惊动了。"郊农班的好酷呵,把篮球抢回来了,把旱冰场占领了。他们个个都是光头,都有金钟罩,还有九华派传人掌门哩。我们都看见了,那个掌门仙姑白头发,白眉毛,白袍子,就在学校对面那个啤酒屋里施法……"直到父亲重重抹来一掌,这个小麻雀才住了嘴,伸伸舌头写作业去了。

吴天保听说这些,一声不吭只顾喝酒,继续看电视碟片。据说电视剧里的一个人物,就是他多年前挖坟埋葬的那位将军,因此这片子他百看不厌,虽未看到自己挖坟的情节,还是十分过瘾。唯一的缺点,是将军的几粒麻子,还有一条大狼狗,在这部"电视戏"里竟然无影无踪。

这年冬天,他的左腿越来越跛,脚踝部分还变青和变黑,医生说是什么动脉炎,须截肢以防进一步的坏死。他决不同意,说他以后到阴曹地府还要见娘的,他娘要是问两条腿怎么少了一条,他该如何回答?

拖到年关,他只能架拐杖出门了,但还是一拐一拐在村里转,甚至去一些丧家听夜歌。那一天,他大概喝多了,喝得胸口都红潮一片,兴之所至,情之所迫,也想唱上一嗓子。他一句上板没翻过去,便空张着嘴,目光呆呆地看天,不知呆了多久,终于仰面倒了下去。人们后来说,他是不小心起调太高,把自己的脑血管唱炸了。

依照他生前的交代,三个儿子给他做足了水陆道场,新旧两套祭奠礼仪,鞭炮放了几箩筐。要命的是,丧礼过后不久,几位面生的债主找上门来，有的有字据，有的无字据，但都说吴天保欠下了钱。照理说，吴天保的三个儿子都混得还不错，也还算孝顺，给过老爹不少钱，但谁也不明白他为何还要四处借钱，还要在杂货店和鱼贩子那里赊账。这天杀的老财迷把东西到底藏在哪里了？全家人撬墙砖，翻楼板，拆鸡窝，上房揭瓦，门前屋后到处挖，几乎掘地三尺，除了在棉衣里找到一些卷成小棒棒的小票，在猪栏房一个瓦罐里找到包藏若干硬币的油纸包，其他钱财还是无影无踪。

家人终于在一个柴灶上方的吊篓里找到了几大扎，看上去是原形尚存的钱，但经过柴烟的长期熏烤，成了干透失重的纸灰，几乎一吹即散一触即破。三个儿子小心翼翼连篓子带钱一起捧到银行，但银行职员看了一眼，说这是一堆灰呵，哪是什么钱？

老太婆在他的遗像前怒火满腔，脱下一只鞋子猛击门槛，每击一次就骂一句："你无聊呵，你缺德呵。这年月一不逃荒，二不打仗，三不吃公共食堂，四不搞阶级斗争，你藏你娘的肠子肚子肺呵？你害了我一辈子，当死鬼还要害我呵？你那些东西到底藏在哪里？你说！你快说！你说不说？你不要在我面前装死。我追到阴间也要揪死你，掐死你，一屁股坐死你。老娘要踩住你的两头打中间，要把你吊起来一天打八遍，你这个死猴子呵……"

只有几个小孩好奇地听她骂。

日子久了，孩子不见了，只有三五只鸡远远地听她骂。

37　扯　谎　歌

　　我需要再次离开小说主线，拾取一些记忆碎片，比如"秀鸭婆"这个绰号，一个我刚才重新想起来的人。

　　我常常猜想，上帝大概是不读小说的。因为我独自一人靠近上帝时（就像现在，在深夜的键盘前，在远处有轮船低鸣之际），心中闪烁的更多是零散往事，是生活的诸多碎片和毛边，不是某种严格的起承转合。

　　对不起，我的写作由此多了很多犹豫和混乱。

　　这个秀鸭婆眼下就坐在我面前，提到的一段婚礼胡闹，倒是让我略有印象。当时是婚后第二天吧，大家意犹未尽上门起哄。姚大甲用一个陪嫁的马桶罩住他脑袋，整得他两手困于糖果，腾不出手来摘马桶，只能瓮声瓮气地喊："憋死我了，憋死我了……救命呵……"那样子实在好笑。

　　大甲乐颠颠地强令他交代洞房勾当，否则要剐掉他的裤子。他死死抓住裤头，一个劲地央求："我讲，我讲。"

　　有人不耐烦，"那你就快讲！"

　　他左看看，右看看，发现自己无处可逃，才吞吞吐吐地说："昨天晚上见她眼睛翻白，全身出汗，以为她会死了……后来才晓得，那是她喜欢……"

　　大家一片浪浪的大笑。

　　他乘机逃出魔掌，跳到远处，一脸涨红。"你们这些城里崽……好拐呵,好拐呵,好拐呵……"一时竟骂不出别的什么话。

新娘子正巧挑水回家,见新郎叫骂不已,又听到众人大笑,猜出了什么,一张粉脸羞得通红,放下担子就跑,洒了好多水在青石板上。

这以后的故事是别人告诉我的,还有一些是经别人提示,我从遗忘中慢慢打捞出来的。是茶场里盖仓库,还是盖宿舍?反正都差不多吧,这位队长去梁上钉檩条,一脚踩空了,从梁上栽下来,砸在一堆乱砖上,据说把男人的东西砸坏了。坊间的传说是,从此他很少回家去,有一天走进家门竟发现老婆抱住一个汉子在床上打滚,脱下的衣服丢得满处都是。要不是狗叫,把床上人惊醒,他当时进退两难,羞恼万分,竟把自己一张脸憋出了猪肝色。他后悔自己回家来取棉衣。

他老婆倒是大方,下床整理衣装和头发,把衣服递给野汉子,等对方穿戴好,还当着老公的面送野汉子出门。她回来后一声不吭,做好了饭菜,自己却不吃,收捡了几件衣物,抱孩子出门去了娘家。

村里几个后生劝他去把老婆接回来。他眼睛红红地说:"没用,没用。她身子回来了,心还是在外面。"

有人怒气冲冲,鼓动他去把那个狗婆子打一顿。

他抹了把脸,"这事怪不得她,只怪我。"

他变得沉默少言,只是一说到儿子就津津乐道,十分陶醉,眼中透出明亮的光辉。据他说,那个小崽子还不满两岁就能抓笔写字,虽然满纸都是天书,但一个格子里画几下,很有章法似的。

他也惦记两个妹妹。大妹三岁那年,小妹出生那年,因为家里穷,又因为阴阳先生算出了两个命该过继的八字,被父母一起送给别人。父母去世以后,他常常买上几尺布和一包点心,翻过大王岭去看妹妹。两个妹妹一见他就哭,抱住他久久不放手。她们又黑又瘦的脸,结成麻绳一般的乱发,冻得满是血口子的手背,还有补丁叠补丁以至结一大团的棉裤裆,让当哥的心痛如割。每次回家时走到避人处,看到山坡上那两个小黑影看不见了,融化在天边晚霞里了,他就泪如泉涌。

三十岁那年,他去给父母上了坟,然后来到两个妹妹的继父母前,扑通一声双膝跪地,前额砸在地上,"对不起,我要把她们带走。"

妹妹的继父母相互对视了一眼,不好说什么,只是请他起来。"也难得你当哥的有情有义,不过这七八年下来,不算我们两家说妥的三担谷,我们就算是养两只羊,也要吃掉成山的料吧?就算养两只鸡,也要吃掉一船的谷吧?"

"你们放心,我决不让你们吃亏。你们说多少,就是多少。"

"这不是小数,你再想想。"

"不,今天你们不答应,我不会起来。"

双方后来商议的结果,是当哥的拆了两间屋,加上东讨西借,凑足了二十担谷的钱,总算把两个妹接回了家。

就凭这一条,不管他如何戴绿帽子,村里人说起他还是翘一根拇指。不管他婆娘如何浪,如何野,如何伤风败俗,村里人说起她也没太多恶语。因为夫妇俩硬是把两个妹妹养大,让她们补读了几年书,还给小妹治好了癞子,把她送去省城治好了眼疾。待她们成人,哥嫂俩分别给她们备一份嫁妆,一大柜,一中柜,两挑箱,四床绣花被,把她们打扮成镜子里的两朵花,风风光光嫁了出去。人们说,两个妹妹出嫁时都是哭得昏天黑地,哭得送行的女人们无不撩起袖口或衣角暗自拭泪。

秀鸭婆为此欠下了不少债,包括一位堂叔的钱,利滚利,三年间滚成六百多元。这位堂叔几乎引起乡亲们的公愤,但秀鸭婆一直认账，坚持还完了最后一分钱。堂叔是一位孤老，死后还全靠这个侄子送终。他又出钱又出米，力排众议，到处张罗，坚持要为堂叔"做七"，圆圆满满地完成了七天奠礼。"不是一家人，不进一个门——不管怎么样，他是我叔。"这是他事后对乡亲们的解释。

我不久前遇到他时，他已经老了，还瘸了一条腿，已不能上房干活，只是帮儿子看守一个煤气站，卖罐装液化气的那种。遇到生意清冷，他就在屋后的湖边钓鱼。

他淡淡地说："草木一秋，人生一世，这日子过得太快了。"

"梁队长，你这一辈子可不容易。"

"也没什么，大家都一样。"

"有些人不会这么想。"

"做好人，当然是要吃亏的。"

"是这话。"

"有时候，会觉得很累，也没什么意思。"

"我相信。"

"一天天扛，总觉得自己扛不下去了。"

"人都没有铜头铁臂，都不是神仙，都有扛不下去的时候。"

"你会不会关虾子？"他突然换了个话题。

"梁队长，我想起来了，当初就是你挑一担行李，送我到公路口……"

"白露一过，虾子就肥了，就呆了。"

他好像有点耳背，根本没看到我的惊讶和激动，只是冲着我笑了一下，再次把鱼钩甩出去。我久久地凝望水面，凝望水里的青山倒影，水里的白云和蓝天，还有一只无声飞过的孤单白鹭。

  捡块石头来烧火呀，
  筛子渡客好过河。

日夜书

白菜长得藤满坡呀,
　　一只茄子挤破箩。
　　两条蚯蚓比大腿呀,
　　三个虱子比耳朵。
　　四个和尚来打架呀,
　　头发都成野鸡窝。
　　我爹满月我陪客呀,
　　回家我娘生外婆。
　　扯根茅草三围大呀,
　　吊起太阳往回拖。
　　白云割下腌酸菜呀,
　　抓把星宿下油锅。
　　王母娘娘来洗碗呀,
　　玉帝帮我把背搓。
　　…………

　　这是湖面上一些农民"赶鱼"时唱的《扯谎歌》,我以前听过的,梁队长也唱过。干这种活多在秋天鱼肥之时。农民一撒七八条船布开阵势,在船上用木棒敲击船舷,敲出日夜不息的"嘭嘭嘭"和"咚咚咚",把鱼轰赶到湖库的某一角落——其他伙计正在张网等待的地方。他们敲得兴起,便敲出不同节奏,一重一轻的两拍,一重两轻的三拍,一重三轻的四拍,如此等等。切分音符中似有敲击者的醉态,有湖岸的此起彼伏、跌跌撞撞以及某种浪荡轻浮。慢板和散板中则似有敲击者的愁容,有恍惚和遐想。人们总是把水面上的月光敲得叮叮当当琳琅满目,不知今夕何夕。

　　梁队长说过,赶鱼就要这样唱,把鱼唱得颠三倒四傻了一大半,它们就会自投罗网,不用打鱼人太费手脚。

　　他是一个同鱼说得上话的人。

38　欠下一个笑

　　看到追悼会上的遗像，那个名叫郭又军的微笑面孔，我略有几分陌生感，这才发现自己很久没与他往来了。
　　我是否该为自己的陌生感哭泣？
　　很抱歉，就算没有马涛坐牢那件往事，我也不大适应他家后来的那些麻将：有时摆一两桌，有时甚至摆三四桌，于是小屋里闹哄哄的，烟雾腾腾，喧哗四起。这时候的他，可能耳朵上夹了五六个晒衣夹，可能正在解手表或解钥匙链，忍受输牌后的各种惩罚，没工夫起身礼遇我，只是扬一扬手，告知烟在桌子上，茶叶在盒子里，瓜子在盘子里……意思是你好好招待自己吧。
　　我来这里一颗颗地剥瓜子显得很傻。
　　我闲坐在这些牌桌边，听他们争议某一位女歌星的嘴巴是大了还是小了，争议彩票中奖号码可能是双数还是单数，争议当年学校里谁偷看了试卷，争议当年班上谁的肺活量最大并且把水漂打得最多……是不是很无聊？当然，他们似乎只有这些事好谈。他们如果不翻找出这些磨牙口的话头，制造各种恼怒或开心的争议，严肃或无聊的争议，又如何把一天天的日子填满？
　　那一次，他家里只有丹丹在啃面包和看电视，我用电话联系他，他说马上就回家，说好了不见不散，但我一直等到他女儿看完两个日本卡通片，眼看就要误航班了，只好离开他家。有意思的是，他满头大汗在楼道撞上我，看到我手上的飞机票，发现实在没理由留我，便回头再次跨上自行车。

"你不是下班了吗？"

"刚才手气太臭，根本没有吃牌的机会。"他挠挠头，"今天非要报仇雪恨不可，把老子的米米赢回来！"

他连家门也没入，甚至来不及打听我上门事由，就一头扎入夜色绝尘而去，弓着背再度杀向某张麻将桌。

他不知道那是我最后一次想调解他与马涛的关系。

他后来打过一次电话。

"小布吗？"

"谁？"

"我又军，郭又军呵，听不出来了？你这个鳖太没意思了。"

我沉默一阵，不知该如何回答。

"不好意思，没打搅你吧？你好久没来玩了。"

"玩什么？我不会打麻将，给你们傻傻地站岗？"

"你来了，我不玩就是。上次让你白等了好久，是我的不是。再说，我可以教你玩呵，玩简单一点的。我们也不玩大的，不会挖你的金矿……"

"对不起，你有什么事吗？"

"是这样的，这样的，这样的……"他迟疑了片刻，假笑了两声，又迟疑片刻，"你家马涛是不是还在怀疑我……"

我怔了一下，不知最近又有什么闲话嚼到了他耳朵里。"什么陈谷子烂芝麻，事情都过去了，说它做什么？"

"不，我要说，我一定要说。小布你一定要给我主持公道，我再不是个东西也不会卖友求荣吧？我吃饱了撑的，当初会去写那样的信？这怎么可能？明明是阎小梅下的药，明明是北京知青的事，这冤有头债有主……"

"我相信你，真的，相信你。"

"不，你不相信。你对我一直有成见。"

"这么些年了，我问都没问，是觉得这事没必要问。"

"不，你要是真相信我，就一定会来问我的。你和马楠不问，恰恰是你们心里有疙瘩。我没说错吧？"

这就有点纠缠不清了。我到底是该问还是不该问？我的追问就不会引来他另一套说法？

"小布，我真没下过眼药。"他的声音接近哭腔，"我承认，当初我是有些怕马涛。我也承认，那个什么会我确实知情，确实参加了，警察后来找到我，我实在没办法，多少也吐了点黄水。但点眼药真的与我无关。我在你这里要是有半句假话，明天就在大街上被货柜车一头撞死，我丹丹明天就⋯⋯"

"对不起，我这里有客人。"我打断他，"这事以后再说吧。"

其实没什么客人，只是不想往下听，更不愿他把女儿押上来赌咒发誓。拜托了，他可能确实不曾告密，但事情过去了这么久，另一个可疑的阎小梅已去世，当年的警察和案卷都不知所往，这事还怎么可能真相大白？更要命的是，即便我眼下说一万遍相信他，他能相信我的相信？即便他一时放下心来，一转念不会又来忧心忡忡地唠叨不已？

他后来还来过几次电话，完全不听我分说。我差一点冲着话筒大喊：郭大爷，你给我听明白了，我宁可接受一个告密者，也受不了一个没完没了的清白人！

不知这一声大吼与他的病情加重是否有关，与他后来在笔记本遗嘱里无一字提到马涛是否有关。不知从何时起，他不再自我辩白——是澄清无望，还是心虚默认，还是已疲惫得说无可说？我无从得知。

最后一次见到他，是在大年初四的聚会。他似乎很在意我，一反常态地不打麻将，不下棋，一直陪在我身边干干地假笑，给我介绍一些新面孔。"我下次还要给你介绍一位,就是我说过的那个谢工,老大学生。他叔叔和表哥也都是大学生,你肯定感兴趣的……"

他唯恐天下英雄不相识,最喜欢介绍朋友,比如他通过卖水果、搞装修而新交结的一些要人。他特别愿意鼓吹要人们的学历和职称——如果被介绍者不是博士,那他或她的亲戚里可能有硕士;如果他或她不是教授,那这家伙以后或再以后一定是副教授。再不济,他也要把车间副主任一类职务,去过韩国或香港一类非凡经历,甚至儿女考试拿下名次一类盛大喜讯,作为隆重推介客人的理由,让朋友圈子蓬荜生辉,大家共享荣耀。

"我说一个笑话,说给你们听……"他不但营造了一个荣耀的团体,还要在团体里大张旗鼓地营造欢乐,让大家不得不进入某种表情预热。"真是笑死人。真是太有意思了,特别有意思的,把我肚子都差点笑痛了。昨天来了两个人,走我家门前过,左顾右盼的。你们猜他们是干什么的?猜不出吧?我当时看了他们好久,好久,好久呵。我以为他们是小偷,不是。我以为他们是水果贩子,也不是。最后,我以为他们是便衣警察……"

旁人尚未笑起来,但已听到他的咯咯咯,估计包袱可能就要抖开,于是全神贯注跃跃欲笑。

"你们猜一猜,他们到底是谁?猜不出吧?猜不出吧?操——我最后算是明白了,他们就是两个打工仔,急得像热锅上的蚂蚁……"

他把大家的胃口吊到最高点,让听众的脸部表情紧绷在最危机一刻,眼看就要水落石出灿然一片,这才一举抖出谜底:

"他们其实是找厕所。"

他笑得又捧腹又拍膝,得意于自己的快乐大酬宾。可怜身旁几位上不着天,下不着地,脸皮怎么也动员不起来。

"我的笑话完了。你们怎么不笑?"

倒是这一句令大家发愣,然后哄堂大笑了。

"不对,你们是笑我,不是笑我的笑话。"

"不是,真不是。军哥你听我说,你今天真是让弟兄们笑惨了……"

"那我再给你们讲一个,再讲一个。别拦我,别打岔,我一定要再讲一个,保证你们个个笑得流眼泪……"

他取来一个小笔记本,急急忙忙地翻阅,大概那是他的笑话宝典,早已助他养兵千日粮草先行,今天非一鸣惊人不可。不巧的是,几个新来的客人进门,一套寒暄搅散了他的后续节目。他几次想开口,甚至已经开口了,"听我说……""听我说……""有一天是这样……"但最终还是插不上嘴,只好去给客人沏茶水和削果皮,给两个小孩吹气球。

他是不是因此留下了一桩极大的遗憾?

眼下,再也没有他在场的初四了,再也没有他的焦虑、忙碌以及欢乐预告了。我是否欠下了他很多?欠下了一些约会,欠下了一些电话,欠下了可能谈好和谈透的某个雨夜,我至少还欠下了他一个大笑吧?——追悼会上,我走过他的遗体,看到他被整容师制作出来的红腮和浓眉,听到殡仪乐队那几个老头照章办事又吹又打——他已闭上双眼无视这一切。但他的耳朵还张着,还支着,还在那里绽放,在持久地等待什么。那么,我们所有朋友是否应该追补一次放声大笑?"军哥,你真是让弟兄们笑惨了……"我们是否应该笑得浑身颤抖东倒西歪眼泪横飞上气不接下气?让九泉之下的聆听者如愿以偿,最终适意地安睡而去?

39　高高大山的那边

小安子回国来,赶上了丈夫的葬礼,但一些朋友非议甚至愤怒的是,她戴的黑纱还未摘下,家里居然就冒出了一个俄国帅哥,总是戴一顶绒线圆帽,穿一件方格大图案的粗麻衬衫,没事时就哗哗哗拧一个魔方。小安子的说法是,她想给女儿装修一下房子,但她不会干这个,伊万就主动要求前来帮忙。

俄国帅哥果然很能干,笑一笑,便刷好了墙。笑一笑,又重装了便池和热水器。再笑一笑,还淘来几个配件给丹丹装了一台电脑——好像这世界上没有他干不了的活。他说不了几句中国话,但似乎能听懂不少,常用点头或摇头回应别人的言语。

丹丹倒是很开通,并不排斥母亲的男友。见他来自俄国,还翻出很多书本来讨教有关知识,比如她崇拜的托尔斯泰。

"骗子!"伊万指着书中托尔斯泰的照片。

丹丹吃了一惊,又翻出屠格涅夫。

"骗子!"

丹丹又翻出诗人布罗茨基。

"骗子!"

"为什么呀?"

伊万耸耸肩,向小安子嘟囔了一句,小安子替他翻译了:"他说,俄国就是被这些骗子给坑了。"

"你才是个大骗子呢。你好大的狗胆,敢辱骂我的偶像……"丹丹忍不住大笑,抡起书本往对方砸去。两人用汉语和俄语胡吵一通,打闹成一团。

小安子懒得理他们,只是独自倚门,拎一瓶子喝啤酒,间或撇一撇嘴,用嘴角吹出的气流整理自己飘乱的鬓发。自回国以来,她似乎不大适应家乡的口味,很少吃饭,只是喝了一箱又一箱的啤酒。从她后来捎回的日记里得知,她也不再适应家乡的潮湿,觉得自己成天活在蒸笼里。她更受不了街头巷尾的脏乱,觉得自己成天活在一个垃圾场,再在这里活下去一定疯掉。她对熟人们(特别是男人)的挑剔一如既往,对我也大失所望。大概是我见面时伸手邀握,让她颇不习惯,便在日记里讥讽:陶干部呵陶干部,怎么不加上一句"近来工作和学习怎么样?"那一天,她的手机没电了,借我的手机用一用。我见她喋喋不休,忍不住插了一句:"国际长途很贵的,你快点说。"这就更惹来她的愤怒。她在日记里毒舌如刀:还以为这家伙仙风道骨,原来也是大俗物一个。几年不见,怎么都成这样呵?我要是再在电话里多说几句,不会把他急出脑溢血?……

说实话,她说的这事我几无印象。好吧,就算有这事,就算我小气,也算不了什么大错吧。犯得着她来耿耿于怀痛下恶语?她以为她是哪根葱?她以为自己的睫毛还能搅翻一个世界?她以为天下男人都该像郭长子那样任劳任怨?都该像伊万那样招之即来大干快上无偿奉献活脱脱就是一台机器?

她凭什么还要把这样的日记捎来给我添堵?

我越想越觉得自己不可能说那样的蠢话。我肯定不会那样小气。但我这一不白之冤没处说。

好吧,这只越活越瘦的干鸭子爱说不说,我不在乎。

她与伊万在国内待了两个月,据说打听了一下丝绸、茶叶、工艺品的出口货源,便返回了国外。后来,从她捎回的日记来看，这是她最后的一次回国。她的整个后半辈子漂泊在十几个国家，打过八九种黑工，包括当理发师、当驯狗师、做裁缝、在餐馆导客、开花店、当保姆、出租录像带等。她是否参加过一个叫"世纪之光"的疑似邪教组织，查无实证。她是否参加过哥伦比亚的一个反政府游击队，还遭遇过一次车祸，同样查无实证。"知道我最想做的事情是什么吗？就是抱一支吉他，穿一条黑色长裙，在全世界到处流浪，去寻找高高大山那边我的爱人。"我记得这是她多年前说过的话。

但"伊万"这个名字似乎也不是高高大山那边最后的一个，后来也消失在她的日记里，由一个代号为"D"的取而代之——到底是她的同居者，还是她的朋友，抑或她的客户或老板，不大清楚。在国外见过她三两次的大甲对D这个代号也一无所知。

D是华人无疑，也一定比她年长不少。因为照日记里的说法，他当过国民党的兵，是最后一批坐船离开大陆去台湾的——就算当时是童子兵，现在也该是大叔级，比小安子大十几岁吧。他曾经回忆，船离三亚港时，遭岸上的炮火猛击，差一点丢了自己的小命。不过开炮的不是共军，是国军中那些上不了船的，大概不甘心自己被遗弃，一时气不过，便掉转炮口猛开了一通火。

D叔后来在南非教过好些年的油画，做过园艺，也做过生意，长期漂泊的日子里不免怀旧思乡。当时南非还施行种族隔离制度，公交车上有白人专区，设在车厢前半截，有时那里空了一片座位，有色人种也不得僭入。这一天，他照例往车后边钻，与一群黑人挤成了肉酱。不知什么时候，一位白人满脸笑容地走过来，拍拍他的肩，"先生，你好，你可以到前面就座了。"

他不明白对方的意思。

对方进一步解释："先生，你难道没看今天的报纸？"

他从对方手里接过英文报纸，这才发现头版新闻标题赫然入目:"中国第一颗原子弹爆炸成功……"

他发现司机和其他几位白人也看着他,摆摆头,扬扬眉,示意他坐到前面去。他这才明白原子弹爆炸了,中国就是核大国了,从今以后他这张黄面孔就成了高等乘客,从今以后所有的华裔也可以让人高看一眼——这个世界的逻辑是何其简明,何其坚硬,也何其势利。只是那些微笑的邀请者不明白,试爆原子弹的那个红色中国其实与他没关系,甚至是他多年来的敌人。他们还分辨不出不同的中国人。

"That's not my country(那不是我的国家)!"他慌慌地大喊了一句。

满车人都惊诧无比地看着他。

"你不是中国人?"有人问他。

"让我下车,下车——"

他没有上前入座,而是走下车去,离开这一个他觉得进退两难无所容身的车厢,一种他没法面对的等级选择。一张报纸在他手中抖动,说不清的泪水还是忍不住夺眶而出。他既为中国人感到屈辱,也为失败的自己感到屈辱,觉得自己走在开普敦临海大道上的双腿沉重如铁,一时不知该往哪里去。

40　老照片

　　郭又军的身影消失后,白马湖知青的聚会也少了。依照老习俗,这种聚会以前总是定在大年初四。大家在一间借来的教室或会议厅里,各带一点吃的,说说笑笑,吃吃喝喝,相互进行皱纹的年检。不用说,一旦女人们的话题转向孩子择校的费用,转向柴米油盐的价格上涨,这些脸就越来越不中看。

　　这种聚会一旦形成便不间断地延续几十年,倒也是个奇迹。同学、战友、老乡、同事的聚会,好像都难以做到这样。"你这小杂种躲到哪里去了?""死鬼你还晓得来呵?""老子一看你就恨不得……"他们见面时总是习惯用这一类辱骂来表示亲热。惨遭毒蝎攻击式的尖叫,大概也出自女人们的狂喜。

　　他们是被又军吸附在一起的。军哥的插龄其实很短,但不知为什么一直担任知青事务总管的角色,在县城那几年,他的住所就是知青接待站,来往食客特别多。调到省城后,他又成了个联络中心,哪个病了,哪个搬家了,哪个要结婚或要离婚了,哪个的父母或子女有事了,好像都在他的业务范围之内。他骑一辆破自行车颠来颠去,对各路情况了如指掌全面关怀。几个老姐老妹的最喜欢去他那里,据说连妇科病的隐私也愿对他唠叨。

　　大家也是被白马湖黏合在一起的。那么白马湖有什么特别吗?从这些人的表情和言语来看,过去的岁月黯淡无光,说起来简直都是字字血声声泪。吃不饱呵,睡不够呵,蚊子多得能抬人呵……白马湖是他们抱怨的对象，痛恨的对象，不堪回首咬牙切齿的对象。如果说他们现在下岗失业了，提拔无望了，婚姻解体了，儿女弃读了，原因不是别的什么，肯定就是白马湖罪大恶极，窃走了他们的青春年华。

不过，在不经意时，比如对晚辈说话（他们有时混迹于这种聚会），他们也可能脱口而出：

"我们那时候，哪有你们这样浪费？"

"我们那时候，一担谷一百八还上坡。你哭都哭不动吧？"

"你们这些蜜罐子里泡大的，根本不知道什么是苦。"

"像你这么大的时候，我一天打蛇七八条，不算稀奇。"

"我们那年月，连一罐猪油也是大家分，没人敢独吃。"

"给鸡打青霉素，你不会吧？"

…………

这些话值得稍加注意。从口气上不难听出，他们似乎在夸耀什么。打针（知识）、猪油（情义）、打蛇（勇敢）、担谷（体力劳动）……是值得夸耀的吗？如果是，那么另一个白马湖就与前一个白马湖混杂起来了。

比较而言，启蒙前辈也好，卫国老兵也好，怀旧态度大多是单色调，只有自豪，绝少悔恨，几乎是雄赳赳的一心一意。但从白马湖走出来的这一群要暧昧得多，三心二意得多。他们一口咬定自己只有悔恨，一不留神却又偷偷自豪；或情不自禁地抖一抖自豪，稍加思索却又痛加悔恨。他们聚集在郭又军这只老母鸡的翼下，高唱一首首老歌，对往事津津乐道，结伴寻访旧地，深情看望老房东或老邻居，接受当地新一代官员的欢迎和赞美，甚至编影集、排节目、办展览、筹建纪念碑……一切英雄怀旧的外形都有了，但他们的表情始终要低几度，口气总是要带点飘忽，有点强打精神的意味，似乎是对一笔亏损的生意，不便大吹大擂和恋恋不舍。他们的自豪与悔恨串味，被一个该死的白马湖搞得心情失调。

还有一些人，从不参加这种怀旧。因为在外地，或因为失去联系，或因为不感兴趣，一直是初四的缺席者。

黄，六队的，曾强烈要求把自己的姓名改成"誓将无产阶级革命进行到底"。领导不同意，是觉得"誓"这个姓太怪，名字也太长，再说占了那么多好词，万一这家伙将来犯错误，大家要骂要咒要"打倒"，不大方便吧？他后来喂过猪，每次都动用肥皂、刷子以及梳子，把集体的猪侍候得干干净净，得到农民的赞叹也让农民困惑。嗯，学了毛主席的著作硬是不一样，养猪都养得这样客气。不过把猪娃都养成了相公少爷，以后它们要不要上床来睡觉？

顾，三队的，脸色透青，几乎不说话，活得像个哑巴，更像若有若无的一个幽灵，小小年纪就习惯于从眼镜框上方看人，后来在文艺宣传队跑龙套时演过一个账房先生，虽无一句台词，但大家都觉得他神形毕肖。有一次，几只鸡误食打过农药的稻谷，被毒倒在田边。他不知从哪里学来一招，找一把剪刀，用火消消毒，剪开鸡的食袋，以肥皂水冲洗，再用针线将伤口缝合，居然使两只中毒的鸡活了过来，让村民十分惊喜。他回城后混得不是太好，在蔬菜公司早早辞职，卷铺盖回乡下养鸡去了，一干就是十几年。他的回乡与当年那一次妙手救鸡可能不无关系。

郑，一队的，给人的最深印象是个子特别高瘦，走路时摇摇晃晃，好像重心不稳，行走成了一种飘荡。有人说他偷过东西，有人说他没偷过。有人说他同某女谈过恋爱，有人说他没谈过。有人说他在乡下干了三年，有人说他干了五年。有人说他毕业于五中，有人说他是十八中的，只是随姐姐混进了五中这一群……总之，有关他的事大多歧义丛生，本身就是一大特点。说起来，与其说大家对他感兴趣，不如说对他老爸感兴趣。那位老人每次写信，都是写在报纸中缝，于是寄报就是寄信。好处是报纸属于印刷品，邮资三分钱，比信函省了五分，而且让儿子多看报，好歹也能温习几个字。不知是不是老人这一手见了成效，儿子后来考上了大学，去了大西北一个石油基地。

....

日子久了，更多人成了聚会的缺席者，甚至也进入歧义丛生的状态，比如说：还活着吗？已经死了吗？是不是真活着？是不是真死了？

人们说，你就要离开村庄，
我们将怀念你的微笑。

....

我很久没听到这种歌声了，以后能否听到，也不知道。国有企业和集体企业的倒闭大潮，使这里的多数人丧失了唱歌的兴趣。相反，他们聚在一起的时候除了打麻将，喝小酒，斗嘴取笑，更多的只有抱怨。"地狱""劳改""大迫害""大骗局""水深火热""暗无天日""九死一生""万劫不复"……这些出现在媒体上的流行用词，对于他们来说最为顺耳，最为解气，最能记住。他们几乎不假思索就认定：说得太好了！事情难道不是这样吗？若不是因为下乡，若不是因为白马湖，他们哪会沦落到眼下这个地步？他们不也能在北大、清华那种地方混个三进两出？不也能与那些戴上钻表、开上豪车的成功人士们有得一拼？

我也参与过这种抱怨。

几乎忘了的问题是，白马湖的农民会这样说？他们当然也觉得知青崽苦，离乡背井更是可怜，但再苦也就是几年，顶多是服了几年兵役吧，而他们在白马湖活过了世世代代，甚至一直活得

日夜书

249

更苦和更累，那又怎么说？他们甚至不能享受知青的"病退"和"困退"的政策，没有招工和升学的优先待遇，但一眼看过去，土生土长的万千农民中不也成长出好多企业家、发明家、艺术家、体育明星、能工巧匠、绝活艺人，还有一条短裤闯出国门却把生意做向了全世界的家伙？凭什么说三五年的农村户口就坑了你们一辈子？

恰恰相反，是"城市户口"这种保护伞，是"国有企业"这一类安乐窝，养懒了你们的一身肉吧？废了你们的武功吧？你们这些"国"字招牌和"城"字招牌下的红色破落户，二等八旗子弟，国家粮养出来的病秧子，一旦失去保护伞和安乐窝，就只是打麻将喝小酒了！你们开骂也不妨事，但冤有头，债有主，端起城里人的小架子，往自己身上贴几枚假伤疤算怎么回事？

我猜想不少乡下人就是这样想的，只是没说出来。即便说出来了也很难上媒体——媒体毕竟都是城里人办的。

我也说不出来，不仅因为自己有幸上了大学，还混成了副教授，混成了科长、处长、厅长什么的，涉嫌人模狗样，能给这个那个办点小事，能给朋友的聚餐埋一两次单，在物质优越的同时收获精神优越，自得于一种双重的富有——这种人最容易站着说话不腰疼。更重要的，我发现自己说不出口是因为曾在街头突然见到一个女同学的肮脏、憔悴以及过早苍老，惊愕得退了一步，不相信自己的眼睛。我说不出口是因为一位我熟悉的哥们没钱给儿子所在的学校"赞助"，被儿子指着鼻子大骂，只能暗地里自抽耳光。我说不出口是因为一位曾与我同台演出的姐们，失业后干上了传销，逢人便推销净水器，便发展敛财的下线，以至喋喋不休翻来覆去百般纠缠廉耻尽失。我说不出口是因为一位曾帮我拉过车的老同学太穷了，去校园里捡垃圾，顺手偷窃球鞋和球衣，落了个当场败露，被一群大学生无比正义地暴打。我说不出口。我一次次想说却说不出口。我说不出口是因为刚刚参加了郭又军的追悼会，会上诸多熟悉的面孔都容颜渐老，不是掉牙就是谢顶，却闪烁着小动物那样的眼睛，透出温顺和惊乱，正在有关明天的恐慌前不知所措。他们是一些知识精英昨天认定必须赶下岗的人（据说是为了效率），也是同一批精英今天鼓吹必须闹上街的人（据说是为了公平）。

他们其实不想下岗，也不想上街，只是需要一个理由，使自己稍微宽慰一点，轻松一点，能有勇气活下去——哪怕这个理由是一枚假伤疤。

这有什么过分？

正因为这样，他们才从四面八方奔赴初四聚会，奔赴一张友情的老照片，在一张立体化与活动型的照片里，在一张褪色发黄的集体留影里，在每年一度定期出演的温暖定格中，给自己的神经镇痛。他们的抱怨是相互温暖的一部分。

显然，对于他们来说，谎言是必要的镇痛剂。在这个时候，谎言是另一种形式的真理，不真实是真实的一部分，正如真实也可以是不真实的一部分。

我连这一句也说不出口。

就在不久前的那个初四，他们包乘两辆大客车又去了白马湖，享受了乡政府的招待酒饭，各自接受了茶场馈赠的两袋茶叶。据说因筹建纪念碑的事商议太久，三五位有见识、有阅历、有行政经验的男士各有主张，理应让老友们刮目相看，于是在碑址选择和碑文内容方面争执不下，耽误了大家的返程，晚上只好临时就餐在路边一饭店。军哥忙于录像，交代另一位收饭钱，每人二十元。不料大家抹嘴巴剔牙齿走出饭店时，收款却差了一大截。"我们流血流汗那么多，还要交饭钱？"这一条好像说不过去，毕竟店主与茶场没什么关系。"这个厨师也太不行啦，饭都没怎么蒸熟。"这一条好像也不上道,再糟糕的饭不也是吃了么?到最后,还是有些人瞪大眼,干脆交出一脸的无辜:哎,哎,不是说不收钱么?对呀,你们什么人在这里假传圣旨!

谁说不收钱?张某说是李某说的,李某说是吴某说的,吴某说是邢某说的,邢某说是洪某说的,洪某说不知是谁说的……一个查无来处的谣言被这些人坚信,被这些人热心传播,被几个铁杆信谣者七嘴八舌再一次强辩为真实,倒是军哥的辟谣被很多人怀疑,似乎只有他一个人不知情,在这里瞎操心。

没办法,面对气呼呼追出大门的店主,又军只好押下自己的身份证,打下一张欠条,答应过几天来补齐欠款。

汽车开动了。又军没再窜前窜后地给大家录像和说笑话,只是坐在最前的座位上,一声不吭捧住脑袋,好像睡着了。

与来时满车笑语的情况不一样,这次是出奇的沉默,大家也久久地不再说话。

41　臭疤子

丹丹与笑月就是在父母们聚会时认识的，靠争糖果和互相化妆结下了交情。丹丹这孩子倒是讲义气，读大二那年曾乔装打扮，为笑月去代考，结果被监考人员当场查获。若不是靠一场装模作样的大哭，博取了对方同情，被放过一马，那事的后果肯定很严重。

笑月的成绩还是上不去。听说贺亦民教子有方，教出了一个名校学生，我也曾去讨教经验。我在他的小公司里转了一圈，顺便求他一事：若笑月这次再考不上，就请他留下这孩子，在公司里描描图纸或做做模型都可以，算是有口饭吃，也能学些技术。我最怕她去社会上闲混，尤其怕她一不小心吸上毒品。

亦民一张脸笑得很下流，"你就放心让她来？万一她爱上了我怎么办？我们以后一不小心结成了亲戚怎么办？"

"臭疤子，你就不说说人话？"

"没办法，我这人就是有桃花运。我意志薄弱，最容易怜香惜玉了。"

"你这家伙不怕下地狱呵？"

他仍然嘻嘻笑，不愿意接球沾包，只是从抽屉里抽出两扎钞票，算是他赞助家教费，要我请几个大牌的老师，给笑月好好地补课。

一个小矮子，当年的一个垃圾生，眼下把钞票当砖头甩，在写字台那边人模狗样,不能不让我刮目相看。想当年同学们大多不知他的姓名,更不知他父亲其实姓郭,只是习惯叫他"疤子",缘于他右耳下方有过一块伤疤。

因为个头矮,他是班上一片人头中的塌陷区,又经常缺课逃学,是大家视野中的缺损区。用他自己的话来说,他几乎没同学,差不多是一个隐身人。他成年后还说过,他几乎是被打大的——如果哪一天没挨打,原因只会有二:他父亲病了,或他病了。

父亲一直恼怒于他的矮,还有他可疑的长相,似乎不相信他是自己的骨肉,只是一份耻辱,一个丧门星,一个应该在鞋底蹍掉的臭杂种。因此,一旦哪天父亲忘了打他(父亲在厂里得奖了,入党了,或赌赢了,这种事偶有发生),疤子就条件反射,觉得自己应该发烧,应该咳嗽,应该拉肚子或晕过去,否则这一天肯定不大对头。

他从未穿过新衣,总是接哥哥不再合身的旧衣,烂布团一样滚来滚去,以至有一次全班上台唱歌,按规定都得白衣蓝裤。他没有蓝单裤,只有蓝棉裤,虽被老师网开一面,自己到时候却热得满头冒汗,在夏日的阳光下两眼一黑中暑倒地。他倒在《美丽的哈瓦那》优雅的歌唱中。但他不敢休息,一醒来便飞跑回家,扑向父亲下达的生产任务,给一种叫蝉蜕的药材去头去尾——加工一两,获利三厘。药厂职工们大多这样,把加工业务领回家,多少贴补一点家用。

这样,他几年下来业余上学,作业本一页页大多擦了屁股,当然得不到老师的好脸色。同学们看包场科普电影,每人交三分钱。他哭了两天也未能从父亲那里讨到钱。老师不相信这是事实,一口咬定他不爱学习,拿钱买东西吃了。同学们也大多换上了老师的机警目光。有一次,班长收到他上交的一毛钱,据说是路上捡的，本应该表扬他，却冷冷一笑，"就一毛钱？骗谁呢？都交出来吧。"这个小干部见他哭了，又拍他的肩，"疤子，你不要哭，只要承认了错误，我们不处分你，也不批判你，还可能让你戴红领巾。"

疤子觉得自己浑身长嘴也说不清，急得一头撞到墙上，流出的血吓得同学们尖叫。

又军这才闻讯赶来把他接回家。

这是一种彻底的孤独和耻辱。班上当然还有穷学生，但那些人多少还有些自我加分的办法。有一位家里是摆米粉摊的，他可以经常偷来酸菜，就是汤粉的作料，扬扬得意地分给大家吃。有一位家里是拉煤的，每逢全班运送垃圾，他可以拉来一辆胶轮板车，光荣地成为劳动主力。还有一位，尽管他手心冒油汗，放屁特臭，穿妈妈的红色女式套鞋，但他打架时的个头大引人注目，还是很有面子。只有郭亦民——不，贺亦民，他执意改用母亲的姓——是烂中的最烂，破中的最破，废中的最废，哪怕做坏事也没人邀上他。男生们的铁环队、弹弓队、摔炮队、水枪队、高马队，都会把目光从他头上越过。理睬他的唯有又军，有时从家里偷一个馒头塞给他，或下雨时给他送来一把伞。

他没考上中学，倒是让父亲如愿以偿，大概是觉得小杂种给自己省了钱，居然没想到要打他。儿子为此大感失落——他最想挨打时反而没人打，只能羡慕其他那些落榜生，虽鼻青脸肿眼泪哗哗却有一种挨打的温暖。他觉得自己很没面子。"那个老杂种只差没拿刀来杀了我！"他甚至对另一个落榜生吹嘘，好像自己惨得并不逊色。

又军倒是把他揪到河里，把他的脑袋按入水中，灌了他几口浑水。"你这样下去，只配做个流氓！"

"你管不着……"

"数学只考十八分,你好意思还是我弟?"

"我本就不是你弟。你姓郭,我不姓郭。你淹死我吧!"

"你以为我不敢?"

"我就是要你淹,你不淹死我就不是人!"

又军又是一顿老拳,打得他顾头不顾腚,打着打着还把自己打哭了。两人在河边呆呆地坐了一个周末的下午。一只帆船划过来,又漂走了。另一只帆船划过来,再次消失在水天尽头……暖洋洋的日光下,一块朽木被波浪推到了岸边,一只水鸟在木块上左顾右盼,啼叫出渐浓的暮色,终结了一个沉默的告别式——其中一个将要离开校园,不再与对方在放学回家的人流中相遇。

后来的一天,父亲下班回来,发现小兔崽子居然窝在家,没去挑土,没去拾荒,也没去车站推上坡车(两分钱推一次),还人模狗样地捧一本书。父亲一把夺过他的书,在空中摔出一个弧线,落到阴沟的烂泥里。

"钱呢?"父亲是指他每天都应上缴的五角钱。

阴沟里那一本《小学生优秀作文选》是又军交给他的,也是迄今为止他唯一收到过的礼物。这一天他不过是看天快下雨了,便没去车站推车,翻出书来看一看。

"不交钱,想吃饭?告诉你,少一分也不行!"

他斜看着阴沟里已经破裂的书封,泪水一涌而出。

"聋了么?再不走,就是六角!"

他还是一动不动。

"再不走,七角!"

…………

接下来的情况他也无法解释。他不知自己为何那样无法无天,那样出手歹毒,突然抄起一条长凳,朝夺书人的背影狠狠砍下去,只听见背影"呵"了一声,顿时左低右高,歪了几分,再歪了几分,终于斜倒在地上。

他在一片尖叫声中跑出大杂院,跑到街口还振臂高呼一句:"郭家富你去死吧——"

他父亲就是这名字。

他一路奔跑来到又军所在的中学,想解释一下自己的暴行,解释一下那本书不是自己扔的,更不是自己撕破的……他在校门外等了很久,总算远远看见又军拍一个篮球,同几个球友汗流浃背谈笑风生地走出校门,把口哨吹得十分嘹亮,将一个个书包旋舞得十分嚣张。遇到一位男老师,他们那一伙没大没小,攀肩搭臂,七嘴八舌,爆出一阵热烈笑声。这时候的贺亦民突然觉得自己已经离校园太远,没勇气走上前去丢人现眼,被他们那种打量烂布团的目光千刀万剐。

他只是揪一把鼻涕,躲入街头熙熙攘攘的人流,默默地走远。

"你就是个王八蛋!你就是个屎壳郎!你从来就没有哥……"他在心里对自己这样大喊,把一个消防栓猛踢,踢到胶鞋破绽脚趾流血为止。

踢到自己昏头的时候,他突然朝一辆汽车迎头撞去,他听到了汽车尖锐的刹车声。"孩子,你家住在哪里?你听见我说话吗?……"他隐约听到了有人问话,睁开了眼睛,看见了一个中年妇女的脸,在依稀逆光中有耳际的一缕头发飘动,有美丽的脖子。

他太想大声喊出那两个陌生的字,不,哪怕是犹豫的一个字,哪怕是含糊的半个字:

"妈……"

42　江湖之王

漂泊生涯从这一天开始，从他的一双破胶鞋开始。他睡过车站、公园、防空洞，还开始偷东西——那时候多见"大筒楼"，多家合住一层，厨房是合用的，或干脆在走廊上。等主人们白天上班去了，他就去那里顺手牵羊，有一次喜出望外，捞得一只炖鸡，吃得自己满嘴流油，还把一只钢精锅卖了八毛钱。

他把一些赃物换成香烟，结识了不少烟友，经常扎堆街头吞云吐雾。其中一位大哥，家里无长辈，进出很方便，于是成了天然的贼窝和赌场。他就是在那里玩上了扑克、牌九、麻将，而且师从大哥很快学会了赌场作弊。这事其实简单，比如剪一硬纸片卡在酒杯里，酒杯实际上便成了两层。当骰子在上层摇得哗哗响时，下层的另一颗骰子却被庄家暗暗卡住并未真正摇动，于是出杯时的骰面朝向，一直得到暗中掌控。光是这一招，他和大哥就把一些老家伙赢得晕头转向。一个修钟表的，一个拉煤车的，还有一位被红卫兵强逼还俗的和尚，都在这里输得脱裤子。

聚赌满足不了烂仔们的胃口。不久，他越玩胆越大，终于玩到了大街上，出落成一个扒手王。最威风那一阵，他戴上小墨镜，迈开八字步，麾下有二十多个小伙计，横行五一路和南校场那一片，闹得很多行人神色惶惶。他其实用不着身体力行，经常把办公地点设在街心公园，选一凉爽的树荫处，呼呼睡上一觉，安心等待小喽啰们上税。他被手下人恭敬地低声叫醒，打一个哈欠，掰开钱包，取走大头，留下一口摔回去，如此而已。有时碰到一个毫无油水的卫生钱包，他还会很不耐烦地将其摔在来人的脸上，"你那个猪蹄子怎么还不剁掉？"

这时的对方就会谄笑，会点头哈腰，会屁滚尿流地一溜烟跑开去，投入更为艰巨的战斗。

王者当然也不白吃白喝。一个城市的扒手往往分成不同团伙，根据相互间不成文的约定，分别经营不同的街区。一旦有人越界经营，相当于偷别人的饭，相当于国家间的主权纠纷，战争便难以避免。在这种情况下，会骗不如会打，一个扒手王如果还想混下去，就必须有效庇护臣民，用拳头、砖块、铁棍一类履行神圣的王者之责。"五（一路）帮"与"八（角楼）帮"的群殴就是这样发生的。贺疤子是"五帮"头，每一次都是最先出手，每一次都叫得最凶，"今天要搞死你"一类，"老子要挖死你"一类，在江湖上名声大震——其实他后来对我说，打要巧打，叫在先和打在先很重要，如此气势汹汹才能让人们印象深刻和威名远播。真正打开了以后呢，肯定是一场混战，谁都顾不上谁，胜了也是惨胜，你最好脚底下抹猪油——溜！

江湖名声也会引来麻烦。这一天，南北两派还未交手，就听到四周哨音大作，手电光柱乱射，原来是警察和民兵早已设伏，把这一带团团包围了。"条子糕呵——"贺疤子喊出撤退暗号，立马折入一条小巷，扑向路边一张纳凉的竹床，搂住一个睡熟的孩子，闭上眼睛，憋住呼吸。不一会，一串脚步声从旁边经过，感觉中有灯光在他身上照了照，还有人在竹床边停留了片刻。大概抓捕者以为他真睡了，或把这个小矮个看成了小孩，就过去了。

他的部下却大多落网。听到这消息，他觉得自己很没面子，太不像一个好汉，便一路打听来到警民联防的治安指挥部。

"你就是疤司令?"一位民兵头很吃惊,"还晓得来自首?"

"自什么首?我又没犯法。"

"没犯法?一切情况我们都清楚。每次都是你最先动手,每次都是你下手最毒。难怪你父亲三次登报同你脱离关系!"

"那是打坏人,为民除害。"

"你还狡辩?"

"我是替你们维护社会治安。"

"这是什么地方?由得你来三句半?——跪下!"

他坚决不跪,死死揪住一张高靠背椅为支撑。结果,他被四个民兵拳打脚踢,从椅子这边转过去,又从椅子那边旋过来,与椅子死死纠缠,人椅连体盘根错节,一块滚刀肉似乎不大好对付。汉子们气喘吁吁,搓揉自己的手,有点打不下去了。

"打呀,再打呀,莫停手。求求你们,今天非把我打死不可,千万要把我打死。"他吐出一口带血的唾沫,"你们不打死我,那就不好办,我要是活着出去了,回头就要一个一个来搞死你们,先从铁路局八栋的开始。"

其实他并不知道在场的哪一位来自铁路局,只是刚才昏天黑地时,好像听到有人说到铁路局宿舍八栋打来的什么电话,便暗暗记下了。

这一招果然管用。四个民兵互相看了一眼,再也不打他了。后半夜有人来点了一支蚊烟,送来两个馒头和一壶水,大概也与铁路局的暴露有关。

按当时的惩罚规则,疤子和他二十几个小兄弟被民兵武装押送,挂黑牌游了两次街,又去挖了二十天防空洞,暴读三百遍有关的党报社论,就给释放了。放他的这一天,一个汉子(大概是家住铁路局的,他现在才真正看清了,认识了,对上号了)塞给他一包烟,说那天晚上的事么,动手是公事公办,没办法。

疤子抽燃一支烟，冷笑一声。"大哥，我这个人最不记仇，但以后要是铁路上有事要办，你不能不帮忙呵。"

"好说，好说。"对方居然一个劲地点头。

43　身体之谜

人只能活在自己的身体里——这听上去像一个病句。我的意思是，人的心再大也得接受身体之囚。帕瓦罗蒂没法同时拥有乔丹的长腿和梦露的大胸。一个人也不能把自己的眼睛留在唐朝，把耳朵留在民国，把手足或肠胃留给未来。

人的身体不仅有一次性和个人性，还有普遍性——这意思是说，稳定的基因遗传决定了全人类的形体大体相近，除了肤色有异，至今无人能长出牛角或羊尾。

这一事实很神奇。

但基因的大稳定下隐伏了丰富的差异和变化。有的个高，有的个矮；有的音盲，有的色盲；有的恐高，有的恐蚁；有的乳大，有的乳小；有的嗜肉，有的喜素；有的花粉过敏，有的干果过敏……这一切似乎与生俱来，原因不大明了。更容易忽略的是，圣女特蕾莎和魔头希特勒是否基因图谱相同？如果不同，这种差异是先天决定还是后天决定？该由他们的祖辈负责，还是该由他们自己负责？

2012年3月11日英国《星期日泰晤士报》文章称：很多科学家认为，"西方的个人主义与亚洲的集体主义……从根本上要归因于基因差异。""文化价值观与携带5-羟色胺的基因密切相关。"这是一个惊人的说法。翻一翻美国《心理学家》之类杂志，可知不少专家还把偏激、懒惰、恶毒、共和党立场等都看成基因的产物。如果这些说法属实，那么迄今为止的各种政治、道德、文化的革新运动，看上去都像是无事生非，是闹哄哄的外行越位，只配基因专家们摇头冷笑了。

不过，对基因专家们的质疑是：世界上哪有一成不变的基因？如果基因是动态的，是可以改写的，那么它还算不算"基因"？还仅仅是一个实验室的问题？这种被生存环境和历史过程不断改写的基因，比如被特蕾莎们或希特勒们严重改写的5-羟色胺，换一个角度看，是否也该称为"基果"？

事情可能是这样。"基因"也是"基果"（至少应有这样的中文词）。每一个人都亦因亦果，是基因的承传者同时也是基因的改写者，即下一段基因演变过程的模糊源头。生存环境和历史过程作为一种更为强大的实验室，正在悄悄实施各种转基因工程，正在编织一份个人亦即群类的、稳定的顽强的亦即多变的生理未定稿——这听起来又像一个病句。在这个意义上，文学"回到身体"一类口号，显然不宜止于红灯区一类通俗话题，而应转向每一个人身体更为微妙的变化，转向一个个人性的丰富舞台。

贺亦民的一份基因未定稿，不妨举例分说如下。

关于腿与腰

中国南方人普遍偏矮，其中一些高个头也多是腿短而腰长，长在一条腰上，比较适合几千年来的农耕事务：便于弯腰，便于上肢接近土地和庄稼。贺亦民的不幸在于，他属于矮中更矮，不知前辈们何时何地的一次精卵结合，在隔代遗传或邻代遗传之后，使他的身高大约是1.6米，相当于时尚标准下的半残。

一种猜测是，北方以及更北方的那些游牧人，在辽阔的欧亚大陆打望牛羊需要高，远眺风云和敌人需要高，登上骏马更需要高，屈就地面的活动较少。于是，一种拔高的心理期待成就了遗传选择，给后代们留下了修长双腿。通过移民或战争，通过情愿或不情愿的交配，这种长腿也逐渐出现在某些农耕地带，成就了贺疤子眼下左侧的那个人——廖哥，一个山东小伙，正在用砂轮磨刀具。

廖哥是高中生，拥有这个街办小厂的最高学历，最喜欢说数理化，最喜欢别人叫他"廖工"。亦民向他打听收音机是怎么回事，还用小学生的算术方法解出一个方程题，得数似乎没错，但廖哥还是抹了他脑袋一把，抹得众人哈哈笑，一句赞扬也没有。没人把他古怪的算法当回事。

一天，他发现廖哥不吃饭，头发耷拉在额前，不时唉声叹气。一打听，才知对方失恋了——那个电工班的厂花，能拉手风琴的团支部书记，把廖哥偷偷递去的情书揉成一团扔回机修班。

"秋瞎子呵，"贺亦民想给廖哥出气，"狐狸精一样，要她做什么？送给我也不能要。"

"疤鳖你少吹牛。"一位工友说，"不要再刺激我们的廖哥了。"

"我吹牛？只要我愿意，手指头一勾，花姑娘一堆堆地来，踢都踢不回去。"

"你勾几个母蚊子还差不多。"

"小看人？要不，我今天同你打个赌。"

工友们一齐起哄：你要是钓不上鱼，以后天天请我们吃包子。要是钓上了，我们放你的假，三个月里替你顶班。

贺疤子觉得自己把话说大了，只能硬着头皮上。他骑上脚踏车去一位邻居家借来《红楼梦》，还有两三本文学书，放在柴油机旁，布下高雅的诱饵。接下来的安排，是他在电闸那里做点手脚，构成电工必须来检修的理由——报修时间当然必须在晚上，在厂花当班之时,以暧昧的朦胧月光为背景。

挎着电工袋的厂花就这样入套了,检修电闸时发现了《红楼梦》,发现了知识和艺术的亮点。亦民与她搭讪也很顺利,于是对方的工具柜里,从此有了一本接一本的名著,包括中国的、俄国的、法国的、英国的……疤子其实根本不懂那些天书,不过是掏钱买烟,每次都求邻居火线补课,让一个中学教师告诉他各书的要点,由他满头大汗地强记下来。主题、人物、风格等,这些奇怪词汇被他硬吞强咽。

"你看书这么快?是不是一目十行?"厂花吃了一惊,对这位才高八斗的文艺青年大为崇拜。

"这些书哪够我读的?都差不多读过两三遍啦。"

"我以为你不识繁体字。"

"不好意思,我本来打算研究一下甲骨文。"

"我以为你只会打架。"

"没书读的时候,不打架干什么?"

"像你这样聪明的人,应该去上大学,应该去深造。你去北大呵、清华呵,或早稻田,我姨外婆那里。"

亦民以为"早稻田"是乡下什么地方,称自己最讨厌下田,决不下乡当知青。幸亏他这几句说得含混,没怎么引起对方注意——他后来得知"早稻田"是日本一所著名大学,吓出了一身冷汗。

他们开始出现在电影院昏暗的观众席——亦民提前通知工友,让他们到时候去电影院见证事实,把以后的肉包子备好。不经意之间,他目光离开银幕,瞥一眼身边的厂花,觉得这份战利品还真不是什么狐狸精。水汪汪的眼睛,翘翘的小鼻子,脸上两颗不大明显的雀斑,说错话时的捂嘴巴或伸舌头都居然令他心动。坏了,这差不多就是恋爱吧?就是重色轻友的开始吧?可怜

日夜书　　265

的廖哥眼下不知在哪里抓狂,会不会捶胸顿足喷一口鲜血?

他想拉住对方的手,但刚碰到一个指头,对方立刻触电一样把手缩了回去。两人好像什么也没发生,继续聚精会神于电影。

工厂附近两个高音喇叭不见了。警察们没费太大的周折,就在亦民的狗窝里发现了赃物,把他抓进派出所一关半个月。工厂也立即罚他每天去扫厕所。他再见厂花时,还没来得及控诉那个喇叭的可恶,没来得及说明自己下手是想给对方买一架手风琴,对方已扇了他一个耳光。

"你听我说,对不起……"

"我不听!"

"我是为了你……"

"你骗谁呢?我都知道了,你是为了吃包子。"

对方把一摞书狠狠地砸在他身上,然后哭哭啼啼地歪斜着身子跑远了。他只能捡起几本书回家。在清理自己的工具柜时,他还发现了一张纸条,上面是熟悉的笔迹:

臭矮子,你是个无可救药的混蛋!

他后来再也没见过那个身影。据说廖哥也辞职了,与厂花相约去了另一个工厂。伙伴们见他愁闷,都笑他癞蛤蟆想吃天鹅肉,还真把自己当一回事。照他们的分析,看两场电影不算什么的,真要谈婚论嫁,光是他这三寸乌龟腿就过不了丈母娘那一关。人家是干什么的?团支部书记,工程师家的千金,即便被文学灌晕了,哪天一个喷嚏打醒了自己,也不愿意拎一个马桶上街吧?不愿以后生下一窝小马桶吧?喂,你脑子被门板夹坏了,还打算送手风琴,不如给弟兄们买包子呢。

亦民摸摸脸,没说话,再次看了看那张字条。

"臭矮子"——这一句很伤他。他记得廖哥也偷过厂里的轮胎（比高音喇叭还要贵），也受过处分（开除团籍的处分比他扫厕所还重）。如果厂花能够原谅廖哥而不能原谅他，那么事情显然另有原因，远非《红楼梦》什么的可以解释。

关于手

早在出入拘留所时，疤子就发现电工最舒服，最神气，哪怕蹲在牢房，也常被警察叫出去修电扇或修路灯，从来不必真坐牢也不必干重活。这样的高等囚犯有时还以购买零配件为由，骑上自行车上街去，叼一支烟吞云吐雾——不知道的还以为来了便装警察，在执行什么秘密任务。

他拜一个瘸子为师，说什么也要当上一名电工，装出一台师傅家里那样的电子管电视机。但不论他给对方做了多少煤饼，挑了多少井水，买了多少白菜和萝卜，对方还是不让他碰一下万用表，只是丢给他几本中学物理课本。

他不服气，带上一个以前的小喽啰，决心自己去偷一个万用表。目标已确定，就是附近的一家电器厂。他去那里踩过点，发现侧门是一个可以利用的缺口，偷偷将锁门的铁丝剪断，再虚虚地搭上，制造出门禁正常的假象，以便自己晚上下手。没料到人算不如天算，他拎一只麻布袋再去时，门上的铁丝不见了，竟然已换成一把新锁。但箭已离弦不可回头，他只得踩着同伙的肩，翻墙上房，踩椽木前行，再揭瓦而下（利用自己以前当泥工的知识），溜入材料库房，用鸭嘴钳和钢锯打开铁皮柜（利用自己以前当钳工的知识），展开一次疯狂的打劫。

事前估计不足的是，他划完所有火柴后只找到了万用表和电焊枪，图谋中的变压器、三极管、可变电容等却不知在哪里。

"有人来了，来了……"

小扒手再次发出警告，吓得他慌慌逃离现场。哗啦一声，一脚踩偏了,几片瓦掉下去。两捆漆包线就是这时掉下去的,让他事后心痛不已。

他的豪华型、浪费型、破坏型的电工学习由此开始。大半个麻袋的元器件,他拿来就拆,拆不动就撬,撬不开就割,与其说是当电工,不如说更像杀鸡剖鱼,各种试验完全不计成本。当然,对于一个小学生来说,最要命的难点还是读书,是搞清楚这些鸡呀鱼呀的来龙去脉。他的决心是,人家一天读十页,他十天读一页总可以吧?人家读中文或英文,他凑上一点"贺文"也无妨吧?——"贺文"就是他的错别字,只有自己能够懂的那些王八蛋。以至很久以后他还把"绝缘"读成"绝绿",把"高频"读成"高页",把 A 和 J 读成扑克牌里的"尖"和"钩"。

他惨遭电击无数,麻木和晕倒是家常便饭。奇怪的是,他的两手似乎开始变化,对电越来越没感觉,220 伏的家用电到了他手里,有时只有一点毛毛热。工友们不知他的身体有什么特别。一个小马桶,没胡子和头发稀的家伙,没有铜头铁臂也未见嚼铁吞钢,顶多只是皮粗骨硬一点,凭什么干活不用绝缘手套和电工钳?凭什么可以经常带电作业野蛮操作,根本不需要拉闸?有一次,连他自己也好奇,一手抓零线,一手抓火线,把两线头越捏越紧,眼睁睁看见自己嘴咬的一支测电笔亮了,更亮了,更亮了,引来伙伴们一片惊呼。他的手指头怎么没冒烟,也没见闪闪光弧?

伙伴们扒了他的衣服,发现他身上也没什么机关。用万用表测过他的全身,发现他带电时的鼻子电压超过 110,肚脐电压超过 90,阳具更不得了,电压超 130……简直是根电棒,可以点亮电灯泡了,直接插到路边去当路灯。

一位教授前来仔细观察他的带电实验,说奥秘可能在他的手上。这双伤疤暗布和老茧相叠的手,相当于戴了胶皮手套,形成了电阻，虽能显现电压，但大大化解了电流强度，对身体形成了保护。

疤子倒是不大相信教授这一解释，更愿意这是自己变戏法的运气。他后来转向微电子，倒腾三极管一类，就是担心哪一天运气到了头，电流翻脸不认人，突然把自己烧成一团焦炭。他提醒自己还是离这家伙远一点好。

关于脑

贺电工受厂部推荐去工人技术大学读书。当时很多高级技工都出自这种学校。不过他没怎么珍惜这脱产的三年，没上过多少课，一直在社会上走穴混钱，东一榔头西一棒子的什么业务都敢接，什么工程都敢碰，只差没在客户面前拍胸脯接下原子弹和核潜艇的订单。至于那张文凭，用他的话来说，红布壳子算是他的，证书芯子是同志们的——二十多门考试大多靠弟兄们帮忙才得以蒙混过关，我就至少冒充他代考过两次。他差不多据此可以写一本《舞弊大全》。

也许正是这种广泛流窜的经历，这种电工、装配工、钳工、车工、铣工、模具工、电镀工、铸造工、永磁磨工、木工、泥工、缝纫工等什么都混过的野路子，使他的技术见识极为古怪和狂野，脑结构异乎寻常。这个脑袋戳在肩膀上，装了一坛子沟纹密布的酸菜或豆腐（他吃得最多的东西），如果也算得上一个电器件，那么它的短路点不胜枚举，但也有反常的并联或串联，有胡乱搭接的密集电路，一塌糊涂的同时却灵感迭出。

这个脑袋装不下很多重要的科学公式，装不下中学生的语法，小学生的九九表——他脱口而出就是"四七二十六"或"六八四十二"，见别人大笑才急忙更正，而且经常一错再错，说出来的又变成"四七三十八"或"六八四十六"。他不可思议的困惑,是不知大家如何都能熟记九九表,眨一眨眼,摸一摸头,佩服得五体投地。

但这个脑袋装下的东西千奇百怪。随便一个什么工件,他不用看标牌,几乎只是摸一摸,甚至嗅一嗅,就能判断出是不是德国货(在他看来工艺水准最高,那些狗纳粹不让人活了),或是美国货,或是日本货,或是中国货……凭借一种无法言传的猜读法,他读不懂中学的英文课本,却能在网上猜英文,猜德文,跟踪世界最新技术。有一次,听说我去美国,便委托我去硅谷买芯片,是他在网上查到的一款。我取道硅谷,走街串巷七弯八拐,好容易找到那家设在地下室的 SMR。洋经理看到订货单时大为吃惊——SMR 在美国也默默无闻,他们刚刚开发的这一款新产品,连美国同行们都不大知道,如何这么快就被一个中国人盯上了?

这位中国知音是何方神圣?

经理一再查看护照,觉得我至少也应该是来自台湾。我解释了好一阵,才让他明白英译"民国"和"人民共和国"之间的差异。

其实哪是什么神圣?充其量就是一个技术魔怪,没有任何头衔、学位、职称、单位的个体户。用他的话来说,物理这东西简单得不能再简单,无非是声、光、电、磁、核这几种解决手段。人不能被尿憋死么。人家用声,你为什么不能用光?人家用光,你为什么不能用磁?人家用磁,你为什么不能用核?……面对再大的难题,只要你善于急转弯,就可能别出一格,一举抠底。他首创全世界的 K 型水表,就是发现专家们一直着眼于降低叶轮的摩擦,着眼于叶轮的重量,而他不过是斜出一招,在围棋盘上走象棋,打一打磁悬浮的主意,叶轮重量和摩擦锐降为零的结果,便令业界哗然。

好几位大学博士前来取经,他结结巴巴说不清,在厕所里躲了好半天,走出厕所时也只憋出一句:"你们呀,就是书读得太好了。"

这话很难让人理解。

想了想,又憋出一句:"要解决问题,有时候就得长一根斜筋,一根横筋,一根反筋。"

博士们面面相觑,还是一脸困惑。

他的意思是指现代院校分科太细,博士们读成了"窄士",不容易跨学科打通?我可能没说对。他那六十多项发明专利,来自怎样的思想狂飙和技术胡闹,我更无从理解。据他供述,他砍瓜切菜般的发明史源于最初一次惊讶。那还是他初当电工不久,拆解了一大堆电表,无意间发现全世界的电表都有一个重大漏洞。这可能吗?天下还有这种惊天秘密滚到他的脚下,等待一个小电工捡便宜?一代代人殚精竭虑的技术改进,居然在一个毛小子面前露出了大屁股?

他带有几分自疑,在电表上三下五除二,发现电表当真不再走字了,或者说只按他的命令走字了。这让他震惊不已,一激动,便站在走道上大声吆喝,宣称他的电炉大开放:"社会主义的大锅电,不用白不用呵——"

老人要熬药的,女工要烘衣的,青年要炖肉的,都兴冲冲来到他的房间,差点把小屋子挤爆。贺电工干脆把门钥匙多配了几片,给这个那个胡乱分发。第二天,供电所的抄表员来查电表,眼睁睁地看见屋里的电炉红红火火,楼梯间那里的电表就是不走字。"偷电就是盗窃国家财产,就是违犯国家电力法,你晓得不?"他在电工班找到贺亦民,口水四溅地大叫。

"你说偷电就是偷电?"亦民不拿正眼看他,"总得拿一点证据吧?我文化不高,法律还是懂一点的。"

"电炉就在那里，还要什么证据？电炉在炖肉，电表不走字。怎么回事？"

"玩戏法么。"

在场工友们哈哈大笑，气得抄表员脸上红一块白一块，"好吧，你玩，好好地玩，公安局会找你玩的。"

供电所长和警察来了，探头探脑一阵却没什么下文。接下来，市局的总工程师也来了，带来技术工人和各种设备，在这个厂区宿舍查了个天翻地覆。先是尝试整区停电，然后试一下分楼停电，最后试一下分层停电……结果并未发现任何偷埋的暗线。电线槽板和总配电间被戳得稀烂，到处都有破壁残垣和满地渣粉，像刚刚经历过一场巷战。各种电表也换了十来个，各种检测工具轮番上，还是给不出一个说法。

总工程师提上两瓶酒和一大盒点心，只能在电工前满脸微笑。"小同志，局领导研究过了，只要你告诉我们偷电的办法，我们既往不咎，从轻处理，把你以前的欠费全免了。你看怎么样？"

"哎，哎，什么叫偷？没有物证，没有数据，一个总工程师说话就这样跑火车？"

"好，好，不说偷，就说是用，这总可以吧？"

"你们的电价也太高了吧。我一个月工资三十多块，要养老婆，要养仔，不玩点戏法怎么办？你们供电局是管饭，还是管尿片？"

"我深表同情，深表同情呵。这样吧，我再同领导说说，只要你配合，你以后不管用多少电，我们一律免费。好不好？"

"要是你们换领导了，到时候我找谁去？"

"算了吧。"总工再一次谄笑，"你看我，比你大了二十来岁。"

"西门庆比我还大了几百岁呢。"

"亦民同志,这样说吧,这样说吧。国家现在这么困难,百废待兴,电力先行,每一个公民都应该承担一点责任。大家各退一步,都过得去,好不好?我知道你是一个有责任感的好青年,又是厂里的技术革新能手,值得我好好学习。我们的共同目标,就是要为国家用好电,管好电,对不对?"

亦民是个顺毛驴子,听不得软话,接下了酒和点心,同意以后每个月交两块钱电费。

从这个月起,他交的电费永远是两元,直到多年后家境改善,直到他日夜享受中央空调,才主动改交电费每月一百。历届供电局领导不但接受这种霸王价,还经常登门送礼,对他千恩万谢。毕竟,他信守承诺守口如瓶,未让偷电技术扩散成灾,没把供电局活活地整垮,已是刀下留人皇恩浩荡。他们听说过,境内外有些商家曾出价七位数乃至八位数,希望购买他的秘密然后垄断全球新电表市场,但都被他拒绝。"放心吧,"他拍拍新局长的肩,"就算你是我老丈人,把三个女儿都嫁给我,我也不能告诉你呵。"

局长感动得眼泪都要出来了,"你真是我们电业系统的衣食父母,不,你是整个国家的大英雄,大恩人!"

一个神电工,从此在江湖上爆得大名。在不少人看来,这家伙发现的秘密无人破解,各方专家莫奈其何,实在太神了(作为他的朋友,我有幸探知其中奥秘,但不得不在这里说到做到严格保密)。至于八位数的进项打不动他,几句奉承话倒可灌翻他,则有几分神经。一个人的"神"与"神经",差别可能本就不大吧。很多人说,少半步的"神"就是"神经"。多半步的"神经"就是"神"。

关于舌

传说一伙土匪绑得几张肉票,想辨出倒霉蛋们哭穷的真假,便做一桌饭菜看他们如何吃。一般来说,口味重的是穷人,口味淡的是富人,其中的道理,是穷人出汗多,需补充大量盐分;吃菜也少,菜里盐分相对集中,浓度必然提升。口味与身份的关系最先被这些土匪一眼看破。

贺电工的一条舌头差不多也是下贱标志,与妻子俞艳萍格格不入。婚前的穷日子似乎从两方面改变了他的口味:一条是多吃生厌,比如喝粥太多,使他眼下一见稀粥便恶心,饭粒要越硬越好;另一条是多吃成嗜,重口味一旦成为积习,重盐重油就成了他的命,大酸和大辣也必不可少。

他用满屋子神奇的自制电器和几项专利把女警察哄得五迷三道,但拐骗得手后,真要过日子了,两人吃不到一起去。警花对照书本科学配餐,在丈夫眼里那是拿草料拌白水,无异于逼他出轨。他装上一盆饭,总是端到邻家去吃,到这个姐姐或那个妹妹那里快活去了。男女的笑闹声总是从邻家飘来。

妻子一次次气得脸色发绿。

亦民赚了几笔专利费后,与一个香港人合股在深圳办了家公司,算是躲开了家里的餐桌战争。他觉得副董事长的职位很爽,没什么事,成天泡茶馆,看电影,打游戏机,洗澡按摩,找女服务生开开玩笑,还可花钱如流水,把故旧亲朋全请来吃海鲜。请到没人可请了,拿起电话不知往哪里打,便把自己以前的厂长也请了去。他说当年自己被对方扣奖金,到对方家里强吃赖喝,实在对不起。对方也一笑泯恩仇,说过去的事都过去啦。

亦民拍拍胸口,"等我发达了,先把厂里欠下的电费和材料费统统付清,再给你们盖两幢大楼。"

厂长也很激动,"那就好,那就好。苟富贵,勿相忘。"

小俞也来深圳探亲。深圳是个大洋场，车水马龙，灯红酒绿，商界各路豪杰都不知来处，见面时总有暗暗地互相度量，互相揣摩，互相提防。在这种富人如林的地方，小俞一再为丈夫暗暗焦急。拜托了，你递出去的名片上是副董事长兼发明家，但动不动说粗话，动不动把裤脚搂到膝盖，把领带扯得像根吊颈绳，是不是还要当众抠脚趾？更戳心的是，到了高档餐厅里不懂蛋乳冻、冷冻慕斯、水果沙司、橙汁三文鱼也就算了，怎么连鲍鱼汁拌饭也不会吃？一举筷子就只知道红烧肉和咸鱼煲，甚至还要腐乳，搞得服务生好为难。你好歹也算是个老板吧？怎么像个刚刚越狱外逃的走私犯？

一些客人不时暗中交换眼色，亦民没看见，小俞可全看在眼里，回到住处忍不住一关门就叫："五星级餐厅里要腐乳，骨子里都是穷酸气，亏你想得出！"

"怎么啦？"

"你不吃腐乳会死？"

"我出钱，顾客是上帝，他们凭什么不给？"

"你最好要他们给你一团盐。"

"他们的菜是太淡，不下饭。"

"你这人，真是没文化。没看见报上说吗？英国科学家研究的，每个人一天顶多只能吃六克盐，这才是科学，对心脏、对大脑、对肝肾，都有好处。你连这个都不懂，亏你还是什么副董。是不是在街上捡来几张名片就到处发？我坐在你旁边都臊得慌，一张脸算是丢尽了……"

"嘿，俞神经，嫌丢脸你就不要来呵。这不丢脸的满街是，圆的扁的，长的短的，型号应有尽有，你快去挎一个呵。"

两人恶吵了，恶摔了，还恶揪恶打了。警花当下泪水狂涌收拾衣物就走。可惜几件旗袍、抹胸裙、吊带裙，刚刚挂出来万紫千红,还没穿过一回,又一股脑收进了拉杆箱。

一年后,公司破产,贺副董身无分文,灰溜溜地回到家乡。他对破产的原因其实不太明白,只知道公司做过电器,也曾投资玉石,最后栽在一块地皮上。他完全看不懂财务平衡表,听别人说破产了,大概就是破产了吧。看陌生人来给汽车贴封条,那么自己就该走路了。见取款机一再回吐他的信用卡,那么自己就该吃泡面了。

他发现老婆对他很冷淡,但梳妆台前的香水瓶、护肤品、化妆品却多了不少,家里的香雾若有若无,不是什么好兆头。妻子的姐姐约他见面,在一个餐馆叫了几样菜和一瓶红酒。给他的两个纸袋里都是男式新款衬衣。

"我看你们过下去活受罪,不如好说好散。这件事我也不能不负责到底。"作为当年的媒人,大姐拿出几页文件摆上桌面。

"你们不要太势利。我这次确实栽了,但你们要相信……"

"我同你提过这事吗?说到了一个钱字吗?"

"你们也不要轻信谣言,以为我在外面如何,我其实蛮纯洁的。"

"你觉得我会信?"

"我切一根指头给你,发个毒誓,以后再也不打她了。"

"你早干吗去了?"

"嘿,她还真要散呵?脑子没被驴踢坏吧?你去告诉她,现在的中年单身汉都是宝,全国抓一把,至少一亿在我的选择范围。她呢?"

"那就祝你好运!她的事,谢谢,你不用太关心。"

将近一个小时的交涉下来,贺亦民费尽口舌,未能软化对方,见文书上已有老婆的签字,一生气,拿起笔也在那里戳几下,差点把纸页戳破,然后拿起账单头也不回地去了收银台。

"有财产分割事宜呢，你怎么不多看一下？"大姐追了一句。

他回头道："我被老婆休了，脸皮就是屁股皮，还要什么财产？你们要踹就踹彻底，把东西统统拿走，扫地出门，斩草除根！"

关于耳

自儿时唱过一次《美丽的哈瓦那》，贺亦民再未唱过歌，对唱歌也毫无兴趣。这样，老婆生下的一个儿子，功课都还不错，可惜是一个音盲，一开口就是踩在西瓜皮上，溜到哪里算哪里，翻到哪里算哪里，专往不该去的地方去，每一句澎湃激情都给人吊颈或割喉的危机感，存心让听众抓肝挠肺。

丈夫连声说唱得好，唱得好。

老婆气不过，"这还叫好？你猪耳朵呵？人家的孩子不是钢琴五级，就是小提琴八级，有了你这样的爹，我家儿子能把普通话说对，就是祖宗那里烧高香了。"

老婆坚决相信这是一个遗传问题。钢琴买回来了，音乐家教也请来了，老婆希望对儿子的后天有所弥补。但丈夫没觉得那位上门的音乐副教授唱得怎么样，"马"来"马"去的，"鱼"来"鱼"去的，说是唱音阶，怎么听也就是一河马的水平。他更不明白老婆对那位小卷发为何眉开眼笑，又是切瓜，又是煲汤，又是开易拉罐，还一次次出门远送。那家伙的什么"美声"，什么"磁性"和"穿透"（均为老婆用语）无非就是嘴里含了个热萝卜，把每一句嚎得圆滚滚胖乎乎，糊糊涂涂的听不明白。这一锅热萝卜为何就能把一个女人迷得像个小老鼠？这只快乐小老鼠吃错了什么药？

他在电话机里稍动手脚，让电源线变成载波的电话线，这样家里打出的任何电话，他在数百步之内凡是有电源插座的地方，接上一个话机都可随意监听。果然,像他猜测的那样,他在邻居家听到老婆与副教授的电话,早已超出"磁性"和"穿透",早已甜蜜无比。什么"明月松间照",什么"春来江水绿如蓝",哪来这样一些顺口溜?什么地中海,什么北海道,什么北欧人反皮革的绿色运动,那家伙到底是教音乐的还是搞旅游的?怎么一说就扯上十万八千里?

"宇宙这么大,个人这么小;时光这么长,生命这么短……这些话我都能背了,烦不烦人?"亦民这一天忍不住插了进去。

"喂喂,怎么串线了?"男声不无惊慌。

"要上床就上床。上床只有阴道,扯什么北海道?"

"喂喂,你是谁?"

"上床只有活塞运动,扯什么绿色运动?"

老婆的尖声冒出来:"贺亦民,你这个臭流氓——"

关于生殖器

贺亦民创造了或贩卖了"泄点"与"醉点"的概念。照他的说法,这两种性高潮的情况大不相同。前者只相当于饮食中的"吃饱",是个动物都能懂的,在正常人那里不足为奇;但后者相当于饮食中的"吃好",即便在美食家那里也可遇难求。他认为要死要活的一"醉"才真正幸福,或者说"性福"。

揣测他的意思:情欲不仅是生物性行为,不仅是床上的动作片。要达到如醉如痴、欲仙欲死、心身俱空、天塌地陷的高潮奇迹,常需要特定条件,特定的某种心理软件和文化密码,是好不容易才能中的一个大彩。比方说吧,他与第二任妻子的日子还过得去,激情虽然渐弱,但卧室里的家常便饭还算正常。给他印象深刻的只有两次例外:一次,是妻子执意把他前妻的警服照放在床头,执意不叫他"老公"而叫"妹夫"。说也奇怪,在另一个女人的虚拟到场之后，在妻子把丈夫虚拟成他人之夫以后，她表现出少见的亢奋，表现出一种对陌生身份的大喊大叫和放荡不休。

第二次，是妻子夜里接到上司的电话，在电话里回答某个联合国贷款项目的问题。说也奇怪，他搂住一个正在办公的女人，一个正在与上司交谈的女人，一个正在言说钢材、航运、监理、图纸这些乏味公事的女人，却有一种突如其来的奇妙感，似乎无意间闯入一片神秘荒原，迸发出探险的浑身激情。这时候的老婆几乎焕然一新，成了另一个陌生人，一份与办公楼、大项目、国家"十一五"规划等密切相关的庄严和威权，一种女王甚至女神的神圣感和禁忌感。他情不自禁地热血沸腾和猛烈攻击，直到对方脸上痛苦地扭曲了一下，一边斜靠写字台抢救电话筒，一边用手胡乱推挡，推他的脸，捂他的嘴。这种越捂越想叫直到最后叫开来的一片混乱，大概也是双方的"醉点"了。

他还说过，他后来发现自己就是喜欢在车间、汽车、会议室、办公室里闹（工作环境中），在对方敲电脑、描图纸、签文件、打电话时闹（工作状态下），与强势者闹（比如个高、能干、警察、副局长等）或有强势背景者闹（与前述条件有这样或那样的关联），如此才有腾腾燃烧的欲望，才有阳具的雄风凛凛，一发不可收拾，连自己也暗暗吃惊。他那位穿警服的俞艳萍最终受不了他，原因之一就是认定他变态。

这算什么变态？照抄作业的动作片才是病态吧？征服一种身份和有关身份的想象，一种社会和历史中的幻境，也许才是人类的隐秘特权。

困难的是，没人知道这样的幻境到底有多少，又分别埋藏在哪里。

关于心（或 X）

直到很晚近的年代，人们受教于解剖学，才知道"心"不等于心脏。"良心""善心""好心""热心肠""恻隐之心"……这些词语不过是一种指代，落在一个"心"字上并不完全合适。前人想必是从怦怦怦的心跳发现了描述良知的最初依据，却不知良知远比那个泵血器官复杂得多。

测谎仪对前人的说法提供了部分支持。这种机器测出心律、血压、汗腺、胃液、泪囊等在良知苏醒时的异常，相当于触摸到人体内的隐形上帝。人体同则人心同。人体略同则人心略同。就基本面而言，正如肠胃定制了食欲，生殖器定制了性欲，心律、血压、汗腺、胃液、泪囊等方面的异动，即每个人的贴身上帝，一种或可称为 X 的遗传物，一种内在于身体里的灵魂，常在不经意间闪现和爆发，则成为人们意识最深处的呼唤，成为道德的一种生理性发动。这种发动甚至常在理智控制之外，不为当事人所觉。

在这个意义上，身体不仅仅藏有欲望——人们常说的上帝 X 并不在圣山之上或西天之远，倒是在所谓"自私的基因"之内。

作为初级的监测手段，测谎仪当然也有不太灵的时候。亦民当扒手小霸王的那阵，在警察和民兵面前说惯了假话，开口就编故事，不编故事还几乎开不了口。如果当时动用测谎仪，说不定他心律正常时说的话最假，倒是脸红、眼眨、汗流、结结巴巴之时，说出来的倒有几分真。

测谎仪一类也常常困于人们闹心、恶心、惊心情况大不相同的难题。贺亦民闹心的，俞艳萍不一定闹心。贺亦民和俞艳萍都闹心的，其他人可能不闹心。民族、宗教、性别、职业、个性等方面形成的诸多变量，需要监测者小心甄别和修正。这一天就是这样：儿子过十岁生日，一家三口吃完生日蛋糕。为父者咳了一声，再次说出一通混账话。"小子，再过八个生日，就是你的十八岁。你给我记住，从那以后，除非你有本事继续升学，老子一分钱都不会给你了。你是你，我是我，各找各的饭吃。"

儿子吓得脸色发白。

"如果我以后看见你在街上讨饭，我不但不会给你钱，不但扭头就走，说不定还要踹你一脚。同样，如果你以后看见我讨饭，你也不要给我钱，也要扭头就走，最好还要狠狠地踹我一脚。记住没有？"

老婆几乎跳起来大叫："姓贺的，世界上哪有你这样的爹？"

亦民眨了眨眼，"我怎么啦？"

"什么讨饭不讨饭？"

"一个人不会劳动，不就得去讨饭？一个讨饭的儿子，还算什么儿子？一个讨饭的爹，还有资格当爹？"

亦民觉得自己说得合情合理丝丝入扣。相反，慈祥老师们说的那些"自我"呵，"成功"呵，"追梦"呵，"放飞人生"呵，"自由发展"呵，"把快乐进行到底"呵……在他听来没几句上道，差不多就是自己当年对付警察的忽悠，是存心给人下套。不是吗？他哥郭又军的那个丹丹，那一个被爱得不耐烦的大宠物，把这个世界当宝宝乐园，成天叼一个关爱的奶瓶，总是等着兔妈妈鹿阿姨鹅大姐喂笑脸，将来不会是一个废人？又军那个鳖脑子被酱油浸透了，以为女儿的幸福是爱出来的而不是拼出来的？

郭又军来找过他，大概下了很大决心，在小饭店里坐下后又脸红又搓手的，说得结结巴巴。他告诉弟弟，他那个国营大厂彻底完蛋了。想不通呵想不通——汽车、发电机、锅炉、机床什么的都拿去抵了债，一些客户也拿苹果或大葱来抵厂里的债。工人领不到钱，只能一人领两筐大葱，吃大葱吃得要呕，以至公共厕所里都是满鼻子大葱味。厂里把最泼、最浪、最烂的女工都派出去催账，在欠款方那里跳脚骂街，卧地打滚，叩头苦求，挂绳子威胁上吊，甚至帮人家端茶扫地洗短裤，权当自己是丫鬟使女……但一切都成效甚微，讨不回几个钱。工人们跑到厂长家里逼要工资。那厂长呢，上任还不到一年的倒霉蛋，在手表、自行车以及西装革履被工人们哄抢一空之后，觉得无脸面对家人，一时想不开便卧轨自杀了，怎一个"惨"字了得。

"亦民，你混得好，脚路宽，给哥找点什么活吧。"又军鼻子一酸，摇了摇头，"我什么苦都能吃，有的是力气。我做菜的刀功是一绝，我做衣的裁片也是一绝。你不知道吧？我当了五年的先进工作者，不会是个懒人吧？就算你让我扛包——当年我们车间为了给厂里省下装卸费，大家都是义务装卸，煤、沙子、水泥、圆钢、生铁，什么没扛过？三伏天里，闷罐子车皮成了个大烤炉，人人都烤出了一身痱子，累得躺在地上爬不起来，有谁要过奖金吗？"

亦民说："我也裁了，眼下还不知道谁来雇我。"

"要不你借我一点钱？"

"我没钱。"

"我只借三个月，顶多半年。你嫂子在美国最近混得不错，时来运转。我保证，她一寄钱来，我就……"

"哥，不是那意思。我是说，就算我有钱也要有个借的理由。你在外面打肿脸充胖子，回头找我来割肉，这事是不是有点扯？"

"下不为例，下不为例，好不好？看在我们兄弟的情分上——就算你不认我们的爹，但看在娘的面子上，你帮我过了这个坎……"

"慢点，慢点。"弟弟一抬手，"郭又军同志，郭又军先生，郭又军老兄阁下，话别扯远了。我的意思是，你一不缺手，二不缺腿，凭什么我要借给你？我是很想借给你，但得找个道理吧？是法律还是政策，规定我必须为你的送温暖工程埋单？"

又军怔住了，认真地看了他片刻，突然抽了自己一耳光，有一种腹痛难忍闭眼咬牙的表情。"好，算我没说，算我没说。你也确实不容易……"

弟弟还是一脸平静，起身离去结账。只是结账时女掌柜拒收他一张破钞票，惹毛了他，与对方大吵一架，还差点大打出手。幸亏又军赶上去劝开了手执菜刀的厨师，说了一大堆好话，掏钱付了餐费，把弟弟推出店门。

兄弟这一别又是很久没来往，连电话也没有。他们多年来大多如此，过得似乎有点没心没肺。这一天，亦民骑一辆破摩托经过香椿路，打算去二里桥淘一淘电器元件，再会一位老客户。天气晴朗，风和日丽，街市如常，上班的上班，上学的上学，购物的购物，一眼看去毫无异常。孩子放风筝和少女赴约会就应该选这样的日子，谈论生命的意义也应该选这样的日子吧。他贺疤子也没有任何理由在这样的一天与自己过不去。他事后一直不明白，过路口时自己为何朝右边多瞥了一眼，于是看见了一些城管队员执法，看见了几个大盖帽的那边，有一张熟悉的面孔。

竟然是又军，是他护住自己的一个水果摊，向大盖帽们求告什么。一个大盖帽夺走了他的台秤，拎走了他的化纤袋。另一个大盖帽正在拉扯他的三轮脚踏车，大概恼火于拉不动，把几块隔板踢得稀里哗啦。又军忙给对方赔笑和敬烟，不料对方一扬手，把整个烟盒打飞了。又军虽然身坯够大，但被对方连推带扯，脑袋摇得像根弹簧，一顶棉帽滚落在地上。"你们不能这样，不能这样……"他的声音又瘦又尖，像出自一位老太婆没牙的嘴，"我不卖了还不行吗？我这就收摊还不行吗？"

"告诉你，我不是好欺侮的！"他的乞求最终转为威胁，"要打架呵？要动手吗？好，我认识你们王书记的老师。我要给报社的何主任打电话。你也不去打听打听，理工大学的齐博士，还有黄教授和游教授，都是我什么人……"

对方似乎不惧怕他的知识界，还是不打算放一马，推得他偏偏欲倒，又一抬脚踢翻了货筐，于是苹果什么的满地乱滚。

贺亦民全身血涌，脑子里突然短路了一般，二话没说跳下摩托，在路边捡起一块砖便冲上去，朝那个矮胖子的背影高高地劈下。

他后来也不无吃惊，砖头居然就那样高高地劈下了，刹不住了，收不回了。

砖渣四溅，发出沉闷的一声。

然后是一片寂静。所有的目光都投向那个大盖帽，只见他没怎么动，保持两手前伸的僵硬姿态，一条腰身缓缓地旋转，还未转到可以后视的角度，便两眼翻白嘴角歪斜，哗啦啦翻倒下去。周围的惊呼声四起。

"杀人啦——"

"出人命啦——"

没有任何人上来。相反，人影四泄，很快给贺亦民留出一片开阔地，如同让一个节目主持人独占巨大舞台，听任他丢了砖块，拍拍手，拂拂衣，从容走回自己的摩托，慢腾腾发动了机器。他骑车离去时也没发现什么人阻拦或追赶，引擎声轰然震天，电喇叭长鸣不止，大有一种独行天地之间的自由自在，甚至有几分放浪和张狂。

只是回到住所后，他打开电视机，才发现屏幕下方飘出了警方通缉令：

犯罪嫌疑人男性，身高不足一米六五，四十五岁左右，分头，扁平脸，戴墨镜，穿麻灰色夹克，骑一辆无牌照的嘉陵牌黑色摩托,在今天的香椿路口暴力袭击执法人员,然后朝沿江大道方向逃窜……

电话响了。他看了一下来电显示,发现是又军那个呆货打来的。他实在不愿接这个电话,把被子一拉,睡了。

他像在同自己赌气,对自己的出手有些意乱心烦。

44　姐　夫

我和马楠来到这个北方城市，发现这里虽有很多路牌，但出租车司机大多说不出路名，也不习惯说路名，只是说部门的名称，比如"设备部"或"井测公司"，"采油五局"或"建工八处"。如果我说出朝阳路什么的，他们总是要翻译一下："你是说建工八处吧？"或者说："你是说采油五局吧？"

这样，我觉得自己身处的不是一个城市，而是一个有广场、有路桥、有酒店、有公园、有警察、有车站和机场的公司帝国，在一个已经扩散为广阔城区的办公场所，靠出租车奔跑于各部门之间。

住上几天后，我在这里也有职员之感，出入宾馆不过是上下班，哪怕走进酒楼和舞厅也像是公事公办，处理什么跨部门业务。酒宴不过是升级版的食堂饭，迪斯科不过是升级版的工间操，星级宾馆不过是升级版的车间工休室……采油的叩头机冷不防出现在身旁，在窗帘那边上下倒腾。

我是来找老孟的。他是地球物理科班出身，在一些全国性行业会议上见过我。后来他调来油田当副总，我曾邀请他参加过几次项目评审。马楠则是来找她一个叫毛雅丽的熟人。

贺疤子知道我有这一层关系，硬要我陪他来一趟。我不答应有点说不过去。他虽然对笑月姑娘拒施援手，但其他事情上还是蛮道义的，听说陆学文暗中给我下药，他一会儿要去路口拍砖，一会儿要去搞窃听,一会儿要找什么妓女下圈套,好在床上抓个现场……这当然都是些馊主意,差不多是黑吃黑的乱来。

其实,我来此后才发现,他根本不需要我拉关系,已是这一大油田的知名人物。一些宾馆服务生都熟悉他,连卖烟的有时也拒收他的烟钱,出租车司机有时也拒收他的车费,他们都从宣传栏和报纸上见识过他的照片,知道老总们在机场铺红地毯迎接他的新闻。"打工爷""电器王""发明帝"……这些绰号对于他们来说并不陌生。

我与他在饭店吃饭,常遇一些陌生人前来敬酒。有一天,靠大门那边围了三桌的汉子们,大概是哪个钻井队的,在那里拍桌子,敲盆子,跺脚,酒兴大发地唱歌,把一首首老歌吼得声浪迭起,引来门外一些闲人探头观望。有两位大汉脱下外衣,对打响指,即兴起舞,有搓背的动作,有揉面的动作,有蹲马桶或抹脖子的动作。他们把碗筷当碰铃,把餐巾当手绢,把头盔当手鼓,使出了牛鬼蛇神的各种把戏,于是冲压机或夯地机一般的歌声节奏进入了排山倒海的高潮。

　　咱们工人有力量——嘿,
　　每天每日工作忙——嘿,
　　盖成了高楼大厦,
　　修起了铁路煤矿,
　　改造得世界变呀么变了样……

这首歌在我听来几如出土文物,奇怪的是,在这里却脱口而出气势汹汹。一位敬酒人宣布,这一首是献给"发明哥"的。"弟兄们,我这姐夫贺亦民,也是一个老粗,一身黑汗,一身驴皮,给大家伙长脸啦。"

"姐夫随意,我先干了!"

"姐夫喝好!"

"姐夫保重!"

…………

他们纷纷上前,把贺矮子灌得满脸通红,傻呵呵地笑,一句话也憋不出,活脱脱一个混迹于成人堆里的超龄少年。

不叫"大哥"叫"姐夫",大概是这伙人的新发明,是这里的新时尚,不知有何用心。让自己与对方的关系隔一层,也许有一种低调和谦虚的意味。扯一个女人进来,似乎自己的体贴也更加到位。

"疤子,你姐夫都当不过来,还拉上我做什么?"我再次疑惑。

"你不明白,这些疯子只会灌酒,没权批字的。"

"长官对你也不错呵,三天一小宴,五天一大宴,把你整得像个慈禧太后,差不多每次都是满汉全席。"

"屁,那都是鸿门宴。"

这话的意思,我后来才慢慢有所理解。

他是油田偶然逮住的技术外援。自K型水表被专业期刊介绍,他的相关发明运用于油表,解决了油田一大难题。他后来受邀参与油田的另外一些技术攻关也是名声大震,以至他闭上眼睛也能画电路图的绝活,不用仪表测试就一口准的数据直觉,一时传为美谈。当然,也有人瞧不上他的学历,听不惯他古怪难懂的普通话和二流子腔。测试二院的总工毛雅丽,马楠一位老同学的小妹,刚从英国回来不久的女博士,对他就一直不冷不热,看他的目光如同打量送外卖和送快递的家伙。专题碰头会上,毛总说到深井数据的上传速度,那个最牛的HD公司已达到100K每秒,我们仅有30K,实在让人头痛。

亦民见与会者都在忧虑HD不卖技术,吃饭时间又快到了,便插上一嘴:"求人不如求己,自己搞一下算了吧。"

女博士不理他,"陆工,你看能不能组织队伍,再攻一下?"

陆工面露难色。

"依我看,搞到1兆应该没问题。"亦民又插一句。

女博士还是没理由在乎这个疯子。1兆是什么意思?1兆相当于HD公司速度的十倍,相当于把世界第一检测巨头的专利权就地枪毙三次。

"我是说真的,搞就搞1兆。放一只羊也是放,放一群羊也是放。难得摆一个阵,挖就挖它一瓢狠的。我没开玩笑呵。"他很委屈。

会场上出现一片低声窃笑,有点谈不下去了。女博士只好宣布散会,回头在走道里拉住几个高工,商议能否在法国、俄国、日本方面找到合作伙伴。亦民走过这些背影,只能独自去饭堂。

他离开油田时,既没有钱行宴也没有官员送,只有一个眼生的司机开来东风大货,看上去是去机场拉货的,顺便把这个神经病打发走。他没说什么,但三个月后打电话告诉毛总工,数据传输的新样机已经搞定,分包和自理的几个部分已由他组合总装。

"15还是50?你说清楚一点。"对方肯定认为他说乱了。

"我再没文化,15和50还是能分清吧?告诉你,不是15,不是50,不是500,是5000!5000!5000!"

"你是说5兆?你是说5000个——K?"

"你耳朵还挂在那里吧?"

对方挂机了,大概觉得这家伙疯得更不像话。

疯子没好气地又把电话拨过去,"喂,你挂什么机?"

"你还要说什么?"

"你先说sorry。一位女同志,喝过洋墨水的,动不动就挂机,怎么这样没礼貌?你是卖大蒜还是卖猪脚的?"

"好吧，sorry，贺先生。"

"这还差不多。"亦民算是消了气，"这样吧，你明天带人飞过来看样机。"

"贺师傅，我们都很忙，真的很忙。再说，科学技术研究是十分严谨和严肃的事，容不得半点马虎和轻率，一切都要靠事实说话，靠数据说话。我知道你很聪明，有很多发明创造，是一个自学成才的好技工。但你也许还不明白，深井不是在地面，因此地上那些技术统统没用。光缆用不上，大口径铜缆也用不上。这个难题是全世界的……"

"毛阿姨，拜托了，你把舌头捋直了说好不好？你不就是不相信吗？你不就是需要检验报告吗？"

"当然，检验是最低门槛。"

"那你说，要哪一级的检验？技监局？中石院？国家科委？……"

"不是不相信你，贺先生。但我们以前确实上过一些当。有些检验，后面经常有权钱交易……"

"你们亲自检验一下不行吗？你们直接拿到井下去试不行吗？毛阿姨，毛大妈，毛大奶奶，要是验不过关，我当你的面一口吃了它！"

女博士这才顿了一下，有了点笑声，说好吧，你先把资料发过来。

亦民不耐烦等，不知对方何时才能看完资料，当晚就赶往飞机场，第二天一早就出现在总工办公室前。装入两个木箱的样机也随身抵达。女博士吓了一跳，但态度已大变，因为她从邮件中已大体得知对方的思路。简单地说，旧思路相当于在一条道上尽力提高车速和车载量，贺疯子的办法则是同时开放几十条道（当然还是在一根电缆上），让信息在起点拆整为零，分道畅流，但每个信息都穿上不同波频标号的马甲,到终点后再接受识别和整编,依序归位,合零为整。这种"两分(分散、分段)一集放(集中放大)"的方案,从根本上绕过了车道拥挤的难关。

果然,井场实测的结果是接近6兆,是国外最牛HD公司指标的六十倍,油田现有指标的两百倍!毛总工吓得脸都白了。工人们争看屏幕上的图像,其新鲜感相当于医生们丢掉了听诊器,直接换上了胃镜、肠镜、胸腔镜以及胶囊摄影,第一次看到了来自上帝肚子里的肥皂剧,出神入化惊天动地的画面真是看得过瘾。他们当场就欢呼雀跃,把贺姐夫抛向天空,抢了他的皮帽,扯走他的围巾,抠一把油泥往他脸上抹,在他背上重捶几拳。

"姐夫!"

"姐夫!"

"姐夫!"

....

他们整齐地喊叫,抬着大家的魔法师和财神爷,围绕井架游了好几圈,以至贺姐夫事后好几天还腰酸背痛,说这群疯子手脚太重,差一点把他整进了骨科医院。

毛总在最豪华的御园单独宴请他。她抹了口红,挂了耳环,披一条蓝花雪纺大披巾,破例抽了一支烟,眉飞色舞地敬过一杯酒,建议对方看紧电脑,是一种很贴心的建议。要不要找个律师来详说一下知识产权?要不要派个外语强的姑娘来当情报助理?……说这话时也是一种自家人的口气。

"不用,不用。"亦民连连摇头,"我是猴子摘包谷,做一件,清一件。资料你们全拿走。我又不要职称,从来不写论文。"

对方瞪大两眼,以手掩嘴,差一点发出惊呼。"你怎么可以不写论文?"

"我是那条虫吗?我能吃的菜,就是解决具体问题。第一,想办法。第二,画图样。第三,做出来。完了。"

"天哪,我们……不知该如何感谢你。"

他们说到油田决定的两百万奖金,说到新技术下一步的延伸运用和跨行移植……疤子谈得兴起,见对方问他还有何要求,也就不客气了,"真要我提?你还真能做主?那好……加奖金就不用了,陪我睡一晚吧。"

对方手里的刀叉叮当落下,"你说什么?……"

他哈哈大笑,完全是一副财主强逼民女的淫威,立即让对方翻看自己手机中的几条短信,都是另几家客户开出的洽购天价,足以构成狠狠敲诈的强权。在这一刻,二流子原形毕露仗势欺人,大概觉得女人的语无伦次和走投无路最为赏心悦目,觉得技术女皇满头冒汗花容失色转眼间成了一只急得团团转的小兔子,实在大快人心。

女博士有点呆,不得不结结巴巴,"你刚才说,你不会对我做坏事,是不是?你是说,只要说说话,聊聊天,是不是?"

她是指对方刚才对睡觉的洁版解释。

"当然。"

对方再一次脸红,"那好,你得答应我,我不脱衣,不脱鞋。你还得答应我,我要随身带点东西……"

疤子压低声音:"你扛来机关枪也无妨,只是不准带老公。"

"你太不正经了,太不像话了。马楠姐怎么有你这样的朋友?她怎么也来害我?你再想想吧,这谈话,其实在哪里谈都一样。定要那样谈……有点过分吧?……"女博士得到再次承诺,还是两手颤抖,大口出粗气,不时拍打胸口看看天,完全是准备英勇就义的姿态。她出去转了一圈,大概是买好了剪刀一类利器,大概是为自己的学术前途和全公司的利益犹豫再三,人在屋檐下,不得不低头呵,最后只能心一横,挺身而出,赴汤蹈火,一步步跟随对方上楼。

贺疤子一路暗笑,进门后故意刷牙,洗澡,拉窗帘,插上了门闩又拉上门链……释放了大量下流信号。其实他一直在琢磨英语的"回家"怎么说,英语的"走"怎么说,准备到时候来一句高雅台词:亲爱的,You can go back home now。

不知何时,他好容易说出这一句,发现身边没回应,坐在床头双手捂脸的那个人一动不动,看上去有点异常。

他再说了一遍,还是没得到应答。拉开毛总的手一看,发现对方紧咬牙关,一脸惨白,早已晕过去了。

"毛总!毛总!毛雅丽!你别装死呵……"他拍打对方的脸,手忙脚乱地跳下床,赶快拨打电话120。

这事的另一后果,是马楠圆瞪双眼警告我:"我早就说过,这个姓贺的就是个二流子。你以后别让他到家里来,你也永远不要再提到他!"

"怎么啦?怎么啦?"

"什么人呢,当初连酒鬼都一眼看出来了!"

她又说到了猴子。

"他不就是爱开个玩笑吗?"

"有这样开玩笑的?人家雅丽是剑桥的才女,他也敢非礼?差一点闹得人家老公要离婚你知道吗?他就是个色狼,种猪,王八蛋!"

45　二流子的隐私

贺亦民一步走得太远，反而陷入了麻烦。老孟后来私下对我说，据他初步了解，因为这一块肉肥，简直是块唐僧肉，很多人便主张要慢吃，就像跳高运动员，超 1 毫米是破纪录，超 5 毫米也是破纪录，那么能拿五块金牌的，为什么只拿一块？

想想看，只要把一根肥肠切成 N 段，一步步细嚼慢咽，就可以在国家那里多捞几轮科研经费和技改资金，也可以在市场上多掏几轮客户腰包——只有二傻子才会忘了这一层。这还不是麻烦的全部。还有人主张把唐僧肉当肉馅，成为某个母项目下的子项目，以馅带皮，以荤带素，集中打一个包，于是受奖、提薪、上职称、拿经费的受益面就更宽了。数以百计的专家都是哥们兄弟，无不呕心沥血，无不任劳任怨和摸爬滚打，只是很多人运气不佳，没挖到金子而已。通过这种组合，让他们也搭搭车，算是你二院和贺亦民扶贫济困了，算是顾全大局了，不能说很过分吧？几十年来风风雨雨，大家在一口锅里刨食，不都是这样风雨同舟的？

更难摆上台面的微妙意思（老孟反复申明这只是他的猜测），项目组合打包以后，总项目负责人肯定就不是贺亦民了，就得请大领导挂帅了。即便大领导不想摘桃子，下面的人也得为首长考虑一下不是？首长也是人，也辛苦，也参与和服务了，就不想得一份奖金？就不愿在专业领域里有点动静，比如当个院士什么的？

这些问题，当然都得好好研究。

个体户当然很难理解这一潭深水。亦民听完我的转述，还是半信半疑地斜眼看我，一声不吭大口吃泡面。不会吧？主要是缺钱吧？……他气呼呼地一口认定，项目之所以迟迟不验收，不结项，不运用，不公布，活活闷在资料柜里，原因不会是别的，"无非是姓华的那只老鳖"——不知道他是骂谁。"他肯定是HD打进来的内鬼！"他的想象力接下来更为丰富："他前妻是个卖水货的，肯定不是什么好鸟。他二舅在国外混了二十年，从来说不清自己是干什么的。那个妹夫还是个最无血的酒鬼……"这一扯离题万里，恐怕任何人也跟不上这种派出所水准的内查外调。

石油城的时间对于他来说一定太漫长了。他每次来这里，都是饭局和饭局，睡觉和睡觉，唯有肠胃在忙碌，没等到什么痛快话。无聊之余在其他几个项目那里搭搭手，还是心事重重。他毕竟是一个编外"顾问"，对很多事不知情，不论在身份上还是习惯上都是鸡窝里的一只鸭。有些专家令人敬畏和佩服，但理论和洋文那一路，让他插不上嘴，不容易走近。还有些人太在乎什么知识产权，动不动就保密，一见他来了就合夹子、锁柜子、关房门，防贼一样地紧急行动，气得他想骂娘。这一天，一个小白脸前来讨教办法，但一说到要解决的问题，似笑非笑欲言又止，说这事涉及课题机密。"贺顾问，不是不信任你，项目组确实有规定。我既不能给你看资料，也不能同你说数据……这个道理你肯定明白，对吧？对不起，对不起，请你千万谅解。"

"你脑残无极限呵——"亦民气歪了脸。

"你……你这是什么意思？"

"是你要治病，不是我要治病，是吧？你舌头不让我看，脉也不让我摸，要我抓一把空气，揉一揉，搓一搓，就治好你的妇科病？"

"贺顾问，你如何这样说？"

"今天不是你该去医院，那就是我该去医院了。"他跳起来，砸出一只皮鞋，砸得对方落荒而逃。

他的脾气越来越坏，得罪了一些人，使情况变得更加复杂，连毛总脸上也常有难色。以前他总是"三老婆"前"三姨太"后地称呼对方，玩笑意味明显，对方也不大生气。但毛雅丽终于有一天郑重通告："亦民同志，这种玩笑再也不能开了。你别给我捣乱。"

不知这一变化后面发生了什么。

他一头雾水，陷入了一种看不清、摸不到、想不透的十面埋伏，只能从一张酒桌走向另一张酒桌。他从来不怕爬山，但一张张酒桌组成的是海绵山，他根本没法爬，只能忍看自己一步步陷进去，最后变成一个无。他的酒友中有一位处长，最擅长为领导挡酒代饮的，最喜欢用手机编四六句子赞美油田的，暗地里却形迹可疑，早就闪闪烁烁谈及中国或外国的几家公司，劝他另择高枝的意思明显，自己居中牵线的意思也很明显。酒友中也有不少私商。一位广东佬曾扛来一箱钱，说这还只是"点头费"，整个技术转让款将另议。另一位上海佬当面搅局："五十万也拿得出手？把我们贺工看成什么人了？"这些奉承都让他受用，但也很受煎熬，不知该说什么好。

与我通电话时，他说自己苦等了两年，还是不愿失信于油田。他，贺亦民，别说党员和团员，连红领巾也没摸过的二流子，其实就是想为国家出一把力——国企不就是他心目中最具体、最实际、最有手感的国家吗？这个石油城是他的一个远方童话。他放弃好多业务，一头撞入这个大梦里，差不多是向自己的命运叫板，守住一个羞于出口的秘密，一份二流子的隐私。但这种事如何说得出口？在这样一个时代，任何下流话都可以说，反而是爱国成了酸词，忠诚呀正义呀成了疯话，对于很多人来说大有麻舌、硌牙、封喉之效，怎么也过不了口腔。这些官腔轮得上他来说？他在灯红酒绿下一说便假，只能做贼心虚，守口如瓶。操，喝酒吧！

一张蛤蟆脸及时地傻笑，他只能把自己灌醉了事。

赵老板陪他喝得最多。此人好像是做电源的，又像是做工程机械或航空器材的，身份一直不大清楚。亦民再婚的那年，对方扔来一个十万，说是小意思，道个喜。疤子以为这是人情铺垫，下一步就该是生意了。奇怪的是，十多年过去，赵老板似乎真像他说的那样只是仰慕好汉，交个江湖朋友，从来没说过正事。听说兄弟在油田过得无聊，赵老板立即驱车两昼夜赶过来铁杆陪酒。两人喝多了就吵架，为了一个屁大的事，无非是国产相控阵雷达缺陷何在的事，两人都像互掘祖坟，拍桌子，扯嗓门起高调，脸红脖子粗，差一点动手打架。贺工没吵过对方，一股邪火没处发，顺手抄起一辆自行车把临街橱窗砸得玻璃碎片四溅。没打击够，又抡起一立架广告疯了似的扑向另一个橱窗……赵老板的酒量显然大一些，此时还能明白橱窗是怎么回事，赶紧从皮包里掏出两扎钞票，朝前来的保安们一个劲地摇晃。"他是个神经病，身上绑了炸药包，你们千万不要惹，不要管，随他去！你们的损失我赔……"

保安们和业主们吓得应声而逃，让贺工出足了一口恶气，把赵老板骗人的雷达（显然是看错了）砸了个遍地狼藉。

第二天，两人说不能再喝了，便去夜总会。赵老板邀一位洋妞跳舞，一曲下来有点无酒自醉，手位有点偏下，偏到了对方的屁股上。

"Bitch——"疤子还没看清是谁，便被一个大汉撞了个趔趄。大汉冲过半个舞场，一直冲到赵老板面前揪住了对方胸口。

舞场立即乱了，保安们慌慌地赶来，把争斗双方东拉西扯，尽可能隔离开。"他说你摸了屁股……"一位旅游团的导游给赵老板翻译，让他知道事情的原因。

"我摸了吗？我什么时候摸了？"赵老板整整衣领，脸上红一块白一块，"再说摸了又怎么样？这些羔子，岂有此理，刚才不也摸了中国屁股吗？"

周围一些人忍不住笑。墙角那边的暗影里还传来口哨，传来一阵起哄：摸得好，摸得好，再摸一个……

　　　姐夫你大胆地向前摸呀，
　　　向前摸，向前摸……

起哄者们又唱起来。

歌声和笑声缓解了气氛。经导游一番劝解，那位胸毛茂盛的猛男放过了赵老板，搂着女伴走向座位。但不知是谁嘟囔了一声"中国猪"，虽是洋文，虽是低声，贺亦民却听懂了。他顿时脖子一歪，歪歪地支一个脑袋，岔气僵硬了一般。"喂，你——"他用一个酒瓶指定那个光头。

光头看看他，又看看别人，不知他在骂谁。

"就是你！秃瓢！孙子！你刚才放什么屁？"

对方不懂中国话，但能感受到明显敌意，立即弓下腰身双手握拳，一前一后地跳跃试步。"You want fight? Then fight!"与他扎堆在一起的几个洋哥们也立即跳出来，各自选择位置，或紧握一个酒瓶，或操起一把椅子，摆出了交战的阵势。保安们一看形势不好，再次一窝蜂扑上来，在对峙双方之间组成一道人墙，拼命夺下贺师傅的酒瓶，又拉又推，连哄带劝，差不多是把一个歪脖子患者架出舞场。"大爷，你出气不要紧，会砸掉我们的饭碗呵。"一个小保安苦苦央求,"你就当他是真放了个屁吧。"

另一个保安说:"这个旅游团是个司机团,没什么文化的。"

"老子同样没文化!"疤子对地下一指,"我就在这里等他,今天非同他练一把不可!"

赵老板前来相劝,也没把他拉走。一个傻子,宾馆大厨的孩子,总是跟着贺师傅讨烟抽的,则摩拳擦掌,忙得团团转,为他找来一大堆砖块,还找来一根粗木棍。"打呀。""打呀。""怎么还不打呢?"傻子兴冲冲地抹了好几次鼻涕,去舞厅里侦察了好几轮,最后一阵哇哇大叫——意思是导游已把那些人从侧门带走了。

这件事也是马楠告诉我的。"他总有一天要杀人的,要闯大祸的!"她正在给笑月织帽子,狠狠地戳下一针,"他当初就不该去北边,不该去什么油田。他偏要去。好,鸡飞蛋打了吧?他真把自己当根葱呵,真以为自己能上天呵。我看他本事再大,这次能找一个河南老婆回来就算不错了。"

"河南……"我跟不上她的思路,"为什么是河南老婆?为什么不是山西……"

"他就是配河南妹。"她又一次信心百倍地独悟天机。

"那你说说,具体是河南哪个地方的?"

"哪个地方?豆巴县,瓜巴县,都行。"

天知道有没有这些县名。

但凡是她认准了的方位,脱口而出的地名,从来不需要地图的印证,只有她眼里的傻瓜才需要什么地图或词典。

46　高墙下

不知是不是那个未能砸下去的酒瓶一直堵在心里，贺亦民后来给自己取了个网名，就叫"中国猪"。

无聊的时间被他大把地消耗在网上，消耗在五星红旗的自选图标之下。凡是为汪精卫翻案的，为八国联军摆功的，反对中国"两弹一星"的，把官场黑钱和二奶偷偷转移到国外的……无不被"中国猪"切齿痛骂，一个大龄的爱国愤青由此登场。

可惜他错别字多，标点符号老错，好容易憋出一篇咆哮帖，一篇铁血文，一篇张牙舞爪的讨逆状，跟帖者却寥寥，不免有些冷清。到后来，好容易有些跟帖了，但大多是挑剔他的文字，特别是标点符号。别人说对的他都觉得错，别人说错的他倒觉得对，时政话题往往成了死缠烂打的语法血拼。

也有一些网友觉得他大脑钙化，说这个扒粪佬说是爱国，为何如此仇官仇富仇教授，骂来骂去岂不是尽给国家抹黑？

"小布，你得顶我一下。我这一篇的标点符号肯定都对了。"他不惜深夜打来长途电话，把我从被子里揪出来。

"你是不是太闲了？打这些口水仗，有什么意思？"

"不瞒你说，我在这里坐牢。不灌水，不骂人，就只能看黄色网站。"

我在电话里说到了Linux，说到它的首创者林纳斯——那个开放源代码的芬兰人，叫板微软、英特尔以及一切市场规则的

IT好汉。我的意思是，如果他贺疤子真不在乎钱，那么鱼死网破也是一招，可强迫油田来验收结项。不料他断然反对，说一旦技术公布，他的钱就算是扶贫了，那倒没什么，但西方公司鼻子灵，手脚快，规模大，油水一定肥了他们的田。那时候他还能在坛子里混？"中国猪"不成了网友们轮番狂踩和剥皮抽筋的一堆中国烂咸肉？

"坛子"是指他那些混熟了的网上论坛。

这一天终于到来了。我事后才知道，那天冰天雪地，他受邀去石油技术学院讲座，一开始就觉得有点不对劲，左眼皮跳了好几下，走到报告厅门口无缘无故摔了一跤，不是绊倒，不是滑倒，似乎是被不明来历的电击拍了个狗啃泥。总是跟在他屁股头的那个小傻子乐得拍手大笑，也模仿他摔了两跤，在雪地里打滚。

亦民事后很久才把一连串异兆与报告厅里的三个人联系起来。他当时没在意这三人的到场，不时揉一揉下巴和手腕（摔痛了），继续讲解他的快速充电方案。他讲得有点乱，有点信天游和十八扯，不像一场学术报告。脉冲电流与材料疲劳的关系还没结巴完，就说到德国民用和美国军工是两只技术真老虎（好像有点离题），说到猴王如何称王（意思不大明确），说到三十多年前的《农村电工手册》是本好书，两毛钱的大宝贝（好像是怀旧了，或是不满眼下很多专业书籍华而不实，专利知识保密太过），又说钱是个王八蛋，把中国人的思想都搞乱了（听上去有些片面），说好多人钻技术，其实是爱钱不爱技术，就像当婊子冒充情人（太粗鲁吧）……"嘿，国家把你养得白白胖胖，养出你一身好膘。你领带会打了，汽车开上了，方帽子也戴上了，怎么就没一点碗大（远大？）的理想和钵大（博大？）的胸怀？……"他一急，普通话走形，不得不辅以手势，做出一个展臂扩胸的动作,示意他的"博"是这样大,不能误解为小小的"钵"。"你们这些政府和国企的官爷……"他的目光投向前排座的一些中年人,一些方头大耳人士,"在办公室坐出了一个大屁股,在馆子里吃出了一肚子好下水,爱一下国就这么难?现在一没要你去炸碉堡,二没要你去堵机枪,每天上班八个钟头,你拿一个钟头来爱一下行不行?拿半个钟头来办正事会死呵?……"

很多听众感到困惑,分泌出一片嗡嗡低语,汇成嘈杂的声浪。主持人忙递上纸条让他注意用语礼貌并且重返脉冲的话题。

他咳了一下,抹一把脸,发现退场的人更多了,空座位的蓝色面积再度扩展。一对对男女学子牵的牵手,搂的搂腰,去寻找更适合培育爱情的场所。另一位青年甚至站起来大声接听手机,把周围的目光吸引过去。

他觉得自己很失败,没法再讲下去,满头大汗走下讲台来到贵宾室——三位便衣警察在这里已等候多时,向他亮出了证件。

"你就是贺亦民?"

"嗯。"

"知道我们为什么找你?"

"你们……肯定找错了人。"

其实,对方的南方口音让他一听就明白,肯定不是看黄色网站的事,肯定不是毒骂官员们的事,想必是几年前自己沉入一口水井的摩托,意外地重见天日,把警察的狗鼻子引到这里来了。

"跟我们走吧。"

"凭什么跟你们走?"

"老实点,别耍花招!"警察猛推了他一把,手铐也掏了出来。

"我有高血压,有心脏病……你们想在这里逼出人命是吧?

这里是大学，我是他们请来的教授。"

对方犹豫了一下，"吓套鞋呵？你今天就是癌症晚期也得跟我们走。"

"我要通知我的律师……"

"不行，你现在什么也不能做，一切到了局里再说。"

亦民发现自己的手机和便携电脑已被收缴，发现手铐已套上手腕，情急之下突然冒出一句："你们违反'公安六条'！"

"公……"对方有点蒙。

亦民其实也不清楚什么六条，只是自己当年蹲拘留所时听说过，好像是一个什么镇压反革命的文件。但他从对方的迟疑中发现了机会，发现了信口胡说的强大威力。"没听说过吧？难怪你们只会粗暴执法，没有任何人权观念。告诉你们，公安部就是要整你们这样的家伙。我的律师肯定要投诉你们……"

对方大概以为什么最新法规出台了，对他们有些不利。大个子警察红了一张脸，"闹什么闹？'公安六条'我们也学过的，你以为只有你知道？别说六条，就是六十条，也保不了你！"

话是这样说，但对方总算温和了不少，没给他马上戴手铐，见他夺回手机也未加阻止，大概是允许他通知律师。

这已经足够。贺亦民立即用手机上网，三下五除二，一键确认，把已完成和尚未完成的几项发明资料打成文件包，全部发送上网，准入密码全部取消。依靠"公安六条"所保障的权利，他还给老婆写了封短信，也给我发来一句话：

我只能当人肉炸弹了谢谢姐夫还有孟姐夫

我明白这一句的意思。

我久久说不出话来。我一次次面对他手机、座机、博客、微博、电子信箱里的缄默或空白说不出话来。我不知自己是否该为我这位小学同学深深一叹,在今夜狂醉不醒,在大雨中远足不归,去捶打所有朋友的家门,捶开门后却不知自己该说什么。一键之下,事情结束了,他终于成了中国的林纳斯,一颗共产主义的技术炸弹——他其实不太愿意充当的角色。在那个要命的石油城,他差不多曾是一个特别顾家和恋母的孩子,采来一朵鲜花,一心献给母亲,但敲了好一阵家门却迟迟未听到开门声,只能重新走上流浪的道路,听任花瓣在风中飘散四方。

我想象他戴上手铐登上囚车时,周围没有熟悉的面孔,更无亲友相送,只有一个同他玩得最多的傻子捶胸顿足,喷着鼻涕哇哇乱叫,在囚车后的雪地里追了好久。"你给我烟,给我烟——"傻子还在追赶着。我想象那一天漫天大雪,一如老天做了什么以后不无心慌,于是喷出汹涌的泡沫,涂抹足迹,掩盖车辙,填埋各种气味和声音,正伪造一个白茫茫大地真干净的人间现场,不留下任何往事的物证。我想象一个当事人在颠簸和昏暗的囚车中蜷缩于一角,全身哆嗦,眼含泪花,目光死死盯住车顶,像要把那块铁皮看穿、看透、看烂、看碎、看得目光生根,其恨恨不休的神情让警察略感怪异。我相信他那时回望自己的一生,最可能顿足大喊的一句是:

"郭家富你听着,我还会有机会——"

警察都冻得鼻尖红红的,不会明白这话的意思。

补记:

郭丹丹在法学院毕业,没有接受她妈一位国外朋友的资助去美国留学。她留下来接手的第一个案子就是叔叔的杀人案。她的一些学友也提供援助,共组了一个律师团。他们辩护的主要理由是:一、死者本身有心脏病发作的病史,外力击打并非唯一死因;二、本案当事人是在亲哥郭又军严重受辱的情况下动手,属激情犯罪，事出有因，理应轻判。他们同时代理一桩民事官司：油田二院方面诉贺亦民获取对方的津贴和奖金，因此其成果系职务发明，个人不具完全知识产权，单方面公布成果是严重侵权。油田虽可从中获益，但商业利益已大受损害，必须依法索赔……

丹丹还得说服她爷爷，一个双目失明的七旬老人：罪是没法顶的，不管是坐牢还是枪毙，老子也不能代替儿子。

她不知已说过了多少遍了，世上不可能有这样荒唐的事。

再补记：

此处本来另有完整一章，说到马涛受累于一位夏先生，涉嫌"危害国家安全罪"被拘，经律师澄清与交涉，两个多月后得以获释。他在拘留所与贺亦民恰好同居一室。两人半熟半生，意外重逢，终于同病相怜。亦民帮对方抢饭和打架，马涛教对方标点符号和打桥牌，如此等等。

下一步的情节是：亦民向对方坦承，当年把对方送进监狱的那一封告密信，扯不上阎小梅，扯不上郭又军，其实是他干的。

"这个故事编得不怎么好玩……"马涛一笑。

"就是我，真的，与军鳖没关系。"

"你什么意思？"

"就这意思。"

"该你了。"马涛重新低头看手上的扑克。

"我这一次可能死到临头了。昨天想了一下，既然遇到你，那就是天意，就是老天要我说明白，不走得拖泥带水。"

"你以为我会信？"

"信不信由你。好吧？当初你差我送鸡毛信，当狗腿子，你可能都不记得了。那个唐瞎子没来参加你们的密会，你可能也不记得了。张卫国出门时同我差点打了一架，这件事你肯定更不记得……好吧,反正今天我已经说完了。"

亦民提到的一些人名和细节,终于让对方脸上有了一种恍惚。"就你,一个小蟊贼,也配去告密?"

"我也觉得不配,不好意思……"

"从逻辑上说,不论怎么说,那个人根本不可能是你!"马涛差一点叫起来,"我算定十一个最可能的原因。怎么会搞错?几十年了,几十年了,你以为我是可以随便糊弄的?你算是哪一根葱?"

"可事实就是这样的。换上我,我也不明白为什么。"

两个人面面相觑,久久地目瞪口呆。马涛突然又笑,声音洪亮地大笑,长长地吐出一口气,"贺亦民呵贺亦民,你演这一出有意思吗?说吧,他们给你什么好处?再说说,还有什么猛料拿出来听听。他们要挖我的材料,靠你来搅浑水,下套子,也太黔驴技穷了吧。有本事就把当年那些藏枪案和爆炸案坐实,再栽我一个贩毒,性侵,娈童,偷税,间谍,什么罪名不好使呵?哈哈——"

现在轮到贺亦民听不明白了。这时,铁窗外鞭炮声大作,三两道曳光从窗前划过,还有两三个狱警远远的说笑声,原来拘留所也需要欢庆新年。

一个谜底至此仍无法揭开。贺亦民是不是马涛压根儿没想到的第十二种可能,还没有更多证据加以确认。生活其实充满了残缺和散乱,通常是一张收不了的破网。笔者的犹豫只是在于,这种残缺与散乱是否需接受作家的强势操作,以求情节的完整和确定,并非不是一个问题——因此这后面四千多字最终被删除了。当然,删除不一定就好。不了了之不一定就好。喜爱常规小说模式的读者,不妨越过笔者的犹豫,接受这一囚室外的新年礼花,顺着这个线头往下走,自行添上文字数页或数十页,以便确证马涛和贺亦民的说法哪个是实。

贺亦民为什么要那样说?有什么理由吗?

一、身为小蟊贼,他当年偷过学校的自行车和军大衣,好几次被红卫兵群殴,因此一旦有机会,便不能不偷偷报复一下——特别是报复那个参与密会的王八蛋(姓张的或姓唐的),他记得最清楚的面孔。

二、事情也可能是这样:他一脑子糨糊,完全不懂政治,不知事情后果那么严重,正如他后来不知油田井测技术这潭水有多深。他以为那只是一个小情报,可拿来与警察做个交易,让对方恩准他和小弟兄们少挖三天防空洞。

三、事情还可能是这样:他眼下不过是又一次信口胡说,只是同情他哥被一个告密的疑团压了半辈子,死了还不明不白,老是来他的梦里喋喋不休,那还不如自己去顶下屎盆子算了。他反正名声臭,多顶一个屎盆子没关系。

············

还有没有其他可能?

最可能的真相到底是什么——空白纸页在这里等待读者的想象。这个故事得靠你们最终说完。

47 你找不到

我一直说服自己把下面这件事看成一个梦。梦中的主角是我的侄女，可怜的笑月。她骨伤痊愈后考入大专，只是毕业后不愿出国去父亲那里，宁可在北京漂一把。这次马楠去北京把她带回家是要张罗一次相亲——据说男方是一个博士，虽年龄偏大，但相貌、身材、性格等方面绝对上乘。当姑姑的已去对方的公司踩过点，狗仔队一样拍回了很多照片，正面和侧面的，远景和近景的，只差没雇一私人侦探去审查帅哥的婚恋史。

我相信这是一个梦，是因为博士似曾相识，倒是笑月的模样难以辨认，事情一开始就这样显出几分蹊跷。她瘦得全身冒出更多锐角，耳边挂了两个三角形大耳环，牛仔裤的两个破洞暴露膝盖，脚上的鞋子支一个倒翻的鞋头，像古代波斯人的海盗船，怎么看都是疑点重重。更重要的，是她说话时我几乎听不到声音，她感冒时我几乎在她的额头上摸不到温度，她冲咖啡或喷香水时我几乎闻不到气味……至少在我的记忆里是如此。那么这种记忆怎么可能是真实？一个大活人，不是纸人，不是激光造影，怎么可以没有声音、温度以及气味？如果水果刀划破了手指，她会不会出血？

她的房间还保留以前的模样，连书架上的卡通书还排列整齐，连墙上那些她贴的小纸花也保存如旧。她最喜欢的大绒兔和大布熊也由姑姑洗干净了，放在它们经常出现的床头，手里各有一面小红旗，上面分别是："欢迎月月回家！"和"月月姐要好好吃饭哦！"但笑月对姑姑一心守护的这个童话毫无反应，从头到尾不曾笑一下。这怎么可能？

她像一个幽灵飘来飘去，不是把自己倒锁在闺房，就是外出很晚回家，一天下来难说几个字，顶多是含含糊糊地"嗯"一下或"不"一下。这怎么可能？

"我身上有犹太血统吗？"她突然问我。

这个问题无比怪异。

类似的疑点还有：

"明天不会发生地震吗？"

"你们怎么不住到爱尔兰去？"

"以后的基因技术，会不会让歌手们长出八张嘴？胸口长四张嘴，背上长四张嘴，一个人不就把八部和声全唱了？"

…………

这些没头没脑的话只能使人发愣，不知该如何应对，如同两个没法兼容的软件，一撞上就是死机。谈话的重启也很困难。

这样吧，让我拨开记忆里这些来历不明的声音，把剩下的印象碎片尽可能拼接，以形成接下来的大致情节。我终于找到一个机会，与她谈了谈往事，包括再一次解释当年为什么没让她去电视台，为什么说那是一个凶多吉少的陷阱。电视台台长贪腐案后来的东窗事发，大概证实了我以前的估计。

她一直没说话，最后只有一句："姑爹，我没怪你。"

"你以后有什么打算？还准备在外面漂吗？郝志华你是认识的。她那里最近刚好需要一个助手，我想……"

"姑爹，我真的没怪你。"

她眨了一下，眼皮垂落得稍有夸张，没回答有关应聘的话。

相亲似乎不顺，博士生那里一直没回音。尽管马楠成功地劝说小侄女换下了波斯海盗船,把大耳环换成小耳环,把牛仔裤换成了花长裙,把黑唇膏换成了红唇膏,再加上一件橘色束腰风衣,甜甜的、暖暖的,一种淑女风格逐渐成形,但另两场相亲也没什么下文。笑月闭门不出的时候更多了,据说糖尿病也加重——她三天两头给自己注射"胰岛素",我居然信以为真,不知道糖尿病患者大多胃口好,不会像她这样厌食。我也没想到她的冒虚汗、打哈欠、全身瘙痒等情况同样反常。

马楠有点急,建议我带孩子出去散散心。正好我要去 C 市参加一个研讨会,于是驾车出城取道西南,前往一片最新发现的风景区。一路上,笑月说这家饭店的汤太辣,说那家旅馆的被子太潮,说我的老捷达她开不顺手,车载音响设备也是垃圾档和侏罗纪的……反正没几件高兴事。好容易到了一个她略感兴趣的鳄鱼园,她嫌观众太多和环境太脏,刚入园就不愿走了,让我一个人去检阅鳄鱼——否则绕道这一百多公里算怎么回事?两张入场券不成了爱心捐赠?

回到入口处,我发现她头戴耳机坐在树荫下,一只小皮鞋踩出节拍,全身骨肉荡出节拍,把一支什么曲子听得很 high。我怀疑她是一心 high 给我看,一心在沮丧的姑父面前炫耀得意,偏偏要在这一刻摇头晃脑和手舞足蹈。

"我要去看鳄鱼!"等我看完了,她倒兴冲冲地要去了。

我在汽车驾驶座打盹。不料她没去多久,忽然慌慌地扑回来,一把拉开车门夺走后座上的手袋。"你刚才翻我手机了?"

"来过两次电话,我没接。"

"你一定翻了!"她几乎叫起来。

"我只是看了下来电号码,看是不是你姑姑来的。"

"我讨厌!"

"笑月,你没事吧?"

她走到不远处检查手机,打了一阵电话。

我以为事情就这样过去了。我以为这个我以前抱得最多的孩子不过是脾气坏,不过是心结太深。我以为世上很多伤口不过是需要时间来平复和弥合。第二天,我们去看了附近一个天坑,是她从网上查到的,不算很出名。一道地缝长几百米,最宽处三四十米,藏在老山里黑森森的深不可测,扔一个石头下去很久还没听到声音,不能不让人悚然心惊。靠近天坑处的气流很凉,一浪一浪的幽幽逼人。大概是游客们很少,石径上已密布青苔,两个粗糙的路标东偏西倒,几个泥沙半盖的空瓶子和包装袋也无人清扫。

我选定一个老树蔽日的景点拍照,用镜头聚焦逆光中的笑月。我突然发现有一颗黑斑在取景框里越来越清晰,越来越奇怪,越来越逼近和壮大——总算定焦了,看清了:竟是黑洞洞的枪口。

"你——"我的眼睛离开取景框。

"姑爹,对不起了。"她的声音有些颤抖。

"你哪来的枪?"

"这你就不要管了。"

"你疯了吗?你确定这不是开玩笑?"

"没办法。我是被你逼的。与其让你把 Roger 送上死路,不如你先走一步。这个选择对于我来说很残酷,但我别无选择,对不起了。"

"Roger 是谁?我怎么听不明白?"

"你装吧,装得更像一点,就当我还是一个傻子。"

我突然想起了什么,"笑月,我昨天真没翻你的手机。我不明白你说的 Roger 是谁,也不知道你们有什么秘密。相信我,哪怕有天大的事,姑爹也愿意帮你。我们谈一谈,好好地谈

日夜书　　311

一谈。"

"帮我?"她发出一声冷笑,"姑爹,你自己说过的,八年前你不是帮过我吗?我太了解你这种人了,关键时刻你丫的出手多狠!你毁了我的初恋,毁了我的前程,逼得我在河边一直哭到深夜,最后被四个流氓拖到林子里轮奸。轮奸——在两个垃圾袋边,就枕着垃圾袋——你知道吗?"她突然咬牙切齿地大喊一句。

我脑子轰了一下,"对不起……"

"其实轮奸也没什么。"她哈哈大笑,"也是一种玩法。你参加过轮奸没有?对不起?你从来就不想强奸我?"

"笑月,你胡说什么!你就不能说些人话?"

"人话?"她的一张脸狰狞得完全变形,一步步黑下去,"你要我说人话?你和我那个爹,都是这个世界上的大骗子,几十年来你们可曾说过什么人话?又是自由,又是道德,又是科学和艺术,多好听呵。你们这些家伙先下手为强,抢占了所有的位置,永远是高高在上,就像站在昆仑山上呼风唤雨,就像站在喜马拉雅山玩杂技,还一次次满脸笑容来关心下一代,让我们在你们的阴影里自惭形秽,没有活下去的理由。"

"笑月,这里有很多误会……"

"不准动!退回去,退回去!"这个黑脸人用枪口指挥我,"你们上知天文下知地理,无所不会无所不能,活得很得意是吧?你们左右逢源牛头马面,精英感觉超爽是吧?告诉你,你们也是一些人渣,只是运气太好了。你们没有饿得眼珠子发绿,所以你们躲过了杀人,用不着去超市偷面包,不会在夜店里被人扇耳光。你们没有被高利贷老板派人用板刀追杀,所以你们躲过了贩毒。你们有爹,有妈,有朋友,一路春风一路笑,也没遇上杀人不眨眼的高考。你们甚至没遇上过一次沉船,没有撅起屁股只顾自己逃命，没一脚踹掉你老娘，再一脚踹掉你老婆，夺走最后的一块救生的木板。不是吗？难道不是吗？"

"笑月，我不知道你心里有这么大的憋屈，你不妨慢慢说。我承认，你的尖刻里不是没几分道理。每个人其实都很脆弱……"

"这个世界太不公平了。"

"这个世界任何时候都会有不公平，但不是任何时候的人都在沉沦，都有毁掉自己的理由。你说我们是人渣，这没关系。但你痛恨人渣，是不是？这说明你在心底里并不愿当人渣——这是你的意思？"

"人渣不人渣，我根本不在乎。"

"笑月，这不是你的意思，不是。你这样说让我太吃惊了。我同你楠姑几乎一直把你当自己的孩子。我们当然不是最合格的家长……"

"放心，我以后保不准心血来潮，也会想念你们一下。可惜你们不习惯K粉，要不我上坟时可以带上一点……"

"你得想清楚，你眼下在干什么。"

"姑爹，别废话了，再见吧。"

"你要明白这件事的后果。"

"姑爹，我爱你。"

"笑月……"

"你不要上来，不要上来，不要上来——"

叭——枪响了。

我觉得枪声很不真实，似有似无，如同绽开了一颗小花苞，掉下了一颗小露珠，冒出一个小泥泡，在这个老树蔽日的风景里完全微不足道。一片浓淡相叠的绿色一动不动。一片浓淡相叠的绿色静止如常。一片浓淡相叠的绿色看来将地久天长万世永存下去——只是正在渐渐失去聚焦。

但我发现聚焦仍然清晰,发现自己并没倒下,倒是黑脸女孩把烫手一般的手枪丢在地上,捂住了脸,双膝开始弯折,身体瘫软下去。显然是听到了我的脚步声,她突然跳起来,惊魂失魄两眼大睁,没命地扭头就跑。

我太无知,不该去追她,不该大声呼喊她的名字。我不知这种紧张感只能加剧她的心乱,使她脑子里一片空白,几乎无意识地狂奔向前。这位动不动就给自己割肉放血和稍不如意就爬窗跳楼的姑奶奶,眼下有什么不敢干?她毫不犹豫地翻越栏杆,一头扎向了她心目中最安全的地方——那一道无限幽深的天坑,一张轻易吞下她的大嘴。

"笑月——"我喊塌了、喊碎了、喊黑了黄昏时的全部天空。

只有一瞬,事情就这样发生了,已经发生过了,无可挽回地在那里了。只有一瞬,在栏杆的那一边,一道橘色曳光在我眼下的电脑键盘前迅速微缩,在读者们的目光下顷刻湮灭,在今后的书架或书库里倏忽而去,在今后的尘封故纸或翻腾纸浆中无影无踪,久久地没有声音,没有声音,还是没有声音……只有两三只受到惊扰的蝙蝠飞出坑外,旋绕在我久久不动的鼠标四周。

坑边的灌木丛中挂一块橘色布片,像一只巨大的蝴蝶停栖枝头,大概是她风衣上被挂破的一角。

一朵留给人间最后的微笑。

妈妈,我们开始捉迷藏,
妈妈,你睁开眼把我寻找。
我躲进了东边的肥皂泡,
我躲进了西边的彩虹桥。
你找不到,找不到。

妈妈，我们开始捉迷藏，
妈妈，你睁开眼把我寻找。
我躲进了南边的百灵鸟，
我躲进了北边的小花苞。
你找不到，找不到。
…………

在今后尘封的故纸和翻腾的纸浆中，这一曲笑月常唱的儿歌也必定消失无痕，再也不会咿咿呀呀飘来我的窗前。

原谅我，孩子。

原谅我，我甚至不知道这是不是你。

我多少次咬痛手指，想把自己从这一个噩梦中咬醒，但还是只能看见停栖枝头的那只橘色蝴蝶。对不起，孩子。

48 种 太 阳

笑月这娃很小就喜欢画。最简单的作品,当然是用红彩笔涂抹太阳,一张纸上画一个大红饼,很快就画出了一大堆。她要我把这些太阳种到地里去。"为什么要种太阳?"

"你们说过的,种苹果就会长苹果树,种桃子就会长桃树。"

"月月的意思是,要长出好多太阳树,是吗?"

"对!"

她拍着小巴掌,满脸憨笑,无限憧憬往后的果园丰收。"以后太阳树上结出好多太阳。遇到停电的时候,我们就去送太阳,给每家送一个。"

大家都笑了,觉得这孩子找到了一个对付停电的好办法,也是帮助各家各户省电节能的天才想象。

大甲叔叔带她去大院里挖坑,种下了好几个红太阳。在她的指挥下,大甲在那里挖坑,给太阳浇了些水,培了些土,施上了肥——她蹲下来撒了泡尿,当即被大甲叔叔誉为"行为艺术"。从这天开始,她每天早上一睁眼,就要爬到窗口去打望。"姑爹,太阳树发芽了吗?""姑爹,太阳树怎么还不发芽呢?""太阳树什么时候才能开出太阳花呀?""我们是不是还要去浇一点水?"……

她噘起小嘴,失望地远眺窗外那一片风景。

49　天　堂

　　我其实刚刚诞生。无论我活了多久,一旦面对浩瀚无际的星空,我就知道自己其实刚刚抵达。
　　我还是一个粉粉的肉团,站不起来,更不能迈步,但我已睁开了双眼,看到了一片徐徐洞开的光明,迎来了一个万物涌现的炫目之晨。
　　这个陌生的世界实在太奇妙。一朵花居然是红色的,另一朵花居然是蓝色的,更多的花居然是黄色、紫色、橙色、粉色的,让人目不暇接。一片叶子居然是三角形的,另一片居然是八角形的,更多的叶子居然是蹄形的、剑形的、扇形的、线形的、瓢形的。天哪,一个动物居然有灵活的尾巴,另一个动物居然有神奇的翅膀,还有一些东西居然可以在海洋中潜游,在草原上奔跑,在泥土里掘进,千奇百怪的式样,该出自何等精巧的设计。再看看,天上居然有一个灿烂的发光体,人们叫它太阳,方便人们白天的劳作和行游。天上居然还有一个温柔的发光体,人们叫它月亮,方便人们夜晚的休息、闲聊以及遐想。太奇怪了,我从未见过这种地方,一条条江河波光闪烁地流淌,慷慨滋润着土地和庄稼。我也从未见过这种地方,春风及时化解冰封,秋露及时浇灭酷热,生命中最珍贵、最甜美、最温柔的空气,竟是透明无形,无偿地随风而至浩浩荡荡,公平地抚慰每一棵嫩芽和每一个婴儿。

那是什么？那种直立行走的活物是人吗？那些天真的、妩媚的、刚毅的、慈祥的并且唯一能哭泣的动物，就是叫作人类的东西吗？嗒嗒嘀，嘀嗒嗒，乖乖隆的个咚——难怪一个孩子会发出如此含糊不清的惊叹。难怪这个孩子会着迷于人类鲜艳的薄片（叫作衣服吧）、温暖的盒子（叫作房屋吧）、躺在地上也能奔跑的巨大铁链（叫作火车吧）、飞向天空的一只只银色大鸟（叫作飞机吧），对这一切惊讶不已，深感困惑，觉得完全不可思议。

这就是传说中的天堂吗？

当然就是你们的天堂。

多么美好。

2012 年 9 月初稿
2014 年 11 月修订

作者附注：

本书写作得助于小安子（安燕）的部分日记，还有聂泳培、陶东民、镇波、小维等朋友的有关回忆，使书中某些故事获得原型依托。写作中有时难免杂取合成，也望得到这些朋友的理解。

在此一并表示感谢。

附录

几个五〇后的中国故事
——关于《日夜书》的对话

对话人：韩少功 作家
　　　　刘复生 教授，评论家

对话时间：2013 年 8 月 22 日

刘复生（以下简称刘）：我们都知道，在二十世纪八十年代前期，您曾被认为是"知青作家"里的重要人物。知青生活曾给您的人生以深刻影响，也给您的创作生涯打上了深深的印迹，即使作品并不直接表现知青生活。但是，我发现九十年代以来，您很少在小说中触及知青经验，似乎是有点不愿意处理知青题材，是什么原因让您有意回避，又是什么原因让您以长篇小说的形式正面地、郑重地来书写知青记忆，并对知青那一代人的命运进行反省？

韩少功（以下简称韩）：从我的写作经验来看，有两种东西最不好写：一是特别不熟悉的，二是特别熟悉的。知青题材对于我来说就属于后一种。我珍惜这一段体验，因此想拉开一点距离，把它置于中景位置，既不是远景也不是近景，这样或许能看得清楚。三十多年也许是一个比较合适的距离，可滤去一些自恋情绪和轻率判断，增加一些参照和比较的坐标。书中有些人物已接近人生的尾声，这样他们的现在与过去形成一个对话关系，不同的人生轨迹也形成对话关系，故事就容易分泌出某种意涵。

刘：小说中，历史与现实，或者说知青记忆与这些知青的当下生活形成了持续的对话关系，您这样处理，是要达到什么样的效果？另外，多位知青人物也形成了多样化的人生状态，比如郭又军、小安子、马涛、贺亦民，呈现了极其丰富多样的状态，极大地挑战了我们习惯的那种大一统的、整体化的知青叙述，您如何看待您的这些另类叙述与主流的知青叙述的关系？

韩：我无意取代其他作家的角度，但希望找到一种人生经验的释放，而这种经验不仅仅是一代人的，其实晃动着上下各代人的某些影子，一直抓住我的影子。我对这些影子既有珍惜，也有质疑，既不愿意把他们摆在"表功会"的位置，也不愿把他们摆在"诉苦会"的位置。在我看来，"表功会"和"诉苦会"不是毫无根据，但形成模式以后，会扭曲我们对社会和人的认知。有人说我这部新作表达得"模糊""暧昧"。我怀疑他们是用那种黑白两元的尺子来比量。就那种尺子而言，我的反对态度其实太鲜明了，太不模糊了。

刘：表功也好，诉苦也好，都是某一部分知青中的精英充当整个知青群体的代言人而创造的一种叙述，这种叙述在最初都曾在批判历史、解放思想的过程中起到了积极作用。但是，它从一开始就伴随着对历史和生活的简化，甚至选择性的扭曲，也伴随着对丰富复杂的其他知青生活经验的压抑——类似小说中郭又军、阎小梅、马楠的生活。随着时代主题的变迁，以及这种主流知青叙述逐渐固化和意识形态化，它最终蜕化为当代某些不合理社会秩序的支持力量。从我作为一个读者来看，《日夜书》充满了对这种主流意识形态化的知青叙述的批判力量，一方面它表现为呈现了多样化的、暧昧的知青生活；另一方面，小说对某些历史形成的知青心态或知青人格进行了深刻的反省。这在马涛这个人物身上体现得最为鲜明，这个当初的启蒙主义的时代英雄在新的时代清晰地暴露出他的喜剧性和悲剧性。对这一点您怎么看？

韩：中国的故事很难讲。马涛就是这个很难讲的故事的一部分。他才华出众，但因家庭背景只能读一个破中学，后来又因思想罪坐牢多年，吃尽了苦头，难道不值得同情？他感时忧国，勇敢反抗，热情启蒙，有一种我不下地狱谁下地狱的献身精神，难道不值得敬重？但他的自恋和自负，对周围的人几乎都有伤害，无论对妹妹、母亲还是女儿，对朋友还是恩人，哪怕待在监狱里也是受难者和压迫者的叠加。至于他的意识形态，红卫兵的革命也好，西方化的民主和自由也好，清流名士的超凡脱俗也好，什么都有，但什么也不重要，重要的是他的自我膨胀。在写作过程中，我对他的具体观点几乎不太关心，因为我在生活中很多人身上，在各不相同的营垒里，几乎都看到过这样的人。相对于他的立场和观点，他的人格心态更让我有痛感。这种痛感也许恰好来自于我对他的珍惜。

当然，在一个崇尚"自我"的时代，在启蒙主义、进步主义、个人主义、激进主义的世纪新潮以后，旧帝王被打倒了，一群群小"帝王"却取而代之。官僚专制、资本专制、宗教专制等，不过是这些新型帝王的体制外化，是一片有毒土壤里长出了不同的苗。马涛也许就有这种自闭症和自大症的病态，在某种程度上也是新专制主义的一个幽灵。如果他就是我们的亲人,有过伤痕和悲情的人,那就更值得我们思考。

刘:读者不难从作为叙事人的"我"即陶小布的态度上看到这种复杂的感受,在这种颇为复杂的态度上,我似乎体会到某些富于反思精神的知青个体对自我的批判。在马涛身上,陶小布真切地感受到了一代人的悲壮,以及他们作为一代人的几乎无法超越的局限性。马涛曾是他的偶像,在这个偶像身上,也曾负载了他的人生理想,同时,它也深深塑造他自己。也正是在这个意义上,陶小布在送别马涛的车上,热泪长流,这一段写得特别有某种历史的悲怆意味。特别有意思的是,小说写到了他们的下一代,比如郭又军和安燕的女儿丹丹,马涛的女儿笑月,她们似乎都是"失败者",她们的失败的人生,以及对父母辈的情感疏离,构成了对知青这一代人的审判,笑月甚至在对陶小布厉声控诉后自杀。这种代际的青春叛逆显然不能在一般的社会学意义上理解,那么,它的历史意味何在?

韩:丹丹好一点,因父亲用自残的方式阻止她颓废,她后来还算大体正常。相比较而言,笑月的成长环境更糟,先是被继母排斥,被父亲抛弃,然后被其他亲人补偿式地溺爱和放任,在教育信号十分混乱的情况下,心智变得越来越怪。吸毒是她最后的不归路。我相信大多数同辈人不会像她这样,但这一代人成长在消费主义、欲望主义的环境里,程度不同的价值观迷茫,是他们共同的困境。他们的长辈,像笑月的父亲、继母、二姑等其实参与制造了这种困境,却没给她自救的出路。因此,表面上是一方的青春叛逆,往深里说是双方的串谋、争夺、相互推诿和造就,在强弱地位不对称的情况下展开。这是孩子的悲剧,也是长辈的悲剧。她自杀冲动前的那一番控诉，虽然混乱，过于尖刻，但在我看来其绝望感令人惊心，值得世人同情和警醒。一个吸毒者，失去了理性抗辩的能力，甚至没有道德自辩的资格，不意味着她的愤怒可以被忽略。她在一个失去方向感的时代，在精神死亡的状态下生命夭折，大概有不小的概率。

刘：下一代的人生状态和上一代的人生是紧紧联系在一起的，间接地也是知青生活的产物。可以看出您要写出某种你们这一代人的复杂的况味，不乏悲剧性的人生体验。当然，作为七〇后生人，我在最初的阅读中可能更多地看到了您对知青记忆的自我反思和批判的内容，但再读时却感受到了更多的您对这一代人的体谅甚至悲悯，这种绵长的情绪与尖锐的反思及批判并存。我想您是想超越简单化的描述，更为"辩证"、更为历史，也更为复杂地呈现这一代人的人生肖像和精神面貌吧。我对小说中某些非常"另类"的知青人物特别感兴趣，我认为这些人物写得特别精彩，比如安燕、贺亦民、姚大甲等，从这些人身上，我似乎看到了蕴藏在知青这一代人身上的不安分，或不甘于安分的"折腾"性格，和永不衰竭的创造活力，尽管它往往以某种扭曲的形式表现出来，这些人物有时乖张的行为方式也是在特定的历史条件规约下的一种呈现吧。

韩：给他们贴上"耽误的一代"或"垮掉的一代"的标签，很容易。但中国故事的复杂性之一，是高速发展的这几十年，恰恰是他们最承重、最占位的几十年，是他们活力和毛病都充分释放的时段，那么一两个标签可能就过于简单。像贺亦民这种野路子的发明家，专业训练明显不够，但他接地气，实践多，直接从草根吸取生存经验，倒是获得了一种特殊生命活力，对科层制和精英化的现代技术官僚体系构成了挑战。安燕、马涛是少年多难，性格里多了股狠劲儿。姚大甲是乱世游走，性格里多了几分放浪。他们尽管长得有些畸形，但仍是蓬蓬勃勃的一片野草。怎样看待这些红色年代里的野草？与市场社会里的小资们相比，双方有一定的共性，但又有不同的时代烙印。有意思的是，我看到眼下一些青年人的处境，确实多了不少自由，可以买苹果手机也可不买，可以出国留学也可以不出，但在另一方面，却被学历、求职、供楼、供车等压得喘不过气来，连读些闲书的时间也没有，被深度套牢在某种生活模式里，并无太多自由。如果说上一代更像野草，那么新一代像温室秧苗，也许各有经验和教训。

刘：或许在这些人物身上体现了革命年代的文化基因吧，不管这代人在新时代如何看待那段历史——比如马涛主观上肯定认为他是革命时代的受害者和叛逆者，都不能抹去这段历史对他们的深刻影响和塑造，甚至他们反抗革命的能量和方式，都可能恰恰来自革命文化。他们是不折不扣的革命之子，是"红旗下的蛋"。革命既给他们造成了创伤，也给了他们某种创造性的活力，这或许也是支撑改革开放的某种动力来源吧——我不仅仅指知青。小说也不是只写知青，实际上我们说它属于广义的知青题材也是一种偷懒的简化——我前面的谈话可能一直在误导读者。实际上这部小说根本无意于表现所谓的知青一代人的某种集体命运，或像某些作家那样为某一代人立传，或者从某一代人的立场上来表现历史，或从某种历史的"后见之明"来进行所谓的思想反省或精神忏悔。这部小说是借处在特定历史情境中的一代人的丰富生存来书写您所说的"中国故事"。这里无法回避的就是革命历史及其暧昧的当代遗产。

我们知道，八十年代以来，反思革命甚至妖魔化革命逐渐成了一种新的"政治正确",您的很多作品,包括大量的随笔一直在试图呈现这份遗产的复杂,既正视其苦难与罪孽,也对其意义和某些精神价值进行了历史的理解。在《日夜书》中,这些性格各异的人物形象本身正折射了革命的烙印及其复杂效应。知青一代人经历了两个反差极大的时代,革命年代不乏严酷与压抑,但新时代却显得机械、平庸与乏味,伴随着精神的萎缩——正如陶小布的官场生涯一样。相反,革命年代尽管有种种的缺陷,却为普通人的生活注入了神奇的气韵,比如村干部吴天保——他指导受欺负的小孩子反抗坏孩子压迫那一段特别有意思。当然,历史地看,知青下乡,革命浪潮,一代人的成长与消逝,都是时间长河中的一段插曲,比如"秀鸭婆",他似乎仍然生活在古老的乡土文化传统中,并不受当代历史风云的影响,他的善良正直或许代表了某种历史中永恒的东西吧。我不知道在您创作小说的时候,脑子里是否出现过如何看待革命的问题?是否有意地对这两个时代加以并置并制造某种戏剧性效果,这是否是您采取了这种记忆与现实交叉呈现的结构的原因?

韩:历史发展不是切换式的,是无缝的转换,是要素的重组,是你中有我和我中有你的生活巨流。当年的"造反"向前多走了半步,就成了"天安门四五运动",几乎换一件马甲就成了民主和自由。革命的价值观,包括平等、俭朴、斗争、人民、自由、等等,一旦经过去官僚化和去造神化的消毒,就会成为新时代的某种思想因子,正如中国传统中的仁义、贵民、大同、中庸、等等,一旦从宗法等级制那里剥离,同样成了现代革命的思想资源。吴天保教唆孩子们用拳头争回平等,贺亦民以"人肉炸弹"方式挑战市场利益壁垒,还有姚大甲,居然把粗痞卖成了后现代艺术时尚,这些都让我嗅到了历史的某种气味。哪怕马涛,可能是最痛恨革命时代的,但他的道德指责一冒出来,旁人就觉得他"像个共产党的纪委",甚至有红卫兵的影子,可见他身上还有历史痕迹,并不自觉而已。我接触到这些"红旗下的蛋",不能不感慨世界上很多事情是"同名不同姓",比如民主或专制,其实各有很多不同的品种。历史上又有很多事情是"异姓不异名",比如新中国的前三十年与后三十年,可说变得面目全非了,但两者之间又有内在的贯通、交叠、延续、遗传。相对于理论而言,文学是最贴近生活的,因此更应该关注这种复杂性和辩证法,不能沦为流行概念的黑白图解。我在这本书里用了大量的闪回、跳接、插述,就是想多做一些跨越时空的比对。

刘:政治变迁一直是我们日常生活的一部分,权力结构的触角一直延展到我们的日常生活实践的深度,这也就是所谓的微观政治的意思吧。在某些所谓"纯文学"作家看来,最高级的文学处理的是超历史的、非政治化的人性,他们总想着和现实的"肮脏"的政治划清界限,撇清关系。所以,大家总喜欢先预设一种真正的人性,总是把政治作为一个完全否定性的,和人性相对的力量来看待,并在一种政治压抑或历史暴力与人性本真的张力关系或二元对立结构中来书写人性以及欲望和本能。这也算是自80年代以来的某种不成文的潜规则吧。有些作家往往根据性恶、性善的哲学观或某种现代主义的思想来先验地理解生活,虽然他们形式上也在历史或社会的背景中描述人的生存状态,但其实是两张皮。有人指责"十七年"时期的作品概念化,却不知貌似高妙的"纯文学"套路同样是一种概念化。我觉得,除了早期的某些作品,您的小说总是把历史情境包括政治作为人性的内在构成要素来写,所谓人性总是一个历史化的概念,它和不同的权力关系和政治语境密切相关,比如,小说中安燕、贺亦民等人的性快感——这一般被认为属于最为隐秘的本能领域,其实早就被现实的权力关系改造了。文学以写人为中心,这当然不错,关键是这个人不能抽象化、非历史化、悬空化。您写历史,写现实,写知青生活,归根结底,不也都是为了写人吗?

韩:把"人性"孤立起来,去掉历史化的根系,成了天上掉下来的一份圣洁,这是自恋者的心理需要。有时候把它变成天上掉下来的一份贪欲,这是作恶者给自己寻找天理。这两种图腾膜拜都极不靠谱。"人啊人""回到人""回到身体",这一类口号下的历史,充其量也就是外在于人的布景,不是人的历史,因此也就成了一种不可理解的随来随去。人要食色,这可以说是天性。但要食什么色什么,喜欢食什么色什么,人们其实各不相同,总是受制于历史化的过程。贺亦民要吃得咸,差不多是乐盲,性情又粗野,都是天生的吗?他最大的性快感总是与对方的强势背景有关,也是天生的吗?九成以上的妓女从无性高潮,另有些夫妻性冷淡则是因为害怕"道德败坏",如此等等,也是天生的吗?马楠的性敏感近乎精神病态,与她在政治暴力下失去生育能力,对婚姻前途一直自卑和惶恐,似乎也会有关联的。文学是人学,这话没有错。但人从来不是抽象的,正如鲁迅先生说过,小姐的香汗与工人的臭汗是不同的。当然,鲁迅在这里只提到阶级差异,此外的历史化差异其实还很多,可能被我们忽略。

刘:我们知道,您是一个特别讲究文体感的作家,您的每部长篇小说总是在探索某种特殊的形式感,这其中,既可以看出是意义表达的需要,也有纯粹的小说艺术性的考虑。可以说,您是像鲁迅所说把"内容的深切和形式的特别"结合在了一起。不管是《暗示》还是《马桥词典》,总的感觉,都是在挑战既有的小说叙事成规。《日夜书》相对来说还没有走那么远，但仍缺乏统一的故事线索和清晰明确的主要人物形象，"我"的故事也不是贯穿性的，小说包含了相对独立的各类人物的故事，虽然彼此之间有时有所交叉。您这样安排的用意何在？

韩：作者就像一个厨师，咸了就加点醋，干了就加点水，没什么固定的规则，最后找到合适的感觉就行。我这几部长篇其实都有点小说的"散文化"，一直想把某些非小说因素加到小说中去，让小说的形式更开放——其实是让欧式小说形式更开放。中国古代的小说，有笔记体、纪传体等，基本上就是半散文，以至胡适先生拿西方文学的尺子一量，说四大古典名著中只有《红楼梦》算小说，其余都不是。欧洲的小说家也写过一些不像小说的小说，像卡尔维洛、奈保尔等都有大胆尝试。其实我不算太激进，如果说《马桥词典》更像笔记体，那么这本《日夜书》可能有点接近纪传体，人物相对独立，但互有交叉。虽然这样不一定好，但也算是我对本土文化先贤致敬的一种方式吧。台湾版的《日夜书》与大陆版稍有结构的不同，我是想比较一下不同的测试效果。

刘：我有一个感觉，您从九十年代以后，似乎越来越不信任那种经典的戏剧化的长篇小说体例，是不是觉得它已不足以表现越来越复杂的当代经验？或者说，过于整齐完整、头尾清晰的故事，尽管可以加一些现代主义或后现代主义的装饰，总是一不小心就和某种意识形态结了盟，或者自己沦为某种固定的思维框框？您似乎不想把自己的叙述固定在某种位置上，从而丧失小说作为一种艺术的开放性。小说只能发现它所能发现的真理，也只有小说才能如此自由而丰富地呈现那个我们总是刻意缩减的生活。所以，您的小说一方面很谦逊，比如总喜欢使用限制性的叙述视角，不愿讲述过于完整的故事，而更经常提供丰富的生活断片；另一方面，您又经常僭越，比如时不时地从叙述中跳出来发表一些昆德拉式的"伪哲学"讨论，把生活更复杂的面相揭示出来。您说《日夜书》借鉴了一些中国传统列传体的叙事资源，但您的借用已经是一种新的创造，而且两者背后的哲学观是截然不同的。您真的已经认为现在已经不可能像以前那样写长篇小说了吗？

韩：不，不会，体裁和形式只会有加法，不会有减法。七律诗、商籁体、工笔画、昆曲等，做好了同样有优势，我们说的"戏剧化"或"后戏剧"小说当然更是这样。我的中短篇小说大多是这样，将来的长篇也可能是这种形式。这是因为生物学领域普遍的"对称结构"，比方树木一干多枝的状态；还有人类视觉、听觉、嗅觉、触觉、味觉的"焦点结构"，所谓"一心不能二用"的现象，都为这种小说提供了审美的自然基础。换句话说，单焦的对称结构，是人类内在的审美需求所在。我只是觉得"散文化"或"后散文"的小说是可能的增加项，因为社会生活自身的形式，人类思维自身的形式，往往是散漫的、游走的、缺损的、拼贴的，甚至混乱的，其中不乏局部的"戏剧"，但更多时候倒是接近"散文"。这构成了另一种小说审美的自然根据。我在这本书里说"也许上帝是不读小说的"，就是这个意思。当我们在夜深人静时，似乎最接近"上帝"时，脑子里哪有那么多起承转合？哪有那么多戏剧化的一幕一幕？如果我们只有一种单焦模式，只是袭用旧的单焦模式，会不会构成对生活与思维的某种遮蔽？特别是眼下，各种所谓宏大叙事正在动摇，很多旧的逻辑霸权需要清理，警觉这种遮蔽就是非常必要的了，相应的文体尝试也许并非多余。这就像朦胧诗在格律诗之外释放了新的生活与思维，但并不意味着朦胧诗就自动升值，每一篇都好。我们在小说审美上至少可保持一种兼容和开放的态度。

刘：您在小说中插入了一些关于生命意识的冥想性的段落，比如结尾部分。小说名为《日夜书》，也似乎暗含了一种日夜流淌、逝者如斯的感喟。您如此给小说命名，有什么特殊的含义吗？

韩：对一个个熟悉的身影熄灭，你能说些什么？几十年一晃就过去了，记忆中的很多快乐和悲伤也将要模糊，为人一生的最后证据将要失散，你能说些什么？某个词句或段落突然冒出来，很多时候只是作者听从内心。

（原载《南方文坛》2013 年第 6 期）